Infinite Dendrogram

인피니트 덴드로그램

18. King of Crime

카이도 사콘 지음

타이키 일러스트

천선필 옮김

Character

레이
레이 스탈링 / 무쿠도리 레이지
〈Infinite Dendrogram〉 안에서 여러 사건과 마주친 청년.
대학교 1학년. 기본적으로는 순하지만 양보할 수 없는 것을 위해서는
몇 번이든 맞서는 강한 의지를 지니고 있다.

네메시스
네메시스
레이의 엠브리오로 나타난 소녀.
무기 형태로 변할 수 있고, 대검, 도끼창, 방패, 풍차, 거울, 쌍검으로 변화한다.
약간 식탐이 있다.

슈우
슈우 스탈링 / 무쿠도리 슈이치
왕국의 토벌 랭킹 1위, [파괴왕].
현실에서는 레이의 형이며, 덴드로에서는 인형옷 차림으로 활동한다.
레이가 〈Infinite Dendrogram〉을 시작하기 전부터 많은 모험을 해왔다.

젝스
젝스 뷔펠
'악당'이 되는 것을 목적으로 삼고 죄를 저지르는 [범죄왕].
지명수배당한 〈초급〉만이 모인 최강의 범죄 클랜 〈IF〉의 오너.
현재는 감옥에 수감 중.

인테그라 플래그만
인테그라 세드나 클라리스 플래그만
알터 왕국의 [대현자].
제1왕녀 알티미어와 근위기사 부단장 릴리아나와는 예전부터 친구 사이.
선선대 문명 명공의 성을 이어받았으며 수수께끼가 많은 여자.

인피니트 덴드로그램

18.King of Crime

카이도 사콘 지음 타이키 일러스트
천선필 옮김

커버 그림, 본문 일러스트 | **타이키**

Contents

□■2044년 6월 모일

―――굉음이 울려 퍼진다.

폭발음이 울린 곳은 왕국과 레전더리아 국경에 있는 산속 숲……**이었던 곳.**

어제까지 존재하던 오래된 삼림도 지금은 흔적도 남지 않았다.

나무들은 마치 폭격이라도 당한 것처럼 날아가 버렸다.

그리고 그 원인인 대규모 파괴는 지금도 이어지고 있다.

대지를 뒤흔들고 하늘까지 울리는 소리에도 도망치는 숲의 생물은 없다.

당연하다. **싸움**이 시작된 지 벌써 한 시간째.

숲에서 살던 것들은 이미 도망쳤거나 죽었다.

지금 이 숲에 서 있는 것은―――거대한 두 그림자.

『―――오오!!』

거대한 그림자 중 한쪽―――높이가 100메텔에 달하는 거대한 인간형 로봇이 움직였다.

울려 퍼지는 포효 소리와 함께 대지를 뒤흔들며 아음속으로 질주하여 단숨에 도약한 것이다.

그 앞에는 다른 거대한 그림자―――기괴한 원반을 겹쳐놓은 것 같은 오브젝트가 서 있었다.

직경 100메텔 정도 되어 보이는 원반 세 장이 원기둥 같은 것을 축으로 대지에 박혀 있다.

척 보기에는 마치 티베트 불교의 마니차 같기도 한 그 모습.

하지만 꺼림칙하게도 그 원반에는 각각 다른 생물의 얼굴이 달려 있었다.

『비틀린 꽃!!』

도약해서 원반에 도달한 순간, 강철 거신이 나선형으로 회전하는 오른쪽 손바닥을 날렸다.

그것은 곧바로 원반을 붙잡아 속도와 힘으로 비틀어버릴 것이다.

『───《공간 회전》.』

하지만 제일 위쪽 원반의 한 마디로 인해─── 오히려 강철 거신의 오른팔이 비틀렸다.

『……나무 베기!!』

오른팔과 함께 공격이 박살 난 강철 거신은 계속 움직이며 공중에서 돌려차기 동작을 시도했다.

처음부터 이 상황을 예상하고 있던 2단 공격. 일격의 무게는 좀 전에 날렸던 손바닥보다 더 묵직했다.

하지만 그 공격이 닿기 전에.

『───《지형 회전》.』

강철 거신의 아래쪽 지면이 마치 다다미처럼 뒤집어졌다.

헤집어지고 뒤집힌 지면은 강철 거신의 거대한 몸집을 더욱 큰 질량으로 튕겨냈다.

『윽!』

강철 거신은 튕겨 나가면서도 공중에서 회전하여 낙하로 인한 충격을 줄였다.

하지만 착지와 동시에 움직임이 둔해졌다.

『경고. 에너지 셀 잔량 없음. 박격결전형태(풀 오펜스 모드), 유지할 수 없습니다. 셀의 재생성까지 비전투 상태로 24시간. 다른 전투용 잔탄도 얼마 남지 않음.』

강철 거신의 기계 음성……, 〈엠브리오〉는 필살 스킬에 필요한 자재가 바닥났다는 사실을 알렸다.

그와 동시에 강철 거신의 모습이 원래 형태인 전함으로 돌아가기 시작했다.

『그렇다면 변형이 해제되는 것과 동시에 모든 무장으로 화력을 때려 넣는다! 전탄 B타입으로!』

『라져.』

주인의 목소리에 따라 〈엠브리오〉가 모든 무장의 탄두를 변경했다.

그리고 완전히 전함으로 돌아온 순간, 엔진을 풀가동시켜 이동했다.

그 직후 전함이 있던 지면이 다시 다다미처럼 뒤엎어졌다.

『발드르! 모조리 때려 넣어라!!』

『라져.』

나무의 잔해를 꺾으며 폭주하는 육상전함과도 같은 〈엠브리오〉가 주인의 목소리에 따라 자신의 모든 내장병기를 사출했다. 수백, 수천 발의 포탄과 미사일이 원반을 향해 날아갔다.

그 상황을 원반의 세 얼굴이 보고 있었고.

┌┬┬───어리석군.┴┴┘

천천히 회전하는 세 원반에 각각 달린 얼굴이 웃음을 보였다.

『───《공간 회전》.』

제일 위쪽 원반이 그렇게 말한 직후─── 모든 화력의 방향이 반전되어 그것을 날린 전함에게 돌아갔다.

그것이 바로 원반이 지닌 3대 회전 중 하나, 공간 그 자체를 자유자재로 **돌리는**《공간 회전》.

『치잇……!』

전함의 주인이 혀를 찬 것과 동시에 동력 기관을 풀가동시켜 회피를 시도했지만…….

『───《지형 회전》.』

그 회피 행동 도중에 두 번째 원반 얼굴이 그렇게 말했다.

그러자 마치 회전 테이블처럼─── 원반의 축을 중심으로 **주위의 대지가 돌아갔다.**

그것이 바로 세 원반의 두 번째 회전, 《지형 회전》. 좀 전까지 사용했던 다다미 뒤집기 같은 공격뿐만 아니라 자신의 축이 꽂힌 지점으로부터 반경 10킬로메텔을 자유자재로 회전시킬 수 있다.

그리고 그 회전은 피하려 하던 전함을 지형째로 화력 한복판에 되돌려놓았다.

『……!!』

그 직후, 전함은 폭염에 휩싸였다. 탑승자가 함선 밖으로 도 망친 낌새도 없이 통째로 불꽃에 삼켜진 것이다.

생존이 불가능한 상황이라는 사실은 원반도 알 수 있었다.

이윽고 전함이 불꽃 속에서 타버린 건지 사라졌다.

『ᴄ이제야, 죽었나.ᴅ』

세 원반의 얼굴은 거대한 폭염을 내려다보며 크큭큭 웃었다.

건방지게도 계속 《공간 회전》 사정거리 밖에 머물러 있던 상 대였지만, 마지막에는 서둘러 승부를 내려다가 자신의 강한 화 력에 사라진 것이다.

『먼저 죽은 까만 남자도 그렇고, 애를 먹었다.』

『상처도, 입었다.』

『이 대가, 인간들에게 치르게 하리라.』

세 원반의 이름은 [나신반 스핀들]. 이 지역에 오래 전부터 살 던 고대전설급 〈UBM〉이며 이곳 일대를 거점으로 삼아 주변 지 역 사람들을 지배하고 있었다.

그리고 무기물이면서도 육식인 이 〈UBM〉은 산 제물을 요구 하여 그것을 포식하는 것을 즐기는 괴물이었다.

이 괴물을 토벌하기 위해 지금까지 많은 티안들이 나섰고, 그 중에는 전투 계열 초급 직업(슈페리얼 잡)이나 천지에서 온 무사도 있었지만 전부 [나신반]에게 패배했다.

이 원반 괴물은 그만큼 강하다. 〈UBM〉을 관리하는 자가 보 면 '한없이 신화급에 가까운 고대전설급'이라고 평가할 것이다.

만약 다른 〈UBM〉을 한 마리라도 쓰러뜨린다면 신화의 영역에 도달하리라.

하지만 오늘, 그렇게 대단한 괴물을 겨우 둘이서 토벌하려고 찾아온 자들이 있었다.

결과는 그자들의 참패.

한 명은 원반의 세 번째 회전, 《생명 회전》——— 세포 분열 사이클 가속으로 인한 세포 과잉증식에 파열되었고, 나머지 한 명도 방금 자신이 날린 포화로 인해 사라졌다.

결국 이번에도 그들……, [나신반]의 승리였다.

『피로하다. 치유하기 위해 오늘은 잔뜩 먹자.』

『마을 하나, 없애자.』

『그게, 좋, 겠군.』

하지만 즐거운 계획을 이야기하던 도중에 세 번째 원반의 목소리가 끊겼다.

일정하던 원반의 회전도 마치 녹이 슨 것처럼 어색했다.

『왜 그러지?』

『………….』

첫 번째와 두 번째 원반이 묻는데도 세 번째는 대답하지 않았다.

이윽고 원반이 완전히 정지했고, 원반에 달린 얼굴도 눈이 뒤집어진 채 입을 물고기처럼 뻐끔거리다가…….

"———안녕히."

그 입으로 전혀 다른 목소리를 내고는——— 안쪽부터 산산조

13

각 났다.

너무나도 쉽사리……, 고대전설급 최고봉의 괴물 중 3분의 1
이 죽었다.

『뭐……라……고?! 동생아……, 동생아……, 어떻게 된 거
냐……!』

『이게 무슨 일이냐! 누구냐! 누가……, 이런 짓을……, 도저히
용서할 수 없다!』

태어날 때부터 함께 지냈던 존재와의 이별. 첫 번째와 두 번째
원반은 충격을 받았고…….

"아, 형제 관계였군요. 정말 안 됐습니다. 그건 당신들에게 있
어서 정말 안 좋은 일이었겠죠. 그리고 **용서받지 못할** 죄일 테
고요."

『『?!』』

터져나간 세 번째 얼굴 안에 누군가가 서 있다는 사실을 눈치
챘다.

"그렇다면——— 저는 매우 만족스럽습니다."

누군가가——— 검은 머리카락과 검은 눈동자 말고는 특징이
별로 없는 그 청년이 부드러운 미소를 지으며 그렇게 말했다.

그것은 세 번째 원반이 파열시켜 죽인 줄 알았던 인간이었다.

『네놈……, 죽었을 텐데?!』

"터져나간 것 정도로는 죽지 않는 몸이라서요. 슈우가 시끌벅
적하게 주의를 끌어준 덕분에 쉽사리 동생분 안으로 들어갈 수

있었습니다."

이상한 말을 매우 자연스럽게 늘어놓으며 흑발 남자가 첫 번째와 두 번째 원반을 올려다보았다.

강대한 괴물 중 3분의 1을 죽여놓고도 자랑스러워하거나 흥분하지도 않고, 경멸하거나 겁을 먹은 낌새도 없다.

흑발 남자는 마치 저녁 바다를 바라보는 듯이 부드러운 표정으로 서 있었다.

『네놈……, 네놈, 네놈!! 죽여주마!!』

첫 번째 원반이 분노하며 《공간 회전》의 회전 좌표를 남자에게 설정했다.

잠시 후에는 흑발 남자가 공간과 함께 뒤틀릴 것이다.

"저만 신경 쓰고 있다간 위험할걸요?"

하지만……, 흑발 남자는 그렇게 말하며 아직도 세차게 타오르고 있는 불꽃을 손가락으로 가리켰다.

"──《스트렝스 캐논》."

그 순간, 불꽃을 뚫고─── 빛의 포탄이 날아들었다.

『뭐, 라고……?!』

그리고 모든 것이 끝났다. 첫 번째 원반이 공간의 회전 좌표를 다시 설정하기도 전에, 두 번째 원반이 지형을 회전시키려 한 것도 무의미하게, 광탄이 첫 번째 원반으로 빠르게 접근했고.

"──뒈져버려라."

불꽃 속에서 들린 목소리와 함께 첫 번째 원반의 얼굴이 막대한 위력에 소멸당했다.

『끄엑……, 끄어………….』

『형니임……!!』

첫 번째 원반이 단말마를, 두 번째 원반이 슬퍼하는 목소리를 냈다.

그리고 [나신반]과는 대조적으로 한 남자가 시원스러운 미소를 지으며 불꽃 속에 서 있었다. 남자는 왼쪽 팔에 장착한 대포 〈엠브리오〉를 없애며 한 장 남은 [나신반]을 올려다보았다.

"예상했던 대로 회전이 늦었군. 뭐, 한 시간 동안이나 맞붙어 싸웠으니까……, 네놈의 대처 속도는 이미 파악했다."

그렇게 말한 남자의 목소리는……, 전함 속에서 들리던 것과 똑같았다.

『말도 안 돼, 너도 죽었을 텐데…….』

"공교롭게도 B타입의 B는 Bluff(허세)의 B다. 겉보기만 요란한 특수효과탄이지."

그 말을 증명하려는 듯이 남자는 불꽃 바로 옆에서도 전혀 뜨거워하는 낌새를 보이지 않았다.

"……뭐, 인형옷은 타버렸지만 말이지. 허세라 해도 전혀 멀쩡한 건 아니었어."

타버려 하반신만 남은 인형옷을 보고 한숨을 쉬며 남자가 말했다.

『네놈……! 약소한 인간 따위가 우리 형제를……!』

"……네놈들이 패배한 원인은 그거다."

『뭐라고……?』

"이런 산속에서 신 행세를 하면서 약한 상대를 괴롭히며 산 제물만 요구하고 있었으니, 위기감이나 전투의 감도 썩어버렸 겠지."

『무슨 소릴……!』

"그러니까 이런 **시간 벌이**도 눈치채지 못하지. ———형제의 원 수가 **두 명**이나 앞에 있는데 언제까지 나불나불 떠들어댈 거냐."

두 번째 원반은 그 말을 듣고 나서야 검은 남자의 모습이 보이 지 않는다는 걸 눈치챘고.

"《셰이프시프트》——— [파괴자]의 왼팔(링크스 아름)·힘의 거포 (마하트 카노네)."

그의 사각에는 왼팔을 자신의 것이 아닌 팔과 포로 바꾼 검은 남자가 있었다.

그것은 전함을 타던 남자가 지닌 포와 똑같았다.

"다시——— 안녕히."

마지막 포격이 날아갔고……, [나신반 스핀들]의 마지막 한 장 은 쉽사리 소멸했다.

◇

[나신반 스핀들]. 언급하는 것조차 금기시되고 부근 마을들이

계속 산 제물을 바쳐왔던 무시무시한 괴물은 그렇게 두 인간에게 토벌되었다.

하지만 척 보기에 지금 그 두 사람이 인간이라는 것을 알아볼 수 있는 사람은 없을지도 모른다.

한 사람은 [나신반]을 쓰러뜨리고 곧바로 라쿤처럼 생긴 인형 옷으로 갈아입어서 실루엣만 보면 낯선 몬스터처럼 보인다.

그리고 다른 한 사람은……, 검은 남자 모습에서 까맣고 둥근 떡 같은 슬라임으로 변했기에 더더욱 인간처럼 보이지 않았다.

『……이겼다곰.』

"그런 것 같군요. 아, 특전은 제가 받은 것 같습니다."

『뭐, 결정타는 그쪽이 날렸으니 어쩔 수 없지곰.』

두 사람……, [파괴자(디스트로이어)] 슈우 스탈링과 [범죄왕(킹 오브 크라임)] 젝스 뷔펠은 불과 몇 분 전까지 벌였던 사투가 거짓말인 것처럼 마음 편히 이야기를 나누었다.

[나신반]은 쉽사리 최후를 맞이했지만, 실제로는 그렇게까지 쉽게 이긴 전투가 아니었다.

스펙은 매우 높았으니 스테이터스와 능력만 보면 단독으로 승리하기는 힘들었을 것이다.

두 사람이 승리한 이유는 [나신반]이 지금까지 계속 이기기만 했기에 전투의 감이 둔해졌고 상대방을 얕잡아보았기 때문.

그리고, 그 **두 사람이었기 때문**이다.

두 사람이 번갈아가며 적의 주의를 끌고 상대방이 빈틈을 보이면 차례대로 해치운다.

그러한 연계가 없었다면 둔해진 [나신반]이라도 두 사람에게 승리했을 것이다.

하지만 그 두 사람은 그런 연계를 한 번도 미리 상의한 적이 없다.

그저 '이 녀석이라면 이 정도는 할 수 있을 것이다'라는 신뢰……, 또는 경계를 통해 서로 움직임을 예측했을 뿐이다.

그 정도로는 서로 잘 알고 있는 두 사람이다.

『…………』

그런 와중에도 슈우는 옆에서 떡처럼 변한 젝스를 보고 '이 녀석, 지치면 인간 형태를 유지할 수 없는 건가?'라는 식으로 몰랐던 새로운 정보에 약간 놀라고 있었지만.

젝스의 〈엠브리오〉는 TYPE : 보디인 눈. 슬라임이 기본 형태이며, 평소 보이는 모습도 변형한 결과다. 지금은……, 형태를 갖추지 못할 정도로 지친 것이다.

어쩌면 지금이 이 범죄자를 '감옥'으로 보낼 절호의 기회일지도 모르겠지만, 지금 슈우에게는 그럴 방법이 없다. 비장의 수인 제1형태까지 포함해서 탄약이 바닥났기에 물리 공격이 통하지 않는 젝스를 공격할 수단이 없기.때문이다.

이 시점에서 현실 시간으로 한 달 뒤에 [파괴왕(킹 오브 디스트로이)] 직업을 얻은 슈우라면 이야기가 달라졌을지도 모른다.

하지만 이때는 그렇지 않았다.

"제가 특전 무구를 받아버려서 죄송합니다."

자신을 내려다보고 있던 슈우의 시선을 어떻게 해석한 건지,

젝스가 그렇게 말했다.

『상관없어곰. 나는 어린애들이 산 제물로 바쳐지기 위해 실려 가는 게 열받아서 박살 내러 왔을 뿐이니까곰.』

"그랬죠. 하지만 분명 고마워하지는 않을 겁니다."

주위 마을에서는 [나신반]에게 산 제물을 바치는 것을 **허용**하고 있었다.

이 지역은 [나신반]의 영역이었고, 그로 인해 다른 몬스터들이 다가오지 못했기 때문이다. 산 제물을 요구한다는 것을 제외하면 위험할 게 별로 없다고도 할 수 있었다.

미지의 강대한 몬스터가 마을 사람들을 모조리 잡아먹을 수도 있다는 불안한 마음을 떠안기보다는, 정기적으로 필요 경비처럼 아이들을 먹게 해주는 것이 더 안전하고 편한 생활을 할 수 있는 방법이다. 그것이 마을들의 생각이었다.

그것은 [나신반]을 신으로 모시는 일종의 종교라고도 할 수 있었다.

실제로 슈우가 토벌하러 가겠다고 말했을 때는 꺼림칙한 것을 보는 시선과 수없이 많은 욕설이 날아들었다.

산 제물을 요구하는 괴물을 토벌하는 것은 마을에 있어서 **대죄**였다.

젝스는 **그렇기 때문에** 토벌하러 나선 것이지만.

"저걸 쓰러뜨림으로써 향후 사망자가 더 늘어날지도 모릅니다. 분명히 이 사건의 피해자들은 슈우를 올바르다고 생각하지 않겠죠. 산 제물로 아이를 바친 집조차도요."

『그렇겠지.』

하지만 슈우는 신경 쓰지 않았다.

『나는 내가 원하는 대로 움직였고, 내게는 그게 올바른 일이었어. 하지만 많은 마을 사람들에게는 올바르지 않았지. 그것뿐이야.』

"……소수파라도 무서울 게 없다는 건가요."

『다수파가 되기 위해 의견을 굽히면 나도, 내 올바름도 없어져 버리니까.』

"그게 슈우의 정의, 인가요?"

『정의라고 거창하게 떠들어대진 않을 거야. 나는 내가 원하는 가능성을 포기하지 않을 뿐이지. 그것만큼은……, 누가 부정하더라도 굽히진 않을 거라고.』

이미 잔해조차 남지 않은 [나신반]이 꽂혀 있던 곳을 보며 그가 계속 말했다.

『이번에는 '어린애를 산 제물로 요구하는 망할 원반을 박살 낸다'는 걸 원했고, 실행했어. 그러니 매도당한다 해도……, 토벌한 건 요만큼도 후회하지 않아.』

슈우는 그렇게 말하고는 인형옷 안에서 웃었다.

『뭐, 왕국이랑 레전더리아에 있는 지인에게 연락해서 이 근처 경비망을 다시 손봐달라고는 할 거지만. 그 정도 뒤처리는 해야지.』

"…………."

젝스는 슈우를 올려다보며 생각했다. 분명 슈우에게 있어서 다른 사람의 평가 같은 건 큰 의미가 없을 것이다……, 그저 부산물에 불과할 뿐이다.

그는 자신이 원하는 행동을 하고, 의미나 가치 또한 자신이 이해하면 되는 사람이다.

그런 식으로 다른 사람에게 영향을 미치면서도 다른 사람으로 인해 흔들리지 않는다. 인형옷을 입고도, 익살스럽게 연기를 하면서도, 또는 다른 사람을 실력으로 때려눕히고도 본질은 변하지 않는다.

확립되어 있으며 강한 자기 자신.

역풍 속에서도 자신을……, 자신의 정의를 관철하는 자.

그런 슈우를 보고 젝스는 많은 생각을 한 뒤……, 약간 ■■ 했다.

"정반대군요."

『응?』

"저는 다수파(마을 사람들)가 **원하지 않는 것**을 하기 위해 토벌하러 왔습니다. 슈우는 소수파(자신)가 **원하는 것**을 하기 위해 토벌하러 왔죠. 행동과 결과는 같지만, 한없이 정반대네요."

『우리는 예전부터 그랬잖아. 처음 만났던 테레지아 사건 때부터 말이야.』

슈우는 젝스가 한 말을 듣고 '이제 와서 무슨'이라고 말했다.

"네. 그녀가 [사신(디 이블)]이라는 사실을 당신이 세상 사람들에게 감추는 것은 그녀를 위해서죠. 제가 감추고 있는 건 감추는 게 세계에 도움이 안 되기 때문입니다. 정말로, 정반대군요."

자신이 원하는 것——— 자신의 정의를 관철하는 슈우.

세계가 원하지 않는 것——— 세계의 악을 한데 끌어모으는 젝스.

이 두 사람은 한없이 정반대이고……, 그렇기 때문에 들어맞는 부분도 많았다.

정의와 정의는 맞부딪히지만, 정의와 악은 들어맞아서 톱니바퀴를 돌린다.

두 사람의 관계는 그런 것이었을지도 모른다.

『…………』

그렇기 때문일까.

젝스는 자신이 저지르는 범죄를 방해할 경우가 많은 슈우가 결코 싫지는 않았다.

그뿐만이 아니다. 왕국 최악의 범죄자이면서도 개인의 욕구라는 것이 거의 없는 이 남자(젝스)에게도……, 한 가지 욕구가 싹텄다.

(언젠가 슈우가 초급 직업을 얻어서 저와 대등한 조건이 되었을 때…….)

젝스는 슬라임 모습으로 슈우를 올려다보면서……, 자신의 욕구를 마음속에 품었다.

(저와 마지막까지…….)

하지만 그 욕구를……, 소리 내어 말하지는 않았다.

그가 그 욕구를 소리 내어 그에게 전하는 건 나중 이야기다.

◇

 그 후 두 사람은 적당히 이야기를 나누고는 헤어졌다.

 그 뒤로도 두 사람은 때때로 마주치고, 잡담을 하고, 부딪히기도 하고, 그날처럼 함께 싸우며 시간을 보냈다.

 젝스는 분명 슈우를 친구이자 자신에게 특별한 사람이라 생각하고 있었다.

 슈우도 분명 그 최악의 범죄자를 그렇게까지 싫어하진 않았을 것이다.

 하지만 이쪽 시간으로 1년 이상의 세월이 지나.

 제1차 기강전쟁이라 불리는 싸움 직전에……, 두 사람은 격돌하게 된다.

 〈마스터〉와 티안, 아무도 모르는 싸움.

 강철 거신과 암흑의 거신이 격돌한 최대의 사투.

 파괴와 죄, 두 왕은 그때……, 산산조각 날 때까지 계속 싸움을 벌였다.

Open Episode 『King of Crime』

□무쿠도리 레이지

외딴 섬의 배틀로얄로부터 현실에서 하루가 지난 4월 21일 금요일.

내가 다니는 T대에는 왠지 들뜬 분위기가 가득 차 있었다.

그럴 만도 했다. 다다음주 5월 3일 수요일부터 5월 7일 일요일까지는 5일 연휴……, 이른바 골든 위크니까.

친구나 연인과 여행 계획을 세우는 등, 즐거워 보이는 목소리가 자연스럽게 귀에 들렸다. 그중에는 5월 1일과 2일 수업도 자체 휴강하고 다음 주 주말부터 9일 연휴로 장기 여행을 간다는 이야기를 하는 사람도 있었다.

신입생 사이에서는 '친가로 귀성한다'는 이야기도 자주 나왔다. 익숙하지 않은 대학교 생활을 한 달 정도 했으니 친가로 돌아가는 사람도 많을 것이다.

나도 오늘 아침에 어머니에게 '돌아오는 게 어떠니?'라는 전화를 받았다.

잠시 고민했지만 딱히 집이 그립지도 않고 친가에 가도 할 일이 없기에, 이번에는 가지 않을 생각이었다.

그런데 '이번에는 가지 않겠다'고 말하려던 참에 어머니가 충격적인 말을 꺼냈다.

"누나가 돌아온단다. 그 왜, 5월 5일이 누나 생일이잖니?"

그 말로 인해 적어도 5월 5일에는 친가로 귀성할 필요가 생겨 버렸다.

친가에서 누나 생일 파티를 할 때 참가하지 않으면……, 뒷일이 무서워진다.

그 누나는 나 상대로 그런 일 때문에 토라지진 않을 것이다.

하지만 '저번에 못 만났으니까'라고 하면서 찾아와서는 그동안 만나지 못했다는 명분으로 또 나를 해외 어딘가에 **선의로 끌고 갈** 위험성이 있다. ……이제 남미는 질색이다.

친가가 있는 N현 N시는 신칸센을 타고 두 시간이면 도착한다. 그리고 골든 위크 때 덴드로에서 할 일도 지금까지는 없으니 5일에는 친가로 돌아갈 수 있을 것이다.

생일 이야기가 나와서 말인데, 형 생일은 3월 3일이다.

누나와 형은 신기하게도 단오(5월 5일)와 히나마츠리날(3월 3일)에 태어났다. 남자애(단오)와 여자애(히나마츠리)가 반대이긴 하지만.

참고로 내 생일은 7월 7일이다. 부모님도 일부러 노리고 그날에 낳은 건 아니겠지만, 어렸을 때는……, 아니, 지금도 신기하긴 하다.

아침부터 마음고생을 해버려서 오전 강의도 왠지 정신이 다른 곳에 가 있었다.

뭐, 지금 떠안고 있는 고민은 귀성과 누나뿐만이 아니라 덴드로 때문이기도 하지만.

그렇게 강의 내용이 머릿속에 거의 들어오지 않은 채 오전이 지나간 다음, 나는 대학교의 제2식당에서 미트소스 스파게티를 멍하니 내려다보고 있었다.

포크를 빙글빙글 돌려서 파스타를 감으면서도 입에 넣지 않고 계속 돌리기만 하는 상태다.

"레이찌, 왜 그래? 여름이라 퍼졌어? 괜찮아? 실뜨기 할래?"

"여름은 아직 멀었잖아? 5월병이겠지. 그것도 아직 좀 이르긴 하지만."

"분명 피에 굶주렸을 거야. 요즘은 덴드로에서 악마 고기를 안 먹었으니까."

함께 식사하던 친구들……, 나츠메, 카스가이, 후유키가 그런 말을 하기 시작했다.

"……너희들, 진짜 말을 막 하는구나. 특히 후유키."

악마 고기 같은 건 [마장군(헬 제너럴)]이랑 싸웠을 때 말고는 먹은 적이 없다고. 너도 그렇고, 나츠메도 그렇도, 악마 이야기를 너무 질질 끄는 거 아니야?

그리고 마찬가지로 학교 친구인 아키야마는 아르바이트 때문에 오늘은 없다.

"그럼 왜 우울한 건데? 그 뽑기 티켓에서 꽝이라도 나왔어? ……아니면 설마 실연?! 정말 괜찮아? 실뜨기 할래?!"

"……무쿠도리. 다음 주에 미팅할 건데, 올래?"

"둘 다 잠깐만 기다려 봐. 무쿠도리는 메이든이 있으니까 덴드로에서는 자동적으로 여자애하고 24시간 내내 함께 지낸다고. 그리고 인터넷에서 본 정보에 따르면 주위에 이상한 여자들이 마구 몰려드는 것 같으니 실연은 아니겠지. 오히려 그 반대로……, 여자들하고 너무 오래 지내서 피곤한 건지도 몰라."

"……적당히 좀 해라, 너희들. 특히 후유키."

그리고 이벤트에서 얻은 티켓은 아직 안 썼다고, 나츠메(알토).

"여름이라 퍼진 것도 아니고, 5월병도 아니야. 실연이나 여난 때문에 그런 건 절대 아니고. 집안 사정 때문에 좀 지쳤거든. 그리고……, 최근 한 달 동안 덴드로에서 일어난 일을 돌아보고 있어서."

""아~.""

"무슨 말인지 알겠네~♪ 정말 큰 이벤트였으니까."

카스가이와 후유키는 이해가 된다는 듯한 목소리를 냈고, 이벤트를 함께 진행했던 나츠메는 공감한다는 듯이 고개를 끄덕이고 있었다.

"왕국은 힘들었던 모양이니까."

"……그래."

……정말, 이번 4월에는 너무 많은 일이 있었다.

첫 주 주말에는 토르네 마을과 카르티에 라탱에서 일어난 사건. 다음 주 주말에는 한냐 씨와 [광왕(에프)] 사건. 그다음 주 주말에는 강화 회의. 그리고 어제는 〈애니버서리〉.

내부에서는 시간이 3배로 적용되기에 체감이 좀 다르긴 하지만, 현실 시간으로는 매주 뭔가 대사건(이벤트)이 일어나고 있다.

뭐, 그렇게 따지면 3월부터 그랬던 것 같기도 하지만.

……이번 주말에는 아무 일도 없겠지?

"게다가 거의 다 엮였다고……."

예외는 강화 회의와 동시에 일어났던 왕도의 테러뿐이다.

"기분 전환할 겸 실뜨기 할래?"

"안 해."

"역시 미팅……."

"안 가."

"무쿠도리 군. [수왕(킹 오브 비스트)]이랑 싸운 동영상은 괜찮게 나와서 재생 숫자도 꽤 많이 올라갔으니까 안심해."

"……그게 안심할 일이야?"

어제 이벤트 때 쥬베가 말했던 [수왕]전 동영상은 나도 확인했다. 올린 사람은 [마장군]과 벌인 전투 동영상을 올렸던 사람이었고, 왠지 모르겠지만 내용이 왕국 쪽을……, 그리고 나를 띄워주는 식으로 편집되어 있었다.

다른 영상 기록도 없기 때문에 인터넷 같은 곳에서는 그 동영상의 내용이 사실로 퍼졌다.

……이제 범인이 누군지는 대충 짐작이 된다.

백의를 입은 〈초급〉의 그림자가 아른거렸기에 나는 한숨을 쉬었다.

"천지 쪽은 국가 이벤트 같은 거 없어?"

"딱히 없는 것 같은데? 일단 토우세이덴(우리 쪽)은 한가할걸?"

"난쥬몬(우리)은 이벤트가 없네."

"내가 소속된 호쿠겐인 가문이 북쪽 끝에 있는 쿠로와 가문하고 싸워서 이긴 것 정도?"

천지는 한 나라이긴 하지만 내부에서는 여러 다이묘 가문——
일본어로 자동 번역된 결과이기 때문에 원래는 다른 명칭일지도
모른다——으로 나뉘어 있다. 그리고 전국 시대처럼 다이묘 가
문들끼리 내전을 벌이는 경우가 많고, 후유키가 소속된 호쿠겐
인 가문이 대표적인 사례인 것 같았다.

"쿠로와 가문이라고 하면 무모한 싸움이었다고 소문이 자자하
던데?"

"응. 당주가 바뀐 쿠로와 가문이 4대 다이묘 중 하나인 호쿠겐
인(우리) 가문에 쳐들어왔거든."

4대 다이묘란 카스가이의 난슈몬(南朱門), 나츠메의 토우세이
덴(東靑殿), 후유키의 호쿠겐인(北玄院), 그리고 세이하쿠토(西白塔)
라는 천지에서도 특히 강력하고 역사도 오래된 네 다이묘 가문
을 일컫는 말이다. 이름을 봐도 알 수 있듯이 동서남북으로 나
뉘어 있다.

지금 없는 아키야마는 네 사람 중에서 혼자만 다른 가문에 소
속되어 있다.

……쥬베는 나츠메와 마찬가지로 토우세이덴 소속이라고 한다.

"참고로 그거, 전국 다이묘로 따지면 밸런스가 어때?"

"호쿠겐인 가문이 전국 시대의 타케다 가문, 쿠로와 가문이
아즈치 모모야마 시대의 다테 가문이라고 해야 하나."

……의외로 균형이 잘 잡힌 것 같은데. 일부러 시대를 언급한
건 양쪽의 전성기로 비교했기 때문일 것이다. 무모하다고 할 정

도로 차이가 클 것 같진 않다.

"쿠로와 가문도 자신의 영지에 세이브 포인트를 지닌 유력 다이묘이긴 하니까 티안의 전력으로 따지면 6대4 정도려나? 하지만 〈마스터〉는 그렇지 않아. 호쿠겐인 가문에는 두 〈초급〉, 빅맨 씨하고 무량대수 사키 씨가 있으니까."

……양쪽 다 이름이 큼직하다.

"결국 상대방이 쳐들어오긴 했지만, 우리가 카운터를 날려서 압승했지."

"……흐음."

〈마스터〉가 전력의 결정적인 차이로 작용한다……, 서방에서 일어났던 제1차 기강전쟁과 비슷한 이야기다.

"처음 벌어진 회전에서 큰 승리를 거두었고, 그쪽 당주도 죽었으니까. 그 뒤로는 희생을 줄이며 야금야금 영토를 갉아먹는 상태지. 그리고 공백 지대에 생겨난 도적들에게 대처할 필요도 있었고. 싸움에 아직 참가하지 못하는 나도 그쪽 관련 퀘스트는 받았으니까. ……그런데 요즘은 좀 이상해지긴 했지."

"이상해졌다고?"

"한마디로 말하자면 제3세력이야. 몬스터처럼 생긴……, 레전더리아에나 있을 법한 아인이 갑자기 잔뜩 나타나서 기습하거든. 그래서 호쿠겐인 가문의 움직임도 잠잠해진 것 같아. 나도 데스 페널티를 받아버렸고."

"몬스터처럼 생긴 아인……이라."

후유키가 말한 건 왕도에서 벌어진 테러 때도 모습을 드러냈다.

[충장군(버그 제너럴)]이 이끄는 벌 형태의 아인 군단이다.

"…………"

[충장군]과 맞서 싸운 카스미 일행의 이야기에 따르면 [충장군]은 '내게 힘과 새로운 병사를 내려주신 그분'이라고 말한 모양이었다.

대륙을 사이에 두고 정반대 위치에 있는 왕국과 천지. 거리가 너무 멀어서 동일인물의 소행 같지는 않지만……, 마음에 좀 걸리는 게 있었다.

"레이찌는 또 고민해? 두뇌 운동도 할 겸 실뜨기 할래?"

"아니, 이건 분명 수수께끼의 아인이 어떤 맛일지 상상하는 거겠지. 무쿠도리의 배틀 스타일이라면 벌레나 시체도 먹을 테니까!"

"……너희 둘이 하는 말 때문에 머리가 아파진 것 같은데."

아무튼 여기서 생각하기는 힘들 것 같으니 나중에 해야겠다.

아니, 진짜 나를 뭘로 보는 거야?

…………시체는 [고즈메이즈]와 싸웠을 때 먹긴 했지만 말이지.

대학교 강의도 저녁 전에 끝났고, 나는 바로 집으로 돌아왔다.

내일부터는 또 주말이기에 덴드로에 집중할 수 있다.

이번 주말에는 미뤄두었던 〈데스 피리어드〉의 본거지(홈)를 찾아야 하고, 기데온에선 나도 약간 관여한 〈토너먼트〉가 개최된다.

비교적 편할 것 같은 일이다.

"뭐, 이제 평온하게 무사히 끝나면 좋겠는데 말이지."

그런 생각을 하면서 자전거를 타고 가다 보니 우리 집인 아파트가 보이기 시작했다.

"응?"

아파트 앞에서 문이 닫힌 택시가 떠나가더니, 어떤……, 낯익은 여자가 남았다.

그녀는 여자 혼자 옮기기에는 너무 많은 종이 꾸러미를 발치에 두고 '어떻게 해야 할까'라고 고민하는 모양이었다. 아마 물건을 너무 많이 사서 택시로 옮기긴 했지만 방까지 옮기기에는 너무 많아서 그런 것 같았다.

"안녕하세요."

"무쿠도리 씨. 안녀엉."

금발이 눈에 띄는 외국인인 그녀는 아직 약간 어색한 일본어로 내게 인사를 했다.

나는 그녀와 아는 사이다.

"혹시 괜찮으시면 짐 옮기는 걸 도와드릴까요?"

"그래도 돼?"

"네, 옆집이니까요."

그녀……, 프란체스카 씨는 이 아파트에서 내 옆집에 사는 이웃이다.

짐을 옮기는 것도 그렇게까지 수고가 들진 않는다.

"고마워어."

"곤란할 때는 서로 도와야죠."

나는 그렇게 말한 다음 프란체스카 씨의 짐 중 3분의 2를 들었다.

종이 꾸러미는 두 개였는데, 들어보니 의외로 무거웠다.

안에서는 잘그락잘그락, 작은 유리병이 스치는 듯한 소리가 들렸다.

"병이 잔뜩 들어 있는 것 같은데, 이게 뭐죠?"

"도료. 찰흙. 대학교 과제, 다음 주까지."

"아, 미술 쪽 대학교군요."

"네. 혹시나 하는, 생각에, 너무 많이 샀어."

프란체스카 씨는 아직 일본어가 유창하지 못해서 그런지 짤막한 단어로 대답하는 경우가 많다.

내가 하는 말은 알아듣는 것 같으니 듣기는 잘해도 말하는 데 고생하는 것 같다.

"대학교는 어디 다니세요?"

"T예대, 1학년."

그렇구나, 우리 대학교처럼 이곳에서 그리 멀지 않은 곳이다. 같은 아파트에 사니까 당연하다고도 할 수 있겠지만.

"……?"

그런데, 1학년?

나보다 연상인줄 알았는데……, 동갑인가?

"……나, 스물두 살."

"아, 네."

내 의문을 눈치챈 건지 프란체스카 씨가 그렇게 말했다.

외국인이라 나이를 알아보기가 힘들었는데, 역시 연상이었던 모양이다.

나중에 이쪽 대학교에 입학하기로 결심한 거면 그럴 수도 있으려나?

일본어로 말하는 게 아직 서투른 것도 이쪽에 오고 나서 얼마 안 되었기 때문일 것이다.

이웃이 되고 한 달이 넘게 지냈는데 이렇게 이야기할 기회가 별로 없었네.

"당신은?"

"저요?"

우리는 잡담을 하며 엘리베이터를 탔다.

"열여덟 살. T대 1학년이에요."

"……C'est surprenant."

……방금 프랑스어로 '의외'나 '놀랍다'고 한 건가?

역시 나는 T대 학생으로 안 보이나? 덴드로에서도 아는 사람들이 자주 그러던데. 줄리엣이나 비슈마르 씨 같은 사람이.

그래도 첼시는 오히려 '그게 어딘데?'라는 반응을 보였지. 뭐, 현실에서 해외에 사는 사람들은 원래 그럴지도 모르겠다.

내가 그렇게 생각하고 있자니.

"열네 살 정도, 인 줄 알았어."

"그쪽?!"

프란체스카 씨의 대답을 듣고 오히려 내가 놀랐다.

"무한 리필인 겐가!"

네메시스, 가만 있어.

『다른 사람을 먹어도 좋지만, 레이가 제일 맛있어 보이니까…….』

"식인귀의 발상이야……!"

『레이가 너무 좋아. 음식으로서.』

"전혀 기쁘지 않아!"

"……이래선 효과 시간을 길게 했다간 반동으로 전신이 먹혀버리겠구먼."

간단히 의사소통할 수 있게 됐지만, 앞으로도 〈장염희〉 사용에는 주의가 필요하다는 걸 다시 확인했다.

그날 밤, 레이가 잠든 뒤의 일.

불을 끈 방 안에서 네메시스와, 아직 소환되어 있는 꼬마 갈이 이야기를 나누었다.

"이보게, 꼬마 갈. 그대, 조금 전엔 레이를 『음식으로서』 너무 좋다고 했지."

『응.』

"그것 말고 다른 마음은 없는 겐가?"

『도깨비로서는 진수성찬이라 생각하고 있어.』

"……흐음."

갈드랜더의 성질과 말에 숨겨진 뜻을 생각한 네메시스는 무언가를 알아차렸다.

"어찌 됐든 우리는 레이의 메인 웨폰. 함께 이 녀석을 지지해주지 않겠느냐."

『그럴게.』

대화를 나눌 수 있게 된 레이의 무기와 수갑.

잠자는 〈마스터〉 옆에서. 두 파트너는 서로 손가락과 손바닥을 맞대며 그렇게 맹세했다.

■ 모월 모일 카르디나 모처

"드디어 젝스도 탈옥에 나서나."

그날 라스칼은 그들의 본거지 집무실에서 한 장의 사진을 바라보고 있었다.

평소에는 아이템 박스에 담아, 남의 눈에 띄지 않게 하는 사진이다.

"주인님, 그 사진은 뭐죠?"

감회가 새롭다는 듯 사진을 보는 라스칼 때문에 마키나도 신기한 듯 사진을 들여다보았다.

사진에 찍힌 인물은 4명. 라스칼, 에밀리, 제타, 그리고 젝스다.

"이건 우리가 처음 만났을 때의 사진이다. 여기 시간으로 1년 이상 전이네."

"음~. 그럼 〈IF〉 초기 멤버의 첫 상견례. 제가 주워져서 접속하기 전이네요."

"그렇지."

"이렇게 보면 개성이 너무 강한 멤버네요. 제일 평범한 외모를 가진 사람은 [범죄왕]에 슬라임이고요. 도대체 무슨 경위로 손을 잡은 거예요?"

"……그렇군. 다 얘기하기 너무 기니 요약하자면……."

현재, 사회의 표리에 이름을 떨치는 〈IF〉.

그 시초인 네 사람이 모인 경위는 우연과 한 인물의 야망이었다.

그 인물의 이름은 즈월트 프리벨.

왕국의 백작이며…… 야심으로 쿠데타를 계획하고 있던 인물이다.

백작은 은밀히 발굴하던 선선대 문명의 유산으로 휘하의 군세를 증강하고 있었다.

그러나 은닉하고 있던 〈유적〉의 병기를 전부 발굴했음에도 백작은 전력이 부족하다고 생각했다.

왕국의 첫째 공주가 [성검공주]라는 사실은 알려지지 않았지만, 그게 아니라도 [대현자]와 [천기사]가 이끄는 왕국군을 상대로 확실한 승리를 얻기에는 아직 전력이 부족하다고 판단한 것이다.

그리고 백작은 부족한 전력을 보충하기 위해 당시부터 선선대 문명 병기의 상인으로 활동하고 있던 라스칼과, 그가 소유한 선선대 문명의 무기 및 병기에도 눈독을 들였던 것이다.

라스칼은 반쯤 협박 같은 거래를 제안받았지만, 거절.

그 후 백작은 협박대로 강경책을 취하고, 라스칼은 티안 도적이나 암살자의 표적이 되는 나날을 보내게 된다.

라스칼도 그걸 대처해야 하는 번거로움에 질려서, 끝을 내기 위해…… 백작이 다스리는 도시 프리벨에 발을 들여놓았다.

그러나 같은 시기, 그란바로아에서 막 도망 나온 제타도 프리벨에 있었다.

라스칼, 백작, 제타. 각각의 생각이 뒤얽히며 항쟁은 과열.

그러던 중 백작의 군세가 라스칼과 함께 있던 에밀리의 역린을 건드려서, 그녀가 자동 살육 모드에 돌입하면서 전투는 더욱 확대됐다.

그리고 무척 타이밍 좋게, 혹은 나쁘게…… 딱히 의도도 없이 우연히 거기에 있던 젝스까지도 마침 잘됐다며 난입한 것이다.

당시의 프리벨은, 지명 수배 〈초급〉 4명이 전투를 펼치는 참극의 장소가 되었다.

"솔직히 말하면 당사자인 나도 왜 그렇게 됐는지 모르겠다. 에밀리도 중간부터 내가 보이지 않는 곳에서 움직이기 시작했고."

"하아. 그것참……. 그건 그렇고 〈초급〉한테 싸움을 건 그 백작이 대단하네요."

"그만큼 자기 힘에 자신이 있었겠지. 백작 자신은 '마력을 이용하는 장비의 성능을 끌어올리는' 전투계 초급직 [마장왕]. 게다가 보유 전력도 귀족 중에서는 톱클래스였어. 무엇보다, 당시엔 아직 그렇게까지 왕국 내에서 〈마스터〉의 전력 평가가 높지 않았지."

지금 기준으로 생각하면 라스칼에게 손을 댄 백작은 심각할 정도로 목숨 아까운 줄 모르는 놈이지만, 당시는 황국과의 전쟁은커녕 [글로리아]가 습격하기도 전.

그 때문에 왕국 내에서는 아직 거기까지 〈마스터〉의 힘이 주목받지 못했다.

실제로 규격 외의 힘을 보느냐 아니냐에 따라, 평가가 전혀 달랐던 것이다.

"싸움은 이윽고 우리 넷과 백작의 싸움이 되었고, 백작도 비장의 카드인 선선대 문명의 거대 병기를 들고 나왔다."

라스칼이 봤을 때 그는 타안 중에서는 상당한 강자였다. 선선대 문명 병기를 초급직으로 강화한 전투력은 웬만한 〈초급〉보다 낫다.

지금 라스칼 옆에 선 기계 메이드를 손에 넣지 않았던 무렵…… 사건 당시의 그가 혼자서 싸웠다면, 승패는 알 수 없었다.

다만, 그때의 백작은 〈마스터〉를 얕잡아 봤고, 무엇보다 겁이 없었다.

만약 지금의 왕국 귀족과 동등한 인식을 가지고 있었다면, 전투계열 〈초급〉 4명을 동시에 상대하는 어리석음은 범하지 않았을 것이다.

"결국 우린 병기를 파괴했고, 백작도 죽었어."

"오, 무슨 무기인가요?"

"잔해는 내가 회수해서 보관해 뒀는데, 얼마 전에 보니 없어져 있었다.……또 네가 마음대로 재료로 썼지?"

"어? 뭐였을까요……."

"어쨌든 시작은 성가셨지만 결과를 보면 저마다 얻는 게 있었어."

라스칼의 말대로 병기의 잔해는 위자료 대신 그가 회수했다.

직 전력은 전멸하고, 자동 살육 모드인 에밀리의 자원이 되었다.

백작 저택에 남은 다른 금품이나 아이템은 어느새 제타가 훔친 상태였다.

그리고 젝스의 경우엔…….

사건 이후 젝스는 '그럼 이번 죄는 이 제가 전부 가져가죠'라며 죄를 모두 뒤집어썼다.

"네…………?"

게다가 쿠데타의 증거를 인멸하고, 마치 아무것도 하지 않은 프리벨 백작가가 범죄자인 젝스에게 습격당해 전멸한 것처럼 꾸민 것이다.

그것이 프리벨 백작 저택 참살사건이라 불리는 일의, 숨겨진 전말이다.

처음엔 젝스의 제안을 듣고 제정신을 의심한 라스칼이지만, 【범죄왕】이 가진 스킬과 젝스 자신의 신조를 알고 납득했다.

지금의 마키나처럼 좀 깨긴 했지만.

"후후……."

물론 그뿐이라면 다시는 만나지 않기를 빌며 헤어졌을 것이다.

마지막에는 함께 싸우는 형식으로 백작을 쓰러뜨리긴 했지만, 중간까지 에밀리 말고는 누가 '감옥'에 들어가도 이상하지 않은 싸움이기도 했다.

처음에 라스칼은 젝스와 제타 두 사람을 위험한 적으로 인식했던 것이다.

그러나 그에게 예상 밖이었던 일이 생겼다.

"그 녀석들과 그 후에도 어울리게 된 계기는…… 에밀리가 젝스, 제타와 친해진 거였어."

"에밀리가요?"

"왠지는 모르겠지만 말이야."

어쩌면 라스칼의 눈이 닿지 않은 곳에서 두 사람과 무슨 일이 있었는지도 모른다. 하지만 라스칼이 물어봐도 에밀리의 설명은 이해할 수가 없었다.

그리고 두 사람에게 그것을 들을 수 있는 관계가 되었을 때에는…… 물어볼 필요도 없게 되어 있었다.

"에밀리는 일찌감치 플러스 판정을 내리며 오랜만에 생긴 '친구'와의 기념촬영을 졸라댔지. 이 사진은 그때 내가 드론으로 촬영한 거다."

라스칼의 예전 전투 스타일은 전투용 드론을 이용한 파상 공격이었지만, 평범한 드론과 같은 사용법도 불가능한 건 아니었다.

"그 뒤 우리 넷의 교우가 시작됐고, 젝스가 [글로리아]로부터 얻은 초급 무구를 계기로 지금의 목적이 생겨, 그것을 위한 〈IF〉가 시작됐다."

"흔한 말이지만, 사람에게는 누구든 역사가 있다는 거죠."

"……그렇군."

사람이 아니면서 라스칼보다 훨씬 역사를 거듭하고 있는 마키나가 말하니, 조금 빈정거림 같게도 느껴졌다.

"뭐, 막상 어울리고 보니 그 녀석들은 개성이 너무 강했어. 제타는 그래 보여도 자기 욕구에 정직해서 말도 안 되는 도적질을 했고, 젝스는 자기 신조 때문에 이상한 짓만 거듭했지. 거기에 에밀리까지 있으니, 뒤치다꺼리하는 내 심적 피로도 늘었다고."

"처음부터 그런 포지션이었네요, 주인님……."

"그러게 말이다. 나 참, 민폐나 끼치고 말이야."

"그래도, 착실히 보살펴 주고 계신다는 건 그 둘을 좋아하신다는 거겠죠?"

"……."

부정할 수 없는 말이었다.

맨 처음 젝스와 제타를 친구로 인식한 건 에밀리였지만, 라스칼도 같은 마음을 품게 되기까지 그리 오랜 시간이 걸리지 않았던 걸 기억하고 있다.

"……악인에겐 악인 나름대로 죽이 맞는 상대가 있다는 거지. 그뿐이야."

고개를 돌리고 조금 부끄러운 듯이 말하는 그를, 마키나는 흐뭇하게 바라보았다.

□[성기사] 레이 스탈링

"후지농, 후지농! 이 본거지, 왕국에서 제일 대단한 거 아냐?!"

본거지 계약을 마친 후, 동행한 멤버 중 한 명인 이오가 눈을 반짝이며 후지농에게 말했다.

"그렇죠. 아무리 그래도 기디언의 투기장에 사는 클랜은 전대미문이겠지요. 특이한 케이스로 공중 거점을 구축한 클랜과 육상 전함을 본거지로 한 클랜은 있다던데요."

"뭐야! 대단해! 오너! 우리 본거지도 더 파워업하자!"

후지농의 이야기에 자극받았는지 이오가 그런 말을 꺼냈다.
"파워업이라니…… 어떤 거?"
"둥근 외벽을 따라 대포를 늘어놓는다든가! 방위 설비!"
"여기 시내 한복판인데?!"
뭘 노리기 위한 대포냐고!
"……슬럼가에 무력으로 군림하는 폭군의 성처럼 되겠네요."
"겉보기에 악 속성인 건 이미 받아들여야 하는 거 아냐? 오너부터 겉모습이 오너고!"
"이오, '겉모습이 오너'라는 건 무슨 묘사야……?"
"네? 세기말의 지배자 같은 복장이잖아요!"
"브루투스, 너마저……"
"이오인데요?"
그리고 세기말 느낌으로 따지면 나보다 인형옷을 벗고 있는 형이 훨씬 심하지 않나?
"어쨌든 대포를 늘어놓는 건 안 돼! 오히려 벽이 지저분해져 있으니까 깨끗이 해야지."
치안이 나쁜 구획이라 그런지 좀 외설적인 낙서도 있었고.
"지금은 〈토너먼트〉 준비도 있으니까, 끝난 후에 분담해서 청소하자."
"그러죠. ……어라? 밖에 누가 왔네요."
"어?"
후지농의 말에 귀를 기울이자 확실히 투기장 밖에 많은 인기척이 있었다.
"설마 8번가의 악당들이 신참을 교육하기 위해 뛰어드는 걸까나!"
"아니, 설마 그런 조폭 만화 같은 전개가…… 일단 무슨 일이 일어나고 있는지 확인해야 해."

그리고 투기장 밖으로 나온 우리들이 본 것은…….
"좋아! 이놈들아! 얼룩 하나 안 남을 때까지 청소하는 거다!"
"""오오!"""
청소도구를 손에 들고 있는 우락부락한 사람들이었다.
"……저기, 이게 무슨 모임이죠……?"
"응? 헤엑?! 레, 레이 스탈링…… 씨!"
"청소해 주시려는 것 같은데, 갑자기 왜?"
"저, 저희는 말이죠, 레이 씨네가 여기를 빌렸다고 해서……."
소식이 빠르네. 기디언 자체가 아수라장에 익숙해서인지 이 구획의 주민도 만만치 않다.
"그래서, 그, 여기 벽을 전에 저희가 더럽혀놔서……."
"아……."
아무래도 낙서는 이 사람들이 범인이었던 모양이다.
"그, 그래서 반성하고, 그, 청소해야겠구나 해서…… 그, 정말로 죄송합니다! 용서해 주세요……! 목숨만은……!"
"네……?"

……아니. 뭔가 겁먹은 것 같은 데다 방향성도 이상해.
당황하고 있는 나에게 후지농이 귓속말을 했다.
"오너. 우리는 기디온 최강의 피가로 씨와 프랭클린 사건 때 주변 지형을 바꾼 형님, 애투제로 거리를 혼란에 빠뜨린 한냐 씨의 클랜인데요? 그런 클랜의 본거지에 낙서를 한 티안과 과연 살아도 산 것 같을까요?"
"………아."
그랬다. 우리는 지인으로 구성됐지만, 이 나라의 최대 전력이 모인 클랜. 거기에 해를 끼쳐놨으니 무슨 일을 당할지 몰라 불안에 떠는 것도 이해는 된다.
형네 쪽도 성격을 모르는 사람들한테는 그런 식으로 두려움을 사는 것일까…….
"먹지 말아주세요! 저는 죽을 만큼 맛이 없으니까요……!"
…………………어라?
"……저기, 이거 설마 그쪽이 아니라…… 나한테 겁먹고 있는 거야? 아니, 티안 사이에서도 그게 소문이 났었어?"
나의 발언에 이오는 폭소했고, 후지농도 입가를 누르고 웃음을 참고 있는 것 같았다.
……이해가 안 되네.

어쨌든, 험악하신 분들의 청소 활동으로 본거지의 외벽은 반짝반짝 빛을 발하게 되었다.

Infinite

Dendrogram

18. King of Crime

카이도 사콘 지음
타이키 일러스트
천선필 옮김

S NOVEL+

□[성기사] 레이 스탈링

『♪~』

본거지를 손에 넣은 날 밤, 자기 방에서 편히 쉬는 내 머리 위엔 작은 도깨비가 올라타 있었다.

극소 갈드랜더, 통칭 꼬마 갈. 지금까진 큰 디메리트가 동반되는 소환밖에 할 수 없었지만, 대소환의 고리를 손에 넣은 덕에 이런 형태로나마 상주할 수 있게 되었다.

일단 탁상 위에 그녀를 위한 미니어처 가구를 준비했지만, 그녀는 내 머리에 계속 눌어붙어 있다.

『키샤~.』

뭔가 눈치챈 건지도 모르겠지만 내 머리를 긁어대는 건 멈춰줬으면 좋겠다.

그래도, 이렇게 서로 편하게 이야기할 수 있는 환경이 갖춰졌으니 지금까지 궁금했던 걸 물어보도록 하자.

"있잖아, 갈드랜더."

『왜?』

"널 그냥 불렀을 때 생기는 디메리트, 세 가지 반동에 대해 물어보고 싶어."

[장염수갑]의 비장의 수단, 갈드랜더를 본래의 성능으로 불러내는 〈장염희〉.

강력한 기술이지만 막대한 MP가 드는 데다 무작위 반동이 생긴다.

〈지옥장기〉에서 오는 삼중 상태이상, 〈연옥화염〉에서 오는 인체 발화, 그리고 육체 사용권의 상실. 이 셋 중 하나가 내 몸에 일어나는 것이다.

"상태이상은 실제로 겪어봤고 발화도 대충 알겠어. 근데, 육체 사용권 상실은 구체적으로 어떻게 되는 거야?"

『레이의 몸을 내가 써.』

"……그게 다야?"

『그게 다야.』

그렇구나. '저주받은 무기에 조종당한다' 같은 디메리트인 건가.

몸이 전혀 안 움직이게 되는 케이스도 생각했었는데 말이지. 그랬다면 전투 중에는 치명적이었겠지만, 의사소통이 되는 갈드랜더가 움직이는 게 다라면 괜찮겠다.

적에게 공격당하더라도 갈드랜더라면 회피해 줄 거고.

그렇게 생각했는데…….

『레이의 몸을 써서 레이의 몸을 냠냠할 거야.』

"잠깐만."

꼬마 갈이 무시무시한 그로테스크 발언을 시작했다.

그리고 보니, 저녁에도 『손가락 정돈 먹게 해줘』 같은 소리를 했었지…….

『육체의 권리를 받는 거니까, 시간 제한 안에 잔뜩 먹어야 해.』

"사람 몸을 무한 리필 가게처럼 말하지 말아줄래?!"

아니, 네 살이나 어리게 본 거야?!

일본인은 어리게 보인다고들 하지만, 고등학교를 넘어서 중학생 수준이라고?!

"대학생 맞아요. 아니, 중학생이 이런 곳에서 혼자 살 순 없죠."

"그래. …………."

프란체스카 씨는 그렇게 말하고는 뭔가 납득하며 고개를 끄덕이는 것 같았다.

프랑스어로 살짝 속삭인 것 같은 느낌이 들었는데, 왠지……, '나는 혼자 살았는데'라고 말한 것 같았다.

"도착."

엘리베이터가 목적지 층에 도착했고, 우리는 짐을 떠안은 채 내렸다.

참고로 우리가 사는 곳은 아파트 13층이다.

뭐, 내가 13층에 사는 건 우연이 아니라 선택한 결과다. 숫자가 불길해서 입주자가 비교적 적었고, 형이 공짜로 빌려주는 거라 그나마 인기가 없고 저렴한 방을 골랐기 때문이다.

유럽 사람인 것 같은 프란체스카 씨도 이곳 13층에 살고 있는데, 그런 걸 신경 쓰지 않는 성격인 듯하다. 아니면 종교가 달라서 그럴지도.

나는 곧바로 짐을 프란체스카 씨의 방까지 옮겼다.

방에 들어가도 괜찮겠냐고 묻자 프란체스카 씨가 고개를 끄덕였다.

문을 열자 현관에서 그림물감과 찰흙 냄새가 살짝 풍겼다.

주위를 힐끔 보자 무향성 소취제가 놓여 있었다.

아마 이 냄새를 없애려고 놓아둔 것 같은데, 완전히 없애지는 못한 것 같다. ……내가 신경 쓸 일은 아니지만, 프란체스카 씨는 보증금을 못 받을지도 모르겠다.

"짐은 어디로 옮길까요?"

"여기 두면 돼."

"알겠어요."

나는 병이 깨지지 않게끔 현관에 천천히 짐을 내려놓았다.

"고마워. 혹시 괜찮다면 차라도 마시고 가……, 라고 하고 싶지마안."

프란체스카 씨는 현관 너머, 내 방과 구조가 똑같다면 거실로 이어질 문을 보았다.

……무슨 말을 하고 싶은 건지는 짐작이 된다. 소취제를 놓아두었는데도 문 너머로 이렇게 냄새가 나는 걸 보면 익숙하지 않은 사람이 차를 마실 환경은 못 될 것이다.

"신경 쓰지 마세요. 또 무슨 곤란한 일이 생기면 말씀하시고요. 이웃이니까."

"그래. 이 빚은, 언젠가 갚을게에."

역시 일본어가 서툴러서 그런지 왠지 배틀 만화 같은 말이었다.

짐 옮기기를 도와준 사람 좋은 이웃과 이야기를 나눈 다음, 나는 현관문을 닫았다.

이야기를 나눈 건 이사 오고 나서 왠지 모르겠지만 일본의 면을 가져왔을 때 이후로 처음인데. 이야기할 때 스트레스받는 타입은 아니라 다행이네.

『……그건 그렇고, 대학생이었구나. 일본인의 나이는 잘 모르겠어.』

다른 사람과 이야기할 때가 아니면 자연스럽게 모국어가 나온다.

그와 이야기할 때도 잠깐 나오긴 했지만, 아마 알아듣지는 못했을 것이다.

그건 그렇고 다행이다. 일본은 치안이 비교적 좋으니 길이나 바닥에 짐을 내버려 두더라도 누군가가 가져가 버릴 확률은 별로 없겠지만, 그 덕분에 번거롭게 왕복하지 않을 수 있었다.

『휴우……. 대학교가 쉬기 전에 과제를 끝내려고 너무 욕심을 부려버렸네.』

쇼핑을 마치고 카트에서 택시에 짐을 옮기며 눈치챘으니, 정말 멍청했다.

『다음 주말부터 연휴. 골든 위크, 라고 했던가? 특이한 시기에 연휴가 있네. ……과제를 마치면 **저쪽**에 집중할 수 있으니 좋긴 하지만.』

나는 혼잣말을 하면서 현관에 있는 짐을 거실……, 그 너머에 있는 작업장으로 옮겼다.

현관에서 이어지는 문을 열자 내게는 익숙한 찰흙과 도료 냄새가 코를 찔렀다.

방 여기저기에는 내가 만든 꽃병 크기의 조형물이나 자작 피규어가 놓여 있다. 아직 안 마른 것도 있어서 냄새가 남아있다.

분리형 투룸의 방 하나는 침실이지만 그곳 말고는 거의 이런 상태다.

방 하나는 작업장이고, 거실 쪽은 만든 걸 놓아두기 위한 공간이다.

도료에 불이 붙으면 위험하기에 요즘은 요리도 하지 않는다.

내가 생각해도 이런 어지럽혀진 모습은 저쪽 클랜 같네. ……방향성은 다르지만.

『보통 아파트였다면 쫓겨났겠지.』

다행히 이곳은 임대료가 비싼 대신 그런 걱정은 하지 않아도 된다.

이웃인 그의 반응을 보니 냄새도 옆집까지는 넘어가지 않은 것 같았다.

……그래도 나갈 때는 청소 업자를 불러야 할지도 모르겠다.

『………….』

그렇게 생각할 수 있을 정도로 지금은 생활에 여유가 생겼다.

일부러 유럽을 떠나고, 고급 아파트를 빌리고, 일본 예술 대학교에 입학하고, 졸업뿐만이 아니라 죽을 때까지 느긋하게 살 수 있을 정도로는 돈에 여유가 있다.

『……한 번 정도는 성묘하러 가는 게 나으려나.』

작년 말에 죽어서 **뜻하지 않게** 여동생뿐만 아니라 내게도 유산을 남겨야만 했던 사람이 약간이나마 안타깝게 느껴졌다.

『그러고 보니 그 애는 지금쯤 어떻게 지내고 있으려나.』

지금은 멀리 떨어져 살고 있는 여동생……, 정확히는 **저쪽** 여동생을 생각했다.

그 사람이 죽은 뒤에 유산 분배 때문에 다시 만났고, 내가 저쪽으로 초대한 그 애.

전에 〈DIN〉의 기사를 보니 서방에서 일어난 사건과 거의 맞먹을 정도로 골치 아픈 일에 휘말린 것 같았다.

……성격이 순수해서 그런지 예전부터 이것저것 고민을 많이 하는 애니까 카르디나에서 스트레스를 너무 받지 않으면 좋겠는데.

짐을 다 옮기고 나서 거실에 있는 소파에 앉았다.

인스턴트 커피를 끓인 다음 TV로 모국의 뉴스 프로그램을 보며 마셨다.

……내게는 익숙하지만, 도료와 커피 향기가 섞이니 까만 그림물감을 마시는 듯한 기분이 드네.

『……적어도 손님을 맞이할 수 있을 정도로는 치울까?』

오늘 같은 일이 있을 수도 있다. 거실하고 다이닝룸 테이블 위정도는 치우고 방에는 다 말라서 냄새가 별로 안 나는 것들만

두기로 결심했다.

커피를 다 마신 다음 작업에 들어갔다.

테이블 위에 장식해 두었던 점토상과 자작 피규어를 골라서 집어 들었다. 만든 지 시간이 지나서 마른 것들. 다시 말해 넣어 두어도 문제가 없는 것들을 골라서 프랑스어 신문지로 포장한 다음 넣기 시작했다.

이쪽에서 살기 시작한 건 2월부터인데 꽤 많이 만들었네. 대학교나 저쪽 활동 시간이 하루 중 대부분을 차지하는데, 대체 어떻게 시간을 낸 걸까.

『……어머.』

정리하고 있던 동안에 나는 테이블 위 구석에 있던 조형물을 들었다.

그것은 구체에서 촉수가 돋아난 괴물 점토상이었다.

이걸 만들었을 때 있었던 일이 지금도 눈에 선하다.

지금으로부터 한 달 전……, 반쯤 **공양**하기 위해 만든 물건이다. 내가 이런 말을 해도 되나 싶긴 하지만, 제작 당시에 느낀 분노와 분한 마음이 담겨 있는 걸 알 수 있다.

『………….』

나는 그것을 빤히 바라보다가……, 노려보다가……, 다른 조형물과 마찬가지로 포장해서 집어넣었다.

『……다음에는 실패하지 않을 거야. 그때 진 빚은 반드시 갚겠어.』

나는 괴물 점토상——— 내가 [RSK]라는 이름을 붙인 것을 내려다보며 그렇게 중얼거렸다.

　나는 정리를 대충 마치고 침실로 이동했다. 침대 옆, 내 허리 높이 정도 서랍 위에는……, 어떤 게임기가 놓여 있다.

　『자…….』

　나는 기기를 장착하고 침대에 누웠다.

　이 과정도 이미 셀 수 없을 정도로 많이 반복했다.

　저쪽에서의……, 〈Infinite Dendrogram〉에서의 나로 살아가기 위해서.

　『오늘은 우선 오른팔 최종 조정부터인가아?』

　그렇게 프란체스카(나)는, ───오늘도 [대교수(기가 프로페서)] Mr. 프랭클린으로서 〈Infinite Dendrogram〉에 로그인했다.

제2화 호출

□[성기사(팔라딘)] 레이 스탈링

집안일을 마치고 나서 덴드로에 로그인했다.

내려선 곳은 이미 익숙한 왕도의 분수지만……, 이곳도 그 테러 때 전장이 되었기에 이곳저곳에 그 흔적이 있었다.

망가진 채 방치된 것은 아니다. 하지만 직업이나 〈엠브리오〉로 수리한 결과, 고쳐서 새로워진 부분과 망가지지 않은 예전 부분을 기워서 붙인 듯한 상태가 눈에 띄었다.

시간이 지나면 자연스럽게 합쳐진다고는 하지만, 한동안은 왕도 전체가 이런 상태일 것이다.

"레이."

그렇게 주위 풍경을 보고 있자니 네메시스가 문장에서 나왔다.

"네메시스."

"오늘부터 또 연휴인 게지? 다음 직업을 취득해서 레벨이라도 올릴 텐가?"

어제 이벤트를 마치고 사냥을 해서 [척후(스카우트)]의 레벨도 다 올렸기에 현재 레벨은 250. 이제야 만렙까지 절반 남았다.

다음 직업은 고민하고 있는데, 우선 예전에 후보로 나왔던 [기사(나이트)], [사제(프리스트)], [모험가(어드벤처러)] 같은 걸 취득할까 생각 중이다. [기사]와 [사제]는 [성기사]와 잘 맞고, [모험가]도

범용성이 뛰어난 스킬이 많기에 [성기사]를 메인 직업으로 해두면 거의 낭비 없이 스킬을 쓸 수 있다.

하지만 레벨 올리기는 좀 나중에 해야 할 듯하다.

"그건 됐고 다른 일을 먼저 해야 해. 기데온에서 행사가 모레 개최되니까."

"그래. 그것이 있었구나."

"메일로 연락을 하긴 했는데, 이미 기데온으로 가 있는 것 같으니 나도 가야지."

지금까지 이런저런 일이 있었기에 클랜 멤버들과는 메일 주소를 교환했다.

개인적으로 받거나 연락용으로 받는 등, 사정은 사람마다 다르지만 아무튼 이제 클랜원들끼리 연락하기는 편해졌다.

참고로 현실에서 연락할 때는 덴드로와는 달리 자동으로 번역되지 않는다. 그리고 루크와 피가로 씨는 영어권 외국인이기 때문에 이오 같은 사람들은 '공짜 번역 소프트가 필수예요……!'라고 하던데.

"실버를 타고 가면 금방 도착할 테니까 먼저 왕도에서 볼일도 처리해야겠지."

"흐음. 그건 그렇고 기데온까지 이동하는 것도 편해졌구나. 예전에는 마릴린이 끄는 용차를 타고 이틀에 걸쳐서 갔을 터인데."

"그렇지."

그것도 이쪽 시간으로 환산하면 세 달 이상 전인가?

선배가 봉쇄하던 〈사우더 산길〉을 지나고, 밤에는 마리가 만든 엄청 맛없는 식사, 밥이라고 하기도 힘든 무언가를 먹고는 괴로워하고, 다음 날에는 [갈드랜더]하고 싸우고……, 그때도 정말 이런저런 일이 있었네.

……그나저나 왜 오늘은 이렇게 과거를 돌아보게 되는 거지?

"주마등?"

"……갑자기 왜 그런 재수 없는 소리를 하는 것인고?"

"설마 누나와 다시 만나는 게 확정되어서 몸이 죽을 위기를 느끼고 과거를 돌아보는 건가?"

"그대에게 누나란 어떤 존재인 게냐?"

"폭풍우."

"……그건 인간을 비유할 때 쓰는 단어가 아닌 것 같다만."

뭐, 누나 이야기는 일단 제쳐두자. 아직 현실에서도 1주일이나 남았으니까.

"일단 마왕 골동품점에 들르고, 그다음에 성에 가야지."

"흐음, 그러고 보니 들여온다고 했었지."

"그래."

◇

이야기는 내가 데스 페널티에서 복귀해서 왕도로 돌아온 날로 거슬러 올라간다.

나는 왕도와 왕성의 상황을 확인한 다음, 곧바로 마왕 골동품점에 와 있었다.

완전히 망가진 [VDA]──── [볼캐닉 다크메탈 아머]를 대신할 갑옷을 찾기 위해서였다.

선배에게 받은 그 갑옷은 카르티에 라탱 이후의 전투에서 오랫동안 큰 도움이 되어주었지만, [수왕(베헤모트)]과의 사투로 인해 수복이 불가능할 정도로 망가져 버렸다.

그 때문에 갑옷을 새로 맞출 필요가 생겨서 예전부터 몇 번 이용했던 마왕 골동품점으로 온 것이다.

하지만 가게에서 찾아봐도 적합한 갑옷은 보이지 않았다.

레벨이 맞지 않거나, 성능이 [VDA]보다 떨어지거나, 보통 그런 경우였다.

그래서 우선 임시로 쓸 거라 가정하고 성능이 뒤처지는 갑옷을 사려고 하자 두건으로 얼굴을 가린 점주분이 이런 이야기를 꺼냈다.

"시간이 좀 걸리긴 하지만 예전에 손님이 착용하시던 [VDA]보다 괜찮은 갑옷이 다른 지점에 있으니 들여올까요? 물론 손님의 레벨로도 장비가 가능합니다."

아무래도 내가 아이템 박스를 사러 왔을 때 했던 이야기를 기억하고 있었던 모양이다.

그리고 당시의 내 장비도 기억하고 있어서, 성능이 더 좋은 장비를 마련할 수 있다고 한다.

더할 나위 없는 제안이었기에 나는 그 갑옷을 들여와달라고 부탁했다.

◇

"그래서 아마 이미 와 있을 거야."

어제 이벤트에는 아슬아슬하게 제때 맞추지 못했지만……, 입고 갔다면 쥬베가 내 몸통까지 통째로 베어버렸을지도 모르니 오히려 다행이라 할 수 있다.

"새로운 갑옷인가. ……어떤 갑옷일지."

"성능이 좋기만 하면 딱히 상관없는데."

"아니, 내가 신경 쓰는 건 성능이 아니다."

"그럼 뭘 신경 쓰는데?"

"……이제 이런 이야기를 하면 좀 눈치챘으면 한다만."

네메시스의 말에 의문이 생기긴 했지만, 마왕 골동품점에 도착했다.

문을 밀어서 열자 카운터에는 오늘도 두건을 쓴 점주분이 있었다.

"실례합니다. 부탁드렸던 갑옷은 도착했나요?"

"네. 도착했습니다."

점주분은 그렇게 말한 다음 아이템 박스에서 갑옷 한 벌을 꺼내 카운터에 올려놓았다.

"……어?"

나는 그 갑옷의 디자인을 보고 매우 놀랐다.

"음, 이 갑옷은……, **똑같은 것**인가?"

그렇다, 점주분이 카운터에 올려놓은 것은……, 분명 [VDA]

였다.

디자인도 그렇고 들어본 무게 또한 예전과 똑같다.

……아니? 갑옷 안쪽 구조가 약간 다른데.

이쪽이 착용했을 때 움직이기 편할 것 같고, 왠지 튼튼해 보인다.

"네. 레전더리아산 [VDA]입니다. 손님이 예전에 착용하시던 것과 생김새는 같지만 다른 점이 있죠. 제작자의 기량 차이로 인해 기초 성능은 이쪽이 더 높고, 무엇보다 사양이 다릅니다."

"사양?"

"생산품이니까요. 생산할 때 어느 정도는 사양을 바꿀 수 있거든요. 예전에 손님이 착용하시던 [VDA]는 생산 스킬로 장비 가능 레벨이 낮아지게끔 만든 겁니다."

그러고 보니 선배도 그런 말을 했었다. 저번 [VDA]는 장비 가능 레벨이 100 이상이었는데, 원래는 200 이상이라고 한다.

"이 [VDA]의 장비 가능 레벨은 원래 수치 그대로지만 그 대신 《HP 증대》와 《파손 내성》이라는 장비 스킬이 딸려 있습니다."

"호오."

"참고로 이 《HP 증대》는 스킬 레벨이 5라서 HP가 50퍼센트 증가합니다."

"엄청나게 늘어나는데?!"

내가 착용해도 HP가 1만 이상 늘어나잖아?!

"그렇게 터무니없이 늘어나는 장비는 특전 무구 말고는 본 적이 없다만……. 그런데 점주여. 이렇게 강력한 스킬이 붙은 생산품은 꽤 희귀한 것 아닌고?"

네메시스가 문자 점주분이 고개를 끄덕였다.

"그야 물론이죠. 스킬 부여는 실패할 수도 있는데, 강력한 스킬일수록 실패할 확률이 커집니다. 《HP 증대》의 스킬 레벨은 5. 게다가 《파손 내성》도 있으니……, 어지간한 제작자라 해도 이런 부여가 성공할 확률은 2퍼센트도 안 되겠죠. 실패하면 장비 자체가 열화됩니다. 제작법에 따라 다르긴 한데, 오히려 부정적인 효과가 부여되는 경우도 있고요."

……그거참, 무서운 이야기다. 생산 계열은 하이 리스크 하이 리턴인 모양이다.

"[레시피]도 있으니 일반적인 물건은 DEX와 스킬만 충족되면 비교적 간단히 생산할 수 있습니다만, 성능이 좋은 커스텀 제품은 정말 희귀하죠. 이 갑옷도 예전 장인, 몇 대 전 [장신(더 크래프트)]이 남긴 물건입니다."

그거 대단하네. 생김새가 똑같긴 하지만 안쪽의 구조나 기초 성능까지 다른 이유가 그것 때문인가?

"예전에 착용하시던 [VDA]도 괜찮은 물건……, 아니, [VDA]를 만들 수 있다는 것만 해도 뛰어난 기술을 지니고 있다는 증거고, 장비 가능 레벨을 100이나 낮춰주었으니 대단한 물건이죠. 하지만 아무리 그래도 [장신]이 손수 제작한 물건보다는 못합니다."

"……그렇게 대단한 물건은 비싼 것 아닌고? 성공 확률이 2퍼센트라면 단순히 계산해서 50배는 가치가 있을 터인데?"

아, 그랬지. 가격도 신경 쓰인다.

들여와달라고 하면서도 미리 가격을 물어보지 않았다.

그리고 신경 쓰이던 가격은…….

"가격을 말씀드리자면, 역사적 가치까지 감안해서───── 2억 릴입니다."

"비싸……!"

하지만……, 그럴 만도 한 가격이다. HP가 50퍼센트 늘어난 다면 나보다 레벨이 높은 사람 중에서도 욕심낼 사람이 있을 것 이다. 내구형이고 HP에 특화된 초급 직업이라든가.

오히려 돈으로 살 수 있으니 놀라운 특가라고도 할 수 있다.

그래도 초급 직업 정도밖에 못 살 가격이긴 하겠지……, 보 통은.

"손님이라면 지불하실 수 있는 정도죠."

응. 사버릴 수 있다.

왜냐하면 이런저런 일 때문에 지금 내 소지금은───── 4억 릴 가까이 되기 때문이다.

별로 쓸 일도 없어서 계속 받기만 했고, 게다가 〈초급 격돌〉 이나 캐시미어와 톰 씨의 결투 때 크게 걸었던 결과다. [브로치] 를 잔뜩 샀는데도 별로 줄어들지 않았다.

『아니, 어째서 이 점주가 그대의 지갑 사정을 파악하고 있는 게지?』

몰라. 프로 장사꾼이니까 그런 것도 잘 아는 거겠지.

"…………."

이 돈은 본거지를 찾을 때 자금으로 쓸 생각이었다.

하지만……, 이 갑옷은 지금 내게 큰 도움이 된다.

이걸 놓치면 손에 넣을 기회도 없을 것 같은데, 어떻게 할까…….

"그래도 돈보다는 물물교환이 더 좋죠."

그렇게 고민하던 내게 점주분이 그런 이야기를 꺼냈다.

"네?"

물물교환……, 아니, 뭐가 2억 릴이나 하는데?

"손님, 예전에 카르티에 라탱 사건에도 관여하셨지요?"

"네."

그 사실까지 파악하고 있구나. 나는 그렇게 생각하면서도 고개를 끄덕였다.

"그때, 선선대 문명의 병기로부터 나온 금속 가루를 잔뜩 손에 넣으셨다고 들었습니다."

"금속 가루? ……아, 그거구나."

그것은 그 선선대 문명의 고래형 거대 병기가 추락한 뒤에 그 잔해 흔적에 대량으로 남아 있던 것이다. 왕국이 회수했지만, 나도 고래를 쓰러뜨렸기에 아이템 박스 세 개 분량 정도는 받았다.

쓸 기회가 별로 없어서 방독 마스크인 [스톰 페이스]를 만들어 달라고 한 뒤로는 넣어두기만 하는 상태였는데.

"그것과 교환해주실 수 있습니까? 아니, 제가 사들이게 해주시죠."

"네에, 딱히 상관없긴 한데요……."

"100그램에 2만 릴로요."

"비싸아?!"

그 가격은 대체 뭐야?! 위험한 가루의 소비자가격 같은 느낌인데?! 가루이긴 한데 그런 쪽은 아니거든?!

……아니, 잠깐만.

나는 그걸 아이템 박스 세 개 분량 가지고 있다.

꺼낸 적이 없어서 무게는 알 수 없지만, 튜토리얼 때는 체셔가 초기 장비인 아이템 박스도 하나당 1톤은 들어간다고 했었다.

다시 말해 내가 가지고 있는 가루는 최소한 3톤……, 6억 릴인가?

"……갑옷값을 내고도 재산이 두 배로 늘어나는 게로구나."

그러게. 하얀 가루 거래는 무섭네.

이런저런 일이 생기다가 나중에는 도쿄만에 가라앉게 될 것 같아. 무서워.

"진정하거라, 마음의 소리 상태가 좀 이상하구나."

너무 큰 금액이라 당황해버렸다…….

"저기, 가격이 왜 그렇게 많이 나가죠?"

"그건 [세컨드 모델]의 제조에 사용되는 금속 입자란 말이죠. 그게 다양한 상위 장비를 제작할 때 유용하다는 건 이미 알고 있습니다. 하지만 대부분 국가에서 관리하고 있어 유통되지 않거든요. 대부분은 국가의 [세컨드 모델] 제조에 사용됩니다."

왕국은 전력을 향상시키기 위해 [세컨드 모델] 생산을 최우선 사항으로 삼고 있을 것이다. 남은 수량도 한계가 있을 테니 원료 그대로 시장에 유통되지는 않는 것 같다.

"시장에 나온 [세컨드 모델]을 소재로 환원시키려 해도 제조 과정에서 합금이 되어버려서 순수한 소재가 되지는 않습니다."

"흐음, 다시 말해 그 가루를 소재 상태로, 그것도 개인이 대량으로 가지고 있는 건 레이밖에 없다는 말이로구나?"

"그렇죠."

그렇구나. 가치가 높은 이유도, 내게 제안한 이유도 납득이 된다.

……자, 어떻게 할까.

돈으로 구입할 수도 있지만, 본거지를 찾는 것도 고려하면 남겨두고 싶다.

클랜에 생산직 사람이 있다면 이 소재를 제공하는 것도 고려할 수 있겠지만, 공교롭게도 〈데스 피리어드〉에는 없다. 그냥 매각해도 될 것 같다.

하지만 나중에 생산직인 사람이 클랜에 가입할지도 모르니 전부 팔지는 말고 남겨둬야겠다.

"팔아주실 수 있을까요?"

"……아이템 박스 하나 분량이라면."

나는 가지고 있던 금속 가루가 든 아이템 박스를 점주분에게 건넸다.

교섭이 성립되었고, 나는 새로운 갑옷……, 뛰어난 성능을 지닌 [VDA]를 입수했다.

그리고 점주분이 아이템 박스 용량과 내부에 들어있던 가루의 중량을 조사해보니 아이템 박스는 초기 장비보다 용량이 큰 것이었는지 하나에 3톤이나 들어있었다.

결과적으로 갑옷과 함께 4억 릴이나 입수하게 된 것이다.

……6톤이나 더 있는데.

◇

2대 [VDA]를 손에 넣은 다음, 나는 왕성으로 갔다.

예전보다 숫자가 많아진 것 같은 경비병분들에게 인사를 한 뒤 저번 사건 때 녹아내려 신축하게 된 정문을 지났다.

"왠지 성에 가는 것도 익숙해졌네."

"그렇군. ……그리고 성의 경비병들도 그대의 차림새에 익숙해져버린 것 같은 느낌이 드는구나. 앞으로 수상쩍은 사람을 확실하게 단속할 수 있을지 걱정이 된다만."

그런 이야기를 하면서 걸어가다 보니 왕성 이곳저곳에서 공사를 하는 소리가 들렸다.

테러로 파괴된 시설을 수선하는 작업. 동시에 지금까지 기능이 정지되어 있던 방어 시설을 다시 정비하는 작업도 진행하고 있는 것 같았다.

[글로리아]와 저번 전쟁으로 궁정의 마법 직업들이 씨가 말라 손을 대지 못했던 것 같은데, 인테그라가 귀환해서 이제야 손을 댈 수 있게 되었다고 한다.

그 밖에도 이런저런 일 때문에 그녀뿐만 아니라 지금 성 안 전체가 매우 바쁜 모양이다.

"아즈라이트는 굳이 말할 필요도 없겠고. 릴리아나와 몸이 이제 막 나은 린도스 경도 쉴 틈이 없는 건가?"

"일손이 부족하기도 할 테지. 왕성이기에 거리를 복구하는 것처럼 〈마스터〉의 힘을 빌릴 수도 없을 터이고."

"보안이나 기밀 정보 같은 것도 있으니까⋯⋯."

〈엠브리오〉의 스킬을 사용할 수 없으니 거리보다 시간이 더 걸릴 것 같다.

그래도 왕성의 얼굴인 정문은 어떻게든 다시 지은 모양이었다.

참고로 현재 이 성을 위쪽에서 보면 한복판에 지하에서 꼭대기층 지붕까지 관통한 커다란 구멍이 뚫려 있다.

릴리아나와 인테그라에게 들은 이야기에 따르면 [염왕(킹 오브 블레이즈)]이 사용한 최종오의의 흔적인 모양이었다.

게다가 필요한 마력의 배선도 마치 노린 듯이 끊겼고, 어떤 구획은 맹독에 오염되어 출입금지. ⋯⋯이거, 완전히 수복될 때까지 얼마나 걸리려나.

"글쎄다. 그리고 습격자로 인해 물적 피해뿐만이 아니라 인적 피해도 생겼으니 말이다."

"⋯⋯그렇지."

거리를 습격한 [충장군]의 군단과 성을 습격한 [염왕], [맹독왕(킹 오브 베놈)] 탓에 저번에 프랭클린이 일으킨 사건보다 많은 사상자가 발생했다.

그 셋 모두가 쓰러졌다는 것이 죽은 사람들에 대한 위안이 될지조차 모르겠다.

단, 한 가지 문제가 있다.

그것은……, 성을 습격한 자가 두 명 더 있었다는 점이다.

한 명은 릴리아나가 정문에서 목격한 박쥐로 변신하는 남자. 그 박쥐 남자를 누군가가 격파한 흔적은 없다. 아니, 파괴 공작만 하고 다른 누구와 전투를 벌인 듯한 흔적이 없다고 한다.

하지만 왠지 마력의 배선뿐만이 아니라 성의 그림이나 가구까지 부서져 있어서 릴리아나가 수상쩍어하고 있었다. 인테그라는 '가구나 벽, 바닥하고 싸운 거 아닐까?'라는 농담을 하다가 릴리아나에게 혼났지만.

현장 근처에 제3왕녀 테레지아가 있었다는데, '숨어 있어서 아무것도 모른다'는 대답밖에 못 들었다나 보다.

그리고 다른 한 사람은……, 박쥐 남자보다 훨씬 위험하다.

바로 [도적왕(킹 오브 밴디트)] 제타.

황국에 일시적으로 소속되어 있었던 〈초급〉.

황국을 빠져나옴으로써 강화의 맹점을 찌르려 한 함정의 핵심이었던 인물이며, 습격 당시 신우와 교전해 그녀를 격파했다.

그 [도적왕]은……, 적어도 격파당하지는 않았다.

왜냐하면, '감옥'에 갔다는 정보가 없기 때문이다.

그와 동시에 황국에 있는 〈DIN〉의 지부에서도 모습을 확인하지 못했다고 한다.

가능성은 두 가지. 데스 페널티를 받고 나서 한 번도 로그인하지 않았거나, 애초에 아직 살아 있어서 왕국 어딘가에 숨어 있거나.

어찌 됐든 습격범이 두 명이나 행방불명인 채로 이 성 어딘가에 잠복하고 있을 우려가 있다는 뜻이다. 평소보다 경비병이 많은 이유 중 하나 아닐까.

"…………."

하지만 계속 사건이 꼬리를 끌고 있는 와중에도, 중상자들이 빠르게 복귀했다는 점과 밀리안느 같은 사람들이 무사한 건 다행이다.

근위기사단은 독에 오염된 자들이나 중상을 입은 자들이 대부분이었지만 인테그라의 응급처치를 통해 목숨을 건졌고, 왕도로 귀환한 여자 괴물 선배의 회복 마법으로 완전히 나았다. 지금은 모두가 다시 업무에 복귀한 상태다.

그리고 사건이 벌어졌을 때 엘리자베트의 약혼자인 쯔안 롱이 쓰러졌다고 하는데, 지금은 상처 하나 없이 멀쩡하다.

마리가 엘리자베트와 이야기하던 걸 들었는데, 그는 황하의 특수 초급 직업인 [용제(드래고닉 엠퍼러)]이며 그로 인해 뛰어난 회복 능력을 지니고 있는 모양이었다.

요인 중에서는 핀들 후작만 중상을 입었지만, 여자 괴물 선배의 치료로 인해 완전히 회복했다.

단, 이러한 치료 행위로 인해 한 가지 문제가 생겼다.

선배가 강화 회의 때 아즈라이트의 지시에 따랐던 것은 한냐 씨 사건 때 생긴 막대한 빚 때문에 [계약서] 내용을 따른 탓이다.

아즈라이트는 이번 치료의 대가도 빚을 줄여주는 것으로 치르려 했다.

하지만 그러기 직전에 선배가 빚을 모두 갚아버린 것이다.

게다가 '흐흥~, 이제 내는 자유여~. 아~, 징그라운 왕녀헌티 부려먹힐 뻔해가꼬 힘들었당께~. 아, 근디 앞으로도 뭔 일이 있으믄 받아줄랑게 걱정하지 말더라고~. 그때마다 교섭을 해야것지만은'이라며 놀려댄 모양이었다.

그뿐만이 아니라 '근디 중상자를 치료한 거는 뭘로 대가를 치를랑단가? 돈 말고 다른 걸로 부탁허고 싶은디?'라는 말까지 지껄인 것 같았다.

충신들의 목숨과는 바꿀 수 없었기에 아즈라이트는 결과적으로 또 터무니없는 계약을 맺게 된 모양이었고, 저번에 만났을 때는 매우 기분이 안 좋아 보였다. 머리를 감싸쥐며 '국내의 금전 움직임은 확인하고 있었는데……'라고 중얼거리던 게 인상적이었다.

숨겨둔 재산이라도 있었나?

아니면 어디 사는 누군가를 치료해주는 대신 터무니없이 많은 돈을 뜯어낸 건가?

어찌 됐든 여자 괴물 선배의 목줄은 풀려버렸다. 기데온의 〈토너먼트〉를 급하게 개최하는 것도 그런 사정 때문일지도 모르겠다.

"……응?"

저번 사건 뒤처리에 대해 생각하고 있자니 복도에 낯익은 얼굴이 보였다.

복도 창문으로 고개를 내밀면서 곰방대……, 형태의 비눗방울 장난감을 문 채 둥실둥실 거품을 날리고 있는 사람은…….

"신우?"

『응? 아, 레이냐. 안녕.』

창문과 높이를 맞추고 있어서 그런지 평소보다 키가 작은 신우는 장난감을 들고 있지 않은 손을 들어 인사했다.

『갑옷을 새로 맞춘 건가. 꽤 성능이 괜찮군.』

역시 신우다. 한눈에 이 2대 [VDA]의 장비 스킬을 파악한 것 같다.

"그래. 계속 임시 장비를 쓰다가는 무슨 일이 생겼을 때 곤란할 테니까. 그건 그렇고 신우, 이런 곳에서 뭐 하는 거야?"

『할 일이 없어서 말이다. 스킬로 경비를 돕고 있긴 한데, 한가해서 멍하니 있었다.』

"할 일이 없다고? 이제 슬슬 엘리자베트랑 쯔안 롱하고 같이 황하로 돌아가니까 준비하느라 바쁘지 않아?"

저번에 이야기했을 때는 그렇게 말했었다.

처음에는 황국과 벌이게 될 전쟁에 도우미로 고용할 수 있을지도 모르겠다고 생각했지만, 엘리자베트가 시집을 가기로 결정되었기에 가는 길에 호위로 고용하게 되었다고 했지. 테러의 표적이 되기도 했기에 호위로 〈초급〉 한두 명은 필요할 거라고 한다.

신우도 '만나는 건 이게 마지막일지도 모르겠구나'라는 말을 했던 기억이 있다.

『그럴 예정……, 아니, 사실 지금쯤 이미 황하로 돌아가고 있을 예정이었는데 말이지.』

신우는 그렇게 말한 다음 아이템 박스에서 신문을 꺼내 내게 건넸다.

신문의 표지에는 『카르디나와 그란바로아의 충돌 격화』, 『'마법 최강' VS '인간 폭탄', 최대의 광역 섬멸전』, 『호상도시 벤세르 괴멸』 등이 적혀 있었다.

"이건……."

『이쪽 전쟁뿐만이 아니라 이웃나라에서도 무력 충돌이 벌어졌다. 위험해서 육로든 해로든 돌아갈 수가 없다고. 나와 쯔안은 그렇다 치더라도 엘리자베트와 문관은 위험하니까.』

'마법 최강'과 '인간 폭탄'……, 이 두 사람의 섬멸 능력은 형조차 능가한다는 이야기를 형 본인에게 들었다.

육로는 그런 녀석들이 싸움을 벌이는 카르디나를 통과해야 하고, 해로는 항해 중에 전장이 될지도 모르는 그란바로아를 통과해야 한다. 귀빈을 데리고 이동하기에는 리스크가 너무 크다.

"왕국도 지금은 소강상태지만, 언제 또 저번 같은 일이 생길지 모르잖아."

『그래. 그러니 지금은 본국에서 데리러 올 녀석이 날아올 때까지 기다리는 상태지.』

"데리러 온다고?"

『그레이라는 녀석이다. 나와 같은 〈황하사령〉 중 한 명, '영귀' 그레이 α 켄타우리. 그 녀석의 〈초급 엠브리오〉 라퓨타는 비행

요새니까. 이럴 때 탈 것으로 쓰기에는 딱 좋지.』

비행요새인 〈초급 엠브리오〉 라퓨타라.

……왠지 주문 하나만으로도 떨어질 것 같은 이름인데. 바우스.

『그 녀석은 눈에 잘 띄고 다른 나라에서도 눈여겨보고 있으니 움직이기 힘들었는데 말이지. 카르디나에서 허가해줘서 이동할 수 있게 된 모양이더군. 거래의 결과인 것 같다.』

"거래라니?"

『뭐, 구슬이 관련된 거겠지. 쯔안이 이 나라에 가지고 와서 이번 〈토너먼트〉에서도 쓰게 될 〈UBM〉 구슬 말이다.』

"구슬이라면, 그거?"

〈UBM〉 구슬. 황하에서는 보물수 구슬이라고도 불리며 예전 [용제]가 〈UBM〉을 봉인한 아이템.

봉인해둔 채로도 그 힘의 일부를 사용할 수 있긴 하지만, 봉인을 풀고 쓰러뜨리면 특전 무구를 입수할 수 있다. 예전에 피가로 씨도 구슬에 봉인되어 있던 〈UBM〉과 싸워서 승리했다. 그 싸움의 성과가 항상 걸치고 다니는 그 푸른 코트라고 한다.

엘리자베트와 쯔안 롱이 혼인하게 되자 황하에선 왕국에게 구슬 열 개를 선물했다.

아즈라이트는 그걸 어떻게 운용할지, 누구를 끌어들일 때 써먹을지 계속 생각하고 있었다는데……, 그 강화 회의가 끝난 뒤에 결론을 내렸다.

그것이……, 기데온의 〈토너먼트〉다.

자세한 내용은 기데온으로 이동하면서 다시 확인하겠지만, 간단히 말하자면 〈UBM〉에게 도전할 권리를 걸고 많은 〈마스터〉들을 모아 참가비 대신 '일정 기간 동안 왕국에게 적대적인 행위를 하지 않는다'는 계약을 맺게 하는 것이다.

프랭클린의 테러 때 나타났던 배신파라는 존재와 '빚을 갚을 때까지'라는 계약으로 일시적이나마 여자 괴물 선배를 제어했던 경험을 통해 생각해낸 모양이었다.

참고로 도전권 말고도 '왕국에 전해져 내려오는 희귀한 무구를 증정한다'는 부차적인 보상도 있지만, 그쪽에는 내가 관여했다. ……**세척 담당**으로.

"구슬이 어째서……, 아니, 그러고 보니 카르디나라면."

『그래. 지금 그쪽은 그것 때문에 난리가 났다.』

구슬을 둘러싸고 카르디나 내부에서 벌어진 사건은 나도 들은 적이 있다.

카르디나의 대도시에서 거대한 구더기 괴물이 날뛰었다거나, 그것과 싸우는 거대한 금속상, 드래곤이 나타났다는 소문이다.

그리고 내가 들고 있는 신문에 따르면 이번에 그란바로아와 충돌하게 된 것도 그 구슬 때문인 것 같았다.

'카르디나에 유입된 구슬의 권리를 황하가 포기하는 대신, 황하 세력의 국내 이동 제한을 일시적으로 해제. 그리고 요청에 따라 호위를 파견하기로 약속을 받아냈다.'

"……흐음. 다시 말해 '이제 구슬을 돌려달라고 말하지 않겠다. 구워먹든 삶아먹든 알아서 해라. 그 대신 우리에게 시집오는 일행을 방해하지 말고 그냥 보내라. 아니, 도와라'라는 겐가?"

『뭐, 그런 거지..』

……최초의 원인은 구슬을 도난당한 황하가 만들었지만, 그 책임을 권리와 함께 포기하고 그 대신 편의를 봐달라고 하는 형태인가?

『뭐, 카르디나에게 돌려달라고 해도 한바탕 문제가 생길 테고, 어차피 돌아오지 않을 거라면 양보한 것으로 하고 다른 조건을 붙이려는 거겠지. 꽤 뻔뻔하단 말이야, 우리 우두머리……, 아니, 제1황자.』

"그 사람은 쯔안 롱의 형이지?"

『맞다. 엄청나게 약해진 지금의 황제 대신 열심히 일하는 사람이다. 황하에서 〈마스터〉에 대한 대응을 우대 쪽으로 정한 것도 제1황자고.』

"엘리자베트와 쯔안 롱의 결혼도 그 사람이 제안한 거야?"

『아니, 그건 황제의 생각인 모양이던데. 나도 자세히는 모르겠지만. 그래도 나를 호위로 붙여준 건 제1황자다.』

뭔가 복잡해졌네. 왠지 마음에 걸린다. ……왕국 자체가 여러 모로 골치 아픈 상황인데 황하의 황실까지 신경 쓰는 건 지나친 생각일지도 모르겠지만.

"그건 그렇고, 그러면 황하도 신우하고 그레이라는 사람이 없어서 곤란한 거 아니야?"

『뭐, 국내 마피아는 얼마 전에 박살 낸 것 같으니까. 이웃나라의 정세도 카르디나가 저 모양이고, 천지도 평소처럼 내전을 벌이는 중이라 일손도 필요 없겠지. ……그리고 남은 두 사람은 성격이 까다롭긴 하지만 전력만 따지면 문제없다.』

"?"

『〈황하사령〉 중에서도 우리 두 사람은 그나마 얌전한 부류라는 뜻이다.』

이렇게 누구를 상대로 싸워도 승산이 있을 것 같은 신우와 비행요새라는 규격에서 벗어난 〈엠브리오〉를 다루는 그레이 씨가……, 황하의 〈초급〉 중에서는 얌전한 부류라고?

"나머지 두 사람은 어떤데?"

『양쪽 다 자신에게 적합한 전투 형태가 한정적이지. 하지만 두 명 중 한 명은……, 상황에 따라서는 너희 형이나 [수왕]만큼 장난이 아니다.』

……황하라는 나라에는 아직 비장의 수가 남아있는 것 같다.

『뭐, 우리 쪽 사정은 그런 느낌인데, 레이는 왜 성에 온 거지? 엘리자베트의 언니는 지금 여기에 없다. 그리고 릴리아나라는 언니도.』

뭐, 그럴지도 모르겠다곤 생각했지.

일정을 고려하면 기데온으로 이동해서 준비를 해둬야 할 테니까.

하지만 이번에 온 목적은 약간 다르다.

"아, 오늘은 그 둘이 아니라 다른 사람하고 만나기로 약속했거든."

저번에 로그아웃하기 전, 왕도에서 내 여관 방에 호출 편지가 와 있었다.

일정과 시간을 몇 가지 써 놓고, 그 타이밍이라면 언제 와도 상관없다고 적혀 있었기에 나는 오늘 여기에 왔다.

『누구를 만나는 거지?』

오늘 나를 부른 사람은…….

"인테그라야."

인테그라 세드나 클라리스 플래그만.

내가 타고 다니는 실버를 비롯하여 수많은 선선대 문명의 유물에 이름을 남긴 인물. 그와 똑같은 성을 지닌 사람이……, 나를 부른 것이다.

◇

그녀(인테그라)에 대해 내가 알고 있는 것은 별로 없다.

그녀와 직접 이야기를 나눈 건 단 한 번뿐. 그때 이름과 [대현자(아치 와이즈먼)]이라는 사실을 들었다.

다른 이야기는 아즈라이트와 릴리아나에게 들었다.

두 사람의 소꿉친구라는 것.

어렸을 때 가족들이 그녀를 두고 죽어서 천애고아가 되었다는 것.

하지만 그 이후에 선대 [대현자]가 재능을 눈여겨보고 키워주었다는 것.

어린 나이에 도제들 중에서 재능과 실력이 가장 뛰어났다는 소문이 퍼졌다는 것.

그 [글로리아] 사건이 일어나기 얼마 전에 선대의 명령에 따라 여행을 떠났다는 것.

여행 도중에 [대현자]가 된 모양이라는 것.

저번 왕도 습격 테러 도중에 귀환해서 쯔안 롱과 협력하여 [염왕]에게 대처했다는 것.

플래그만이라는 성을 쓰기 시작한 것은 귀환한 뒤라는 것.

지금은 왕성의 설비 수복에 힘쓰고 있다는 것.

그녀에 대해 들은 이야기는 그 정도다.

그녀들 사이에는 추억 이야기도 많이 있겠지만, 그것까지는 듣지 못했다.

또한, 플래그만이라는 성을 쓰기 시작한 이유도 모르겠다.

아무튼, 오늘 이야기를 나누며 그런 부분도 들을 수 있을지도 모르겠다.

나는 성 안에 있는 선대 [대현자]와 도제들이 썼다는 연구실 문을 노크했다.

곧바로 '들어오세요'라는 목소리가 들렸고, 내가 열기도 전에 문이 안쪽으로 열렸다.

실내에는 책장과 책상이 많이 있었고, 책상 위에는 다양한 기구, 종이 다발이 잔뜩 놓여 있었다.

어지럽혀진 지식의 소용돌이라 할 만한 방의 중심에 그녀……, 인테그라가 앉아 있었다. 자그마한 몸집에 비하면 꽤 큰 의자에 몸을 기댄 상태였다. 오늘은 그 고깔모자를 쓰지 않아서 그런지 네메시스보다 키가 작아 보였다.

그녀는 읽고 있던 종이 다발을 책상 위에 내려놓고는 우리에게 말을 걸었다.

"아, 어서 와, 레이 스탈링 군. 그리고 〈엠브리오〉 군. 마침 시간이 난 참이야. 딱 좋은 타이밍이군."

"그래. 안녕. ……그래서, 오늘은 무슨 일로 부른 건데."

내가 그렇게 말하자 인테그라는 의자에 앉은 채 손가락을 휘둘렀다.

그리고 실내에 있던 의자 두 개가 우리 쪽으로 저절로 움직였다.

"우선 앉도록 해. 좀 오랫동안 이야기하게 될 테니까."

"……그렇구나."

우리는 그녀의 말에 따라 의자에 앉았다.

그러자 다시 의자가 움직여서 인테그라와 이야기를 나누기 편한 위치까지 이동했다.

그뿐만이 아니라 실내에 있던 자그마한 원형 탁자, 티 세트까지 움직이며 다과회 세팅을 하기 시작했다.

"……마법사의 방, 이라는 느낌이네."

마치 어렸을 때 봤던 해외 애니메이션 같다.

지금도 그녀는 로브를 입고 있고, 전에 바깥에서 만났을 때는 마녀 특유의 고깔모자도 쓰고 있었다. 내가 이 판타지……라는 말로 나타내기 힘든 〈Infinite Dendrogram〉에서 만난 사람 중에서는 가장 마법사 같은 사람이다.

내가 놀라움과 기묘한 신선함을 느끼며 이리저리 둘러보고 있

자니 인테그라가 미소를 지으며 자동으로 움직이는 찻주전자에 홍차를 따르게 했다.

"간단한 지속성 고체 조작 마법을 응용한 거야. 이 뜨거운 물도 열 에너지를 증폭시켜서 끓였지. 구조만 알면 성냥으로 불을 켜는 거나 마찬가지고."

그녀가 그렇게 말하자 홍차가 담긴 찻잔 두 개가 우리 쪽으로 다가왔다.

"그래도 보고 있으니 정말 신기해."

"이걸 신기하다고 한다면 레전더리아에도 언젠가 가보도록 해. 그곳에서는 내가 보여준 것처럼 마법으로 움직이는 게 아니라 살아 있는 가구가 맞이해줄 테니까."

그야말로 미녀와 야수라는 애니메이션에 나오는 것 같은 느낌이려나?

"참고로 이 찻잎도 레전더리아산이야. 개성이 강하긴 하지만 내 취향이지. 마음에 들었으면 좋겠는데……."

"으음, 먹도록 하마."

네메시스가 홍차에 입을 댔기에 나도 홍차를 마셨다. 현실에서는 맡아본 적이 없는 신기한 향기가 코로 스며들었지만, 맛 자체는 마시기 편할 정도의 떫은 맛과 단맛이 어울려서 꽤 괜찮은 맛이었다.

"맛있네. 고마워."

"그거 다행이야. 자, 본론으로 들어갈까. 용건은 두 가지인데, 양쪽 다 전혀 다른 내용이라 무엇부터 말해야 할지 망설여지는

군. 하지만……, 역시 이쪽부터 할까."

인테그라는 뭔가 고민하면서 그렇게 말했다.

나는 그동안 다시 홍차를 마셨고.

"자네, 알티미어의 연인인가?"

"푸흡……?!"

꼴사납게도 입 밖으로 뿜어버렸다.

"콜록, 쿨럭……!"

너무 놀라서 홍차가 기도로 들어갔어……!

"아, 아니다! 레이는 아즈라이트의 연인이 아니다!"

"어? 그럼 릴리아나 쪽인가? 먼저 만난 것도 그녀 쪽 같고."

"그쪽도 아니란 말이다?!"

내가 기침하는 사이 왠지 모르겠지만 네메시스가 얼굴을 빨갛게 물들인 채 거세게 항의했다.

아~, 겨우 기침이 멎었네.

"두, 둘 다 소중한 친구이긴 하지만, 사귀거나 그런 건 아니야……!"

"흐음. 두 사람의 몸이나 지위에 흥미는? 상당히 우량품일 텐데? 특히 알티미어."

"없어!"

아니, 친구 겸 국왕 대리에게 그런 말을 하지 말라고!

"……그렇게까지 딱 잘라서 '몸에 흥미가 없다'고 하면 친구들이 불쌍한데.. 어—— 그럼 본 적도 없어? 내가 같이 목욕한 건 몇 년 전이긴 하지만, 둘 다 꽤 예쁠 텐데?"

"본 적 같은 건 없……! …………아."

…………아~, 응.

아즈라이트는 본 적이 있네. 혼욕이었고, 사고였지만.

"어라, 이제야 첫 감지…………, 어? 그쪽은 있다고? 꽤 진심으로 너희 관계가 신경 쓰이기 시작하는데?"

"아, 아무튼! 흑심이나 이성으로서 서로 좋아한다거나, 그런 건 아니라고!"

"……흐음. 뭐, 알겠다는 건 알겠어. 이걸로 호출한 본론은 끝이야."

"방금 그 성희롱 질문이 호출한 이유란 말인가? 그대?!"

네메시스가 깜짝 놀라고 있는데, 나도 같은 심정이다.

두 사람의 알몸에 흥미가 있냐느니, 사귀는 거냐느니…… 이런 걸 물어보기 위해 부른 건가.

"아니, 아니, 소꿉친구로서 두 사람 근처에 남자 낌새가 있으니 흥미가 생겨버린 거야. 두 사람 다 그런 것과는 인연이 없었으니까. 신경 쓰여서 견딜 수가 있어야지."

"……어린애 주제에 너무 애늙은이 같잖아."

신우 같은 경우도 그런데, 왠지 덴드로에서 만난 어린애들은 정신적으로 너무 성숙한 것 같네…….

"응?"

그런데 인테그라는 내 말을 듣고 의아하다는 듯이 고개를 갸웃거렸다.

"자네, 알티미어하고 비슷한 나이거나 한 살 위 정도지? 그렇다면 내가 몇 살 정도는 연상이야. 공경하게나."

"어?"

진짜로? 외모로는 열두 살 정도인 것 같아서 '소꿉친구치곤 나이 차이가 좀 나네~'라고 생각했는데…….

"죄송합니다……."

"하하하, 농담이야. 반말도 딱히 신경 안 써. 나도 돌아가신 스승님 말고는 존댓말을 쓴 적이 없었으니까. 신경 쓰지 마, 신경 쓰지 마. 그래도 연상이라는 건 기억해둬야 한다?"

"네……, 아니, 알겠어."

그런데 네메시스보다 어려 보이고, 심지어 티안인데 나보다 연상이었다고?

레전더리아에 있다는 엘프처럼 수명이 길지도 않을 텐데.

"……그래서, 실제로는 몇 살이야?"

"여자에게 나이를 묻지 말라고."

……실례한 건지도 모르겠다.

"그럼 다른 용건으로 넘어가지. 이쪽은 덤이나 마찬가지긴 하지만."

진짜로 아까 그 '연인이야?'라는 질문이 본론이었나…….

"사실 자네가 소유하고 있는 [제피로스 실버(백은지풍)]를 보여줬으면 하거든."

"실버를?"

"그래. 명공 플래그만……, 초대가 만든 최후의 황옥마지."

최후의 황옥마라. 카르티에 라탱에서 마리오 씨에게 이야기를 들었을 때는 다섯 대에 포함되지 않은 시험제작기 또는 새로운 기능의 실험기라고 하던데……, 후자인 것 같다.

그리고 초대……라면 역시 인테그라가 쓰는 플래그만이라는 성은 우연이 아니라 선선대 문명의 명공으로부터 이어져 내려온 성이라는 건가?

……아무리 생각해도 아까 그 성희롱 질문 말고 이쪽이 본론 아니야?

"알겠어. 그런데 나도 실버하고 플래그만에 대해 물어보고 싶은 게……."

"후자는 내 성……, 나와 그의 관계 말이겠지? 그것까지 포함해서 이야기를 나누어 보자고."

인테그라는 그렇게 말한 다음 자기 자신을 손바닥으로 가리켰다.

"우선 설명하자면, 내가 과거의 명공이 남긴 자손인 건 아니야. 스승님도 플래그만이었지만 피가 이어지지 않았고. 그저 우리 스승과 제자 사이에서 이어져 내려온 성이라는 거지."

스승과 제자 사이에서 이어져 내려온 성……, 무가나 예술 쪽에서 계승되는 성 같은 건가?

"그래. 천지의 풍습이야. 정확한 건 아니지만 완전히 틀린 것도 아니라고 해야 할까. 내 스승님은 [대현자]이면서 플래그만이라는 성도 계승했어. 나도 스승님이 돌아가셨기 때문에 [대현자]를 얻었고, 플래그만이라는 성을 쓰기 시작한 거지. 기술은 명공이라 불리던 초대에는 못 미치지만 말이야."

"그렇구나."

"그래. 기술 쪽 계승은 3대쯤부터 끊겼으니까. 황옥충 알아? 그것들을 만든 게 3대야."

아, 시온이 타고 다니는 거미를 만든 사람이구나…….

"그래서 자네의 [제피로스 실버]가 예전부터 신경 쓰였거든. 자네가 그걸 손에 넣기 전부터 말이지."

"?"

"초대 플래그만이 그걸 만들었다는 사실은 알고 있었지만, 사양이나 성능에 대해서는 역대 플래그만들에게도 정보가 전혀 남겨져 있지 않았어. 다른 다섯 대의 스펙 표는 있는데 말이야."

이상한 이야기다. 만든 기록이 있다면 스펙 표를 남기지 않았거나 기록이 없어진 것도 아닐 텐데…….

"그러니까 플래그만이라는 성을 이어받은 나로서는 내 눈으로 직접 한번 확인해두고 싶었던 거지. 그래서, 보여줄 수 있을까?"

"그래. 나도 신경 쓰이는 게 있으니까."

"아까 그 이야기야?"

"그래. 실버의 세 번째 스킬에 대해 아직 자세한 내용을 모르거든. 그걸 알아내면 좋을 것 같아서."

황옥수의 운용이 주된 능력인 [황기병(프리즘 라이더)]이 됨으로써, 제작자인 초대 플래그만이 남긴 메시지를 읽을 수 있게 되었다.

하지만 그 내용은 '권한이 부족하기에 자세한 내용은 아직 공개할 수 없다'는 것이었다.

발동된 것은 지금까지 단 두 번. 카르티에 라탱에서 벌어진 전투, 그리고 이벤트에서 쥬베와 싸웠을 때다.

실버 자신이 판단을 내려서 스킬을 한정적으로 사용하고 있는 것 같은데, 애초에 뭘 어떻게 사용하고 있는 건지도 모르겠다.

이번에 인테그라에게 봐달라고 해서 그걸 알아낼 수 있으면 좋겠다.

"알겠어. 그것까지 포함해서 살펴보지."

"바깥으로 이동할까?"

"아니, 공간도 있으니까 여기에서 봐도 돼."

허락을 받았기에 나는 아이템 박스에서 실버를 불러냈다.

쥬베가 낸 흠집은 이미 고쳐졌지만, 야외가 아니라 실내에 불러낸 게 의문이었는지 약간 고개를 갸웃거렸다.

실버는 발굽 소리를 내지도 않고 제자리에 가만히 서 있었다.

"그럼 살펴보도록 할게."

"알겠어. 실버, 얌전히 있어."

『………….』

실버는 알겠다는 듯이 울음소리 같은 구동음을 울렸다.

왠지 카르티에 라탱에서 마리오 씨에게 실버를 봐달라고 했을 때가 생각나네.

"시간이 좀 걸릴지도 모르겠는데, 기다려줄 수 있을까? 차하고 과자는 얼마든지 먹어도 상관없으니까."

"으음! 기다리도록 하마! 우물우물……."

"………."

벌써 차와 과자에 손을 내밀기 시작한 네메시스. 백작 부인의 저택에서 네메시스가 쿠키를 전부 먹어치웠던 기억이 떠올랐다.

······이번에는 좀 적당히 조절해야 한다?

인테그라는 조심스럽게 실버를 다루고 있었다.

손으로 만져보거나, 렌즈나 단자 같은 것을 가져다 대고는 무언가를 확인했다.

"분해는 안 하는구나."

"뜯어보지 않더라도 어느 정도는 《투시》나 정밀조사 마법으로 볼 수 있으니까. 그리고 내가 말했잖아? 내 기술은 초대에 못 미친다고. 함부로 분해했다가 돌이킬 수 없어지면 곤란해."

"그렇구나······."

어렸을 때 호기심을 이기지 못하고 드라이버로 장난감 시계를 분해했다가 돌이킬 수 없게 된 기억이 되살아났다. 그때는 형이 금방 고쳐줬지만.

인테그라가 하는 이야기를 듣자니 마치 생물처럼 생긴 실버도 내부는 정밀기계라는 사실이 생각났다.

그러고 보니 그 고래나 투구게도 생물처럼 생겼었지.

선선대 문명의 기계는 저런 게 많은가?

그때, 한 가지 의문이 떠올랐다.

"저기, 뭐 좀 물어봐도 될까?"

"그래."

"실버 같은······, 황옥마를 포함한 황옥수는 다른 기계하고 어떻게 달라?"

잔해에서 얻어낸 정보에 따르면 같은 생물형이었던 고래와 투구게는 황옥수가 아니었던 것 같다. 양쪽을 어떻게 구별하는지 의문이었다.

"어떻게 다르냔 말이지. 시리즈가 다르다고 할 수도 있겠지만, 그런 것과는 별개로 선선대 문명 무렵에는 어느 정도 정의가 되어 있었던 모양이야."

"정의?"

"대충 설명하자면, 다음 두 가지 조건에 들어맞는 게 황옥수야. '인공지능이 탑재되어 자율행동이 가능하다'. 그리고 '인간의 탑승을 전제로 한다'. 아, 대전제로서 마력으로 구동된다는 점도 있긴 하지만."

인공지능에 의한 자율행동과 인간의 탑승.

왠지 모순되는 것 같기도 하지만……, 실버는 해당된다.

"그러니까 인공지능이 없는 요즘 〈마징기어〉 같은 기계는 황옥수가 아니고, 인공지능이 있긴 하지만 인간이 들어갈 여지가 없는 기계식 골렘도 거기에 해당되지 않는 거야."

"그렇게 구분하는구나."

무인기였던 고래와 투구게는 후자겠고.

"그리고 초대가 만든 것들 중에는 황옥인이라는 것도 있어. 인공지능이 탑재되어 독립적으로 행동이 가능한 기계인형이지. 그것들은 인간의 탑승을 전제로 하지 않기 때문에 황옥이라는 이름이 붙어있긴 하지만 황옥수가 아니야. 그렇기 때문에 황옥인이라는 이름이 붙었을지도 모르지."

"그렇구나……."

"헷갈리게도 자네와 알티미어가 카르티에 라탱에서 싸웠다는 양산형 황옥인, 황옥병은 인간……이라고 해야 하나, 생물의 탑재를 전제로 하니까 황옥수야."

……왠지 생물의 분류 같은 느낌이 들기 시작했다.

이빨고래소목 일각고래과 흰돌고래속 흰돌고래……, 같은 느낌으로.

"그럼 지금부터라도 인공지능을 탑재시키고 인간이 탑승하는 기체를 만들면 그게 황옥수로 인정된다는 뜻이야?"

"되긴 하겠지만, 힘들겠지. 인공지능 관련 기술 자체가 유실되었으니까. 레전더리아나 황하는 정령이나 영혼을 물체에 가두어서 인공지능으로 만들긴 하지만, 황옥수에 필요한 건 그런 마술적인 지능이 아니라 순수한 과학 기술에 기반한 인공지능이니까."

대충대충 하는 것 같으면서도 실제로는 꼼꼼한 구분이구나.

"초대나 2대는 그런 쪽으로 천재적이었지만, 후계자인 우리는 아무도 못 해. 기초 지식이 전해져 내려오는데도 이해할 수가 없다고 해야 하나."

"그렇구나……."

"먼 옛날, 드라이프에서는 고대의 기계식 골렘을 포획해서 인공지능을 꺼낸 다음 그걸 당시 〈마징기어〉에 탑재시키는 연구도 일시적으로 했던 모양이지만 말이야. 프로그램을 재조정하지 못해서 실패했다고 들었어."

드라이프에서 인간형 로봇이 생겨난 건 프랭클린의 〈예지의 삼각〉이 [마셜Ⅱ]를 만든 게 처음이다. 그 전까지는 전차형이나 파워드 슈트형밖에 없었기에 인간형인 골렘의 인공지능을 그대로 활용하지 못했을 것이다.

애초에 인간이 탑승하는 프로그램도 아니었을 테고.

"그럼 카르티에 라탱의 [세컨드 모델] 공장은……."

"어떤 의미로 획기적인 〈유적〉이야. 지금부터는 황옥수의 시대가 다시 발전할지도 모르지. [황기병] 직업을 얻는 사람들도 늘어나고 있는 것 같으니까."

현재 황국에서는 [세컨드 모델]의 보급에 맞춰 [황기병] 직업을 취득하는 〈마스터〉나 티안이 늘어나고 있다.

어느 정도 속도를 발휘할 수 있고, 공중을 걸어다닐 수 있고, 배리어도 전개할 수 있다. 기계이기 때문에 몸 상태로 인한 성능 차이도 없으며 돌봐주는 수고도 들지 않는다.

탈 것으로는 기존의 탈 짐승보다 다루기 편해서 인기가 있다고 한다.

뭐, 일정 이상의 역량을 지닌 기병 계통은 이미 애용하는 탈 짐승이 있으니 갈아타는 사람은 별로 없는 것 같지만.

"아, 그렇지. 오리지널 황옥마를 가지고 있는 자네에게 전해 두고 싶은 말이 있어."

"?"

"초대가 남긴 정보를 정리하다가 찾아낸 것……, 황기병 계통 상급 직업의 해방 조건이야."

"아, 그건 신경 쓰이네."

아마 아직 아무도 얻지 못했을 것이다.

카탈로그에는 나와 있지 않고, 〈DIN〉의 정보망에도 포착되지 않았다. 실버의 메시지에 나온 권한이라는 것도 상급 직업이 되면 해금될지도 모르니 신경 쓰인다.

"황기병 계통 상급 직업, [황옥기(프리즘 카발리어)]의 해방조건은 세 가지. 우선, [황기병]의 스킬인 《황옥권한》 스킬 레벨이 일정 이상일 것. 그다음으로는 합계 레벨이 400에 도달할 것. 그리고 마지막으로……."

"마지막으로……?"

"**세계 전체**의 《황옥권한》 스킬 레벨의 합계가 5000을 돌파할 것."

…………뭐라고?

"그건……."

"다시 말해 전 세계에 황옥수와 [황기병]이 보급되지 않으면 나오질 않는단 말이야, 이 직업은. 레벨 조건도 까다로운 걸 보니 희귀 상급 직업인 것 같네."

……그렇구나, 그래서 아무도 얻지 못한 거야.

[황기병] 만렙을 찍어도 《황옥권한》 스킬 레벨은 1이니까.

"단순 계산으로 5000명이 황기병 직업을 얻어야 하나……."

"뭐, 점점 보급되고 있긴 하니까 이 페이스대로 가면 조만간 달성하지 않을까?"

〈마스터〉만이라면 힘들겠지만 티안들은 왕도 이외……, 귀족 제후들의 각 기사단에서도 배치가 진행되고 있다.

달성이 불가능한 건 아닐 것 같다.

그럼 그 전까지 하급 직업의 레벨을 다 올려서 준비해둘까? 지금은 딱히 다른 상급 직업의 선택지도 없고, 실버가 있다면 그 [황옥기]가 되는 것도 괜찮을 것 같으니까.

이대로 가다간 실버도 힘을 전부 발휘할 수가 없다. ……보물을 썩히지 않게끔 조심해야지.

그런데……, 이야기를 듣다 보니 한 가지 의문이 들었다.

"황옥수라는 건 초대 플래그만이 만든 거지?"

"그렇지."

"그런데 그 전부터 [황기병]이라는 직업이 있었어?"

직업 자체가 황옥수의 보급을 전제로 한 황기병 계통.

황옥마가 존재하지 않는다면 직업 자체가 거의 무의미하게 된다.

그렇다면 황기병 계통 직업은 황옥수가 생겨난 뒤에 추가된 건가?

"초대가 만들기 전부터 직업 자체는 있었다고 전해져 내려오는데."

"그것도 이상하네. 존재하지 않는 걸 위해 직업이 있다니……."

인과관계가 꼬였다.

"응. 하지만 그건 황기병 계통뿐만이 아니라 직업 전반적으로 할 수 있는 이야기지."

"?"

"이건 내 스승님……의 스승님이 조사한 이야기야."

인테그라가 그렇게 말하자 방에 놓아두었던 거치대가 딸린 칠판이 우리 근처로 달그락거리며 움직였다. 그리고 분필이 저절로 움직여 칠판에 그림을 그리기 시작했다.

참고로 마법으로 그걸 조종하는 듯한 인테그라는 여전히 실버를 보고 있었다.

……왠지 마법사가 아니라 초능력자 같네.

"천지에는 [각력사(스모 레슬러)]라는 특이한 상급 직업이 있어. 그건 스모라는 경기하고 상관이 있는데."

아, 〈Infinite Dendrogram〉 직업 중에 그런 게 있던가?

종교 행사가 아니라 어디까지나 경기지. ……그건 그렇다 치고, 칠판에 스모 선수 그림을 귀엽게 그린 건 설명하기 위해서인가?

"그런데 스모라는 경기 문화는 최근 100년 동안 퍼진 거야. [각력사] 쪽은 선선대 문명 때도 보였는데 말이지."

"……응?"

경기가 퍼지기 전부터 그 경기에 관련된 직업이 있었다고?

[황기병]과 마찬가지로 닭이 먼저냐 달걀이 먼저냐라는 느낌으로 관계가 이상하다.

"이야기를 들어보니 〈마스터〉가 이동하는 저쪽 세계에도 [각력사]라는 직업이 있다면서."

"아, 응. 직업으로 삼은 사람이 있긴 하지. 딱히 그 직업을 얻었다고 해서 레벨이나 스킬이 있는 건 아니지만."

"그렇다고 들었어. 그쪽은 우선 경기가 생기고 직업이 생겼 겠지?"

"그래……."

그런 점이 현실과 이쪽은 정반대다.

"비슷한 이야기는 또 있어. 애초에 사람이 기계 기술을 쓰기 시작하기 전부터 [정비사(메카닉)]가 있었을 테니까."

……그렇구나. 애초에 황기병 계통만 그런 게 아니구나.

"명칭은 자네들이 이동하는 저쪽과 일치하는 것들도 많아. 내 [대현자] 같은 마법 직업도 그렇지?"

"실제로 있을지 없을지는 제쳐두더라도, 개념적으로는 존재 하지."

"그건 우연의 일치일지도 몰라. 하지만 이 세계를 만든 누군 가가 이 세계에 직업이라는 구조를 넣을 때 자네들이 이동하는 저쪽 같은……, '어딘가 다른 세계에 존재하는 직업'을 참조해서 정했을지도 모르지."

"…………."

게임으로 따지면 현실의 직업을 참고해서 직업을 설정하고 프 로그래밍한 것이다.

하지만……, 〈Infinite Dendrogram〉 같은 경우에는 그렇지 않을 가능성도 있다.

"그럼 [황기병]과 황옥수는……."

그것들이 이질적인 것은 현실에 존재하지 않기 때문이다.

다른 직업……, 현실에 존재하는 직업이나 개념과는 달리 여기에만 있는 것이기 때문이다.

하지만 혹시나…….

"〈마스터〉가 이동하는 저쪽이 아닌 **어딘가**에는 [황기병]이라는 직업이 있고, 황옥수도 일반적으로 존재할지도 모른다는 뜻이야."

현실도 아니고 〈Infinite Dendrogram〉도 아닌 어딘가.

다른 게임일지도 모르고, 그게 아니면…….

"그런데 그렇게 되면 초대 플래그만은 우연히도 황옥수의 사양과 들어맞는 걸 만들었다는 뜻이야?"

인공지능이 탑재되고 인간의 사용을 전제로 하며 마력으로 움직이는 기계.

우연히 만들 수도 있긴 하다.

그리고 만들었기 때문에 [황기병]이 세상에 나오게 되었다.

"오히려 [황기병]이나 상급 직업인 [황옥기]의 영향을 받아서, 만들어진 게 황옥수라고 불리게 된 건가?"

"그냥 생각하기에는 그렇게 되겠지."

"그렇겠지. 안 그러면 초대 플래그만이 처음부터 황옥수나 [황기병] **같은 것들이 있는 어딘가를 알고 만든 것**이 되어버리니까."

이 세계에 존재하지 않는 개념을 이 세계에 존재하는 자가 알 수는 없다.

그렇기 때문에 역시 우연의 일치일 것이다.

바보 같은 말을 해버렸다.

"……………………."

그런데 왠지 모르겠지만——— 인테그라가 나를 빤히 바라보고 있었다.

내 엉뚱한 말에 어이없어한다기보다는 오히려…….

"인테그라?"

"……아니, 〈마스터〉의 상상력은 대단하다고 감탄한 거야. 내가 처음 스승님에게 이야기를 들었을 때는 그런 생각이 들지도 않았으니까."

"그렇구나. 뭐, 그래도 있을 수 없는 생각이니까."

"하하하, 그럴지도 모르지. 아, 마침 실버를 확인하던 것도 끝났어."

인테그라는 그렇게 말하며 실버로부터 손을 뗐다.

"빠르네! 계속 이야기하고 있었는데……."

"이래 봬도 플래그만이라는 성을 이어받았으니까. 이야기를 하면서 작업을 진행하는 것 정도는 할 수 있어. 자, 몇 가지 이야기하고 싶은 게 있는데."

인테그라는 의자에 앉아 목을 축이려는 건지 홍차를 한 모금 마시고 나서 말하기 시작했다.

"우선 기본적으로는 다른 황옥마의 설계와 별다른 차이가 없었어. ……하지만 몸통에 알 수 없는 기구가 들어있고, 온몸에도 그곳과 이어진 배선이 연결되어 있어. 아마 그게 [제피로스 실버]의 오리지널리티겠지."

"오리지널리티라니?"

내가 묻자 인테그라가 한숨을 쉬었다. 내 질문 때문이 아니라 그 '오리지널리티' 때문인 듯했다.

"실례. ……뭐, 솔직히 말하자면 초대 플래그만은 천재였지만, 한 가지 문제가 있었던 거야."

"문제?"

"똑같은 것을 두 개 이상 만들지 않는다는 것."

"어? 그런데 [세컨드 모델]이나 카르티에 라탱의 황옥병은……."

"내가 말을 좀 잘못했군. 정확히 말하자면 손수 만드는 것들은 그렇다는 이야기야. 공장에서 생산하는 양산형은 별개고."

"아, 그런 뜻이구나. 그런데 예술가라면 보통 그렇지 않아?"

"……초대는 예술가가 아니라 어디까지나 과학자야. 뛰어난 거라면 복제하는 게 당연하지. 한 번 만들면 양산할 수 있고. ……하지만 초대는 그러지 않았어."

인테그라는 그렇게 말한 다음 다시 한숨을 쉬었다.

"자신이 온 힘을 기울여 만드는 것은 항상 다른 거야. 그렇기 때문에 아무리 걸작이라도 여러 대를 만들지는 않았고, 결과적으로 졸작이 나오더라도 신경 쓰지 않았어."

"걸작과 졸작……."

"걸작은 황옥인 중 하나. 이름은 [아게이트 디자이너(마노지설계자)]라는 건데, 단적으로 말하자면 DEX에 모든 것을 투자한 안드로이드야. 어지간한 생산 계열 초급 직업 뺨치는 제작 기술을 지니고 있었지. 가공 기술만 놓고 보면 초대 플래그만조차 뛰어넘어. 실제로 초대의 조수로 다양한 개발에 종사했다더군."

"그거 대단하네……."

"그래, 대단하지. 하지만 초대는 그것조차 복제하지 않았어. 분명히 개발 속도가 향상될 것을 알고 있는데도 한 대밖에 만들지 않았지. 컨셉조차 겹치게 만들지 않았어. 그것만큼은 이해가 잘 되지 않아. END 특화나 AGI 특화를 만들기 전에 그걸 먼저 복제해줬으면 좋겠는데. 아니, 남아있기만 하면 2대부터 나도 좀 더 잘……."

"워워."

어지간히 이 일이 화나는 건지, 인테그라는 뭔가 열이 오른 듯했다.

실버도 약간 겁을 먹었다. 네메시스는 아랑곳하지 않고 과자를 먹고 있다.

……아니, 네메시스는 아까부터 전혀 이야기에 끼어들지를 않네.

"……미안하군. 플래그만으로서 이어받은 게 이것저것 있긴 한데, [마노(아게이트)] 같은 경우에는 남겨줬으면 좋았을 텐데 남겨주지 않은 것들 중 대표적인 거니까."

하긴, 그런 황옥인이 있다면 왕국의 정세도 좀 더 편해졌을지도 모르겠다.

"다시 하던 이야기를 하자면, 컨셉이 겹치지 않는 것을 중시했기 때문에 미리 '졸작이 되지 않을까' 하는 생각이 들더라도 만들어버리는 거야."

"그 졸작이 뭔데?"

"[옵시디언 어스엣지(흑요지지열)]라는 황옥마."

……그거, 피가로 씨가 가지고 있는 말인데.

"애초에 황옥마의 컨셉은 '전투 계열 초급 직업의 전역 확대'
였는데, 하늘도 못 날고 바다 위도 달리지 못하면 의미가 없잖
아. 게다가 지상으로 전역을 한정 짓는다면 AGI 계열 전투 초급
직업은 자기가 뛰어다니는 게 더 빨라. 쓸모가 없는 물건이지."

……피가로 씨도 이렇게 말했었지. '내가 뛰는 게 더 빠르니까
레이스 경기에서만 쓴다'.

"게다가 다른 기종과 비교했을 때 더 뛰어난 마력과 중장갑도
초급 직업끼리의 전투……, 오의가 맞붙는 상황에서는 있으나
마나 한 정도야. 시리즈의 컨셉과 정면으로 맞선 결과 생겨난
졸작이라 확실히 말해서 답이 없어."

엄청나게 혹평하네…….

"굳이 말하자면 내구도 계열 초급 직업의 기마로서는 유용할
지도 모르지. 얼마 전까지 골드가 그랬듯이 파손될 가능성이 크
긴 하지만."

"그것도 좀 무섭네. 그래서 실버의 오리지널리티는 뭐였는데?"
아마 그것이 세 번째 스킬과도 관련이 있을 것이다.

"그건…….”

"그건……?"

나는 침을 삼키며 인테그라가 말하기를 기다렸고.

"―――알아내지 못했어."

―――옛날 만화처럼 의자와 함께 뒤로 넘어갔다.

"그, 그렇구나……. 알아내지 못했구나……."

"정확히 말하자면 전부 알아내지 못했다는 뜻이야. 알아낸 것도 있어. 우선, 이 아이의 기구는 '풍속성 마법' 같은 게 아니야."

그 말을 듣고 이번에는 다른 방향으로 놀랐다.

"풍속성이 아니라고? 하지만 《바람발굽》을 몇 번이나 썼고, 애초에 이름도 [제피로스 실버(백은지풍)]잖아?"

"아무래도 그 [바람]이라는 이름은 그때 초대 플래그만의 기분 때문인 것 같거든. 기체로서의 본질은 따로 있는 것 같아."

"기체로서의 본질……."

생각난 것은 카르티에 라탱의 하늘.

고래와 싸우다 격돌할 수밖에 없다고 생각했던 그 순간, 실버를 타고 있던 우리는 고래 바로 아래에 있었다.

어쩌면 그게 세 번째 스킬……, 실버의 본질과 관련이 있는 건가?

"그리고 풍속성이면 이해가 안 되는 것도 있어."

"그게 뭔데?"

"저번 강화 회의. 폐하가 이걸 타고 풍속성 황옥마인 [제이드스톰(비취지대람)]하고 싸웠는데, 속도로는 크게 밀리고, 선회 성능으로는 약간 우위에 선 정도였다고 해."

"그래. 나도 아즈라이트에게 이야기를 들었어."

"하지만 말이지, 순수하게 똑같은 타입이라면 후발 주자인 [제피로스 실버]가 뒤처질 리가 없어. 무엇보다 똑같은 것을 만드는 걸 정말 싫어하는 초대가 같은 속성을 쓸 리도 없고 말이지."

아, 그렇긴 하네. 아까 들었던 이야기를 감안하면 그렇게 되겠구나.

"애초에 그 《바람발굽》, '공기를 압축시켜 발판이라 배리어로 사용한다'는 기능이었나? 물리적으로 생각하면 압축하는 과정에서 보유하고 있던 열량까지 응축되어 플라즈마가 될 거야. 그렇게 되지 않는 시점에서 단순한 기체 조작도 아닌 것 같고."

"그렇구나……."

이야기를 듣고 보니……, 그런 것 같다. 쓰지 못했던 세 번째 스킬뿐만이 아니라 지금까지 별생각 없이 써왔던 것까지 포함해서 수수께끼가 많다는 것을 깨달았다.

"그래서 지금은 '오리지널리티가 작용한 결과로 풍속성과 유사하다'는 상태지. 그리고 오리지널리티로서 가능성이 높은 건 분……."

그녀는 뭔가 말하려다가 입을 다물었다.

"인테그라?"

"……아니, 불확실한 추론을 말하진 않겠어. 이래 봬도 플래그만이라는 성을 이어받은 자로서 초대 플래그만이 남긴 최후의 황옥마를 다루는 네게 잘못된 정보를 전달하고 싶지는 않으니까."

"그렇구나."

듣고 싶긴 했지만, 그냥 내버려 두어야겠다.

그녀는 자신이 이어받은 성에 긍지를 품고 있는 것 같다. 그런 그녀가 그렇게 말하니 지금은 물어보기가 미안하다.

"뭐, 이제 내 용건은 마쳤어. 오늘은 수고를 끼쳤네."

"나야말로 오늘 이야기를 나눠서 도움이 많이 되었어. 특히 [황옥기]는 목표로 삼고 싶어졌고."

"그래, 꼭 그렇게 해줘. [제피로스 실버]나 [세컨드 모델]을 남긴 초대도 그걸 원할 거야."

그렇게 이야기를 마치고 내가 실버를 집어넣자.

"음? 이야기가 끝난 겐가?"

……조용히 과자를 먹고 있던 네메시스가 그제야 먹던 걸 멈추고 내 쪽을 보았다.

"네메시스……."

"이, 이 과자가 무시무시하게 맛있어서 말이다. 곰 형님의 팝콘과 비슷하거나 그 이상이었다."

"진짜로?!"

그거 이상이라니, 엄청나잖아?!

"나도 맛을 좀, ……이봐, 네메시스."

"…………으, 음. 다 먹어치워 버렸구나."

보아하니 이야기가 끝난 걸 눈치채고 먹던 걸 멈춘 게 아니라, 다 먹어서 멈췄을 뿐인 모양이다.

요즘은 식욕이 좀 얌전하나 싶었더니 또 이러네.

이 녀석, 내가 이야기에 집중하면 옆에서 마구 먹어댄단 말이야.

"……자동으로 내놓게끔 해두었는데, 전부 먹은 거야?"

인테그라는 미묘하게 놀란 것 같기도 하고 어이없어하는 것 같기도 하는 표정을 보였다.

"……미안해, 인테그라."

"아니, 아니, 자네들에게 여기까지 와달라고 한 대가로서는 싸게 먹힌 거지. 뭐, 사실은 선물로 들려주고 싶었는데, 그럴 분량까지 다 먹어버린 모양이군."

네메시스…….

"으음. 참으로 맛있더구나. 그건 누가 만든 것인고?"

"아~. 지금은 카르디나에 있는 지인이 만든 거야. 그래서 한동안은 들여오지 못할 것 같은데."

"으음, 안타까운지고."

"하하하, 또 받으면 줄게. 이번에는 너도 먹을 수 있도록."

"그래. 기대할게."

그렇게 인테그라와 나누던 이야기는 끝났다.

처음 만났을 때는 나를 보는 시선이 신경 쓰였는데……, 자기가 없는 사이에 소꿉친구 두 사람에게 접근한 나를 경계했던 건지도 모르겠다.

오늘의 본론이라던 성희롱 같은 이야기도 생각해보니 그런 거겠고.

그녀도 나름대로 친구들을 소중히 여기고 있다.

그렇다면 상관없겠지.

"아, 그렇지. 레이 스탈링 군."

"?"

방을 나서려 하던 내게 인테그라가 뒤에서 말을 걸었다.

"마지막으로 한 가지 묻고 싶은데."

"그래, 뭐야?"

"자네는 어째서 왕국을 위해 힘쓰고 있지?"

……예전에 비슷한 질문을 들은 적이 있는데.

하지만 내 대답은 변함이 없다.

"아즈라이트나 릴리아나, 그 밖에도 왕국에서 알고 지내게 된 사람들을……, 이 나라를 좋아하기 때문이야. 그런 나라가 멸망해버리면 뒷맛이 씁쓸하니까 노력하는 것뿐이고."

"그렇군. ……응, 그래. 그런가. 그런가. 너는……, 그런 녀석이로군."

"?"

"아니, 됐어. 이번에야말로 볼일은 끝났으니까. 오늘 와줘서 고마워."

"그래. 나야말로 실버를 조사해줘서 고맙고."

"다과, 잘 먹었다."

그렇게 이야기를 나눈 우리는 인테그라의 방을 나섰다.

자, 슬슬 기데온으로 갈까?

지금 출발하면 해가 지기 전에 도착할 수 있을 것 같으니까.

◇◆◇

□■[대현자] 인테그라 세드나 클라리스 플래그만

한 명과 하나가 방을 나서고, 문이 닫히고, 실내의 보안 설비가 재기동된 것을 확인한 뒤⋯⋯, 나는 이 방에 걸어두었던 마법이 작동되었는지 확인했다.

간단히 말해 거짓말을 적발하는 마법이다. 《진위 판정》보다 더욱 고도의 마법으로, 상대방의 체온이나 심박수, 뇌파를 통해 더욱 세밀하게 판정하는 마법.

'거짓말은 하지 않았지만 사실을 둘러대고 있는' 경우나 '다른 꿍꿍이를 품고 있는' 경우도 감지할 수 있다.

가구에 걸어둔 마법 틈새에 숨겨두었기에 들킬 일도 없다.

이 방 자체가 심문실.

그리고 오늘의 본론은 이 방에서 레이 스탈링을 떠보는 것이었다.

너무나도 갑작스럽게 나타났으며, 알티미어와 릴리아나 그리고 기데온 백작 같은 왕국의 중추에 가까운 사람들과 연줄을 만든 인물. 수많은 〈마스터〉들 중에서도 왕국에 끼친 영향이 매우 크다.

본인의 전력은 준 인피니트급⋯⋯, 〈초급〉에는 미치지 못한다.

하지만 Mr. 프랭클린이나 로건 고드하르트 같은 〈초급〉을 쓰러뜨렸다.

그리고 초대 플래그만이 남긴 것 중에서 유일하게 우리 플래그만도 자세하게 알지 못하는 [제피로스 실버]를 소유하고 있다.

외부로부터 얻은 정보는 우리에게는 너무나도 기이해 보였다.

그가 어떤 인물이고 어떤 목적을 위해 움직이는가. 그것을 직접 확인하는 게 이번 목적이었다.

솔직히 '화신'과 직접 연관이 있는 녀석들의 수하일 가능성조차 시야에 두고 있었다.

하지만 그 결과는…….

"……결국, 반응을 보인 건 '알몸을 본 적이 없다'는 것 하나뿐인가? 웃기는군."

딱히 속마음을 숨기지도 않고 생각한 것을 그대로 말했다는 듯이다.

그 '이 나라를 좋아하니까 노력한다'는 말, 진지하게 말하면 의심을 살 만한 말조차다.

욕심이나 대가를 위해서가 아니라 잃지 않기 위해 움직이는 자.

왕국에 있어서는 매우 형편이 좋은 인간이다. ……뭐, 우리를 포함해서 형편이 안 좋은 인간이 너무 많으니 그 정도로는 형편이 좋은 인간이 있어도 되겠지만.

아무튼 그는 아무런 거짓말도 하지 않았고, 그 반대로……, 나를 의심하지도 않았다.

"내가 내준 차도 경계하지 않고 마셨고, 비장의 수 중 하나일 [제피로스 실버]의 정보도 망설이지 않고 공개했으니까."

그렇게까지 나를 신뢰하는 이유는……, 알고 있다.

내가 알티미어와 릴리아나의 소꿉친구이자 친한 친구이기 때문이다. 두 사람의 친구인 나도 그렇게까지 경계하지 않을 정도로는……, 그 두 사람을 신뢰한다는 뜻이다.

그건 거짓없는 마음일 것이다. 연애 목적이나 흑심, 정치적인 야심도 없다는 건 확인했다.

애초에 릴리아나는 그렇다 치고, 알티미어를 처음 만났을 때는 그녀가 왕녀라는 것조차 눈치채지 못했던 모양이다.

다시 말해 지금까지 두 사람을 도와준 것도 타산이 없는……, 그에게 있어서는 매우 자연스러운 움직임이라는 뜻이다.

"……그렇게 살아가면 괴로울 텐데."

〈마스터〉의 육체는 재생된다. 통각도 없앨 수 있을지도 모른다.

하지만 그렇다고 마음에 상처가 나지 않는 것도 아닐 텐데.

진심으로 이 나라 사람들이 좋아서 지키고 싶다고 생각한다면……, 상처받을 것이다.

아니면 이미 입었거나.

그래서 바뀐 걸까. 아니면 그런 일을 거치고도 바뀌지 않았던 걸까.

어쩌면……, 앞으로도 바뀌지 않는 걸까.

내가 할 행동도, [사신]이 벌이려는 짓도, 그리고 '화신'의 꿍꿍이도. 그는 모든 사건에 '뒷맛이 씁쓸하니까'라는 이유만으로 맞설지도 모르겠다.

상처를 입으면서도……, 눈앞에서 일어난 비극을 계속 뒤엎을지도 모르겠다.

"…………."

그것은 우리와는 다르지만, 마찬가지로 가시밭길이다.

하지만 그런 본심과 존재 방식을 보고……, 나는 한 가지 확신한 것이 있다.

"역시 〈마스터〉는 모두 똑같은 것이 아니고, 완전한 자유 의지가 있어."

일개 개인으로서의 의지는 [묘신(더 링크스)] 같은 '화신'의 위장체를 제외하면 모든 〈마스터〉가 가지고 있다고 봐야한다.

〈엠브리오〉가 어떤 구조인지는 알 수가 없지만……, 〈마스터〉자체는 〈엠브리오(열화 '화신')〉에게 **기생**당한 인간인가?

그리고 이러한 관계가 있다면 그들이 눈과 귀로 얻은 정보가 '화신'들에게 집적될 가능성이 있다.

그래도 문제는 없다.

이번에 내가 그에게 설명한 것들은 거짓이 아니다.

내가 '화신'들에게 있어서 불리한 지식까지 계승했다는 건 말하지 않으면서, 문제가 없는 범위 내에서는 우리의 상황에 대해 밝혔다.

그리고 이 정도 단계에서 '화신'이 나를 없애러 온다면, 나는 죽는다.

하지만 **크리스탈**이 무사하기만 하면 다음 대 이후의 움직임을 수정할 수는 있다.

……나는 내 대에서 결판을 낼 생각이지만.

"강화 회의 때 크로노 크라운과 캐시미어가 벌인 전투를 돌아보면 〈엠브리오〉의 지배권은 〈마스터〉 자신이 전부 장악하고 있는 게 분명해. 그건 '화신'들도 기본적으로는 제어하지 못한다는 뜻이지. ……그렇다면 '화신'에 가까운 힘을 지닌 〈마스터〉를 이쪽으로 끌어들이는 것도 효과적이겠어. 마지막에는 쳐낸다 하더라도 전력으로서는 도움이 될 테고."

문득 좀 전까지 이야기를 나누던 그가 떠올랐다가……, 나는 고개를 저었다.

"레이 스탈링은……, 힘들겠지."

그는 신뢰할 수 있는 인격의 소유자다.

하지만 그 인격 때문에 절대로 내 편을 들지 않을 것을 확신할 수 있다.

필요한 것은―――『세계를 멸망시키더라도 '화신'을 죽이고 싶어 하는 자』.

그러한 동기와 힘을 지닌 〈마스터〉가 필요하다.

자리를 비운 동안 왕국의 정보를 모은다는 명목으로 〈마스터〉에 대한 정보도 모으게 했다. 연구실에 있는 종이 다발은 왕국에 재적 중인 〈마스터〉의 리스트다.

이 안에……, 원하는 인재들이 있을 가능성은 있다.

"……이미 한 명은 눈독을 들이고 있고."

나는 종이 다발 안에서 쪽지를 붙여둔 종이 한 장을 꺼냈다.

거기에는 과거에 투지로 가득 차 있던 남자의 사진이 붙어 있었고, 능력과 실적이 적혀 있었다.

전 결투 랭커이자 거대 클랜의 오너였던 남자.

그리고 모든 것을 잃은 자.

이러한 사람이라면 나와 같은 뜻을 품을 수 있을 것이다.

내게 필요한 인재는 왕국……, 알티미어 일행과는 다르다.

잃지 않기 위해 움직이는 레이 스탈링이 아니다.

잃었기에 비로소 움직이는 인물이 필요하다.

"―――**부러진 검**, 인가."

■'감옥'

세계 어딘가에 있는 '감옥'에서 어떤 이변이 일어났다.

'감옥' 안에 있는 이름 없는 도시.

죄수들이 사는 이 공간……, 하지만 생명의 기척이 없다.

그날, '감옥'의 주민들은 극히 일부의 예외를 제외하고는 모두 죽음을 맞이했다.

서부극에 나올 만한 도시……, 죄수들의 생활 공간에서 움직이는 사람은 보이지 않았다.

자동으로 아이템을 제공하는 자판기가 빛과 소리를 내뿜을 뿐.

그리고 그것조차도, 돈이 투입된 뒤의 조작 화면만을 띄우고 있었다……. 마치 조작 도중에 사람이 사라진 것 같은 모습이었다.

그 정도로 갑작스럽게, 자비심 없이, 도시 하나가 죽음을 맞이했다.

"…………무섭네~."

그런 '감옥'의 모습을 죄수이자 〈초급〉인 가베라는 카페 〈다이스〉 안에서 창문 너머로 바라보고 있었다. 턱을 괴고 의욕이 없어 보이는 듯 낮은 목소리를 내고 있긴 했지만, 그녀가 떠안고 있는 심정은 분명히 '무섭다'는 말 그대로였다.

그 말은 그녀 옆에서 캐러멜 마키아또를 마시는 사람에게 한 말이었다.

"흐흥~. GOD은 오늘도 진짜로 만족이야♪ 이렇게까지 완벽한 캐러멜 마키아또를 '감옥'에서 마실 수 있다는 건 정말 멋져. 굿잡! 제짱♪"

"그거 다행이군요."

엄청나게 머리가 안 좋아 보이는 말투의 여장 소년———— [역병왕(킹 오브 플래이그)] 캔디 카네이지에게 점주인 젝스가 미소를 지으며 대답했다.

그런 캔디 옆에는 그와 비슷한 크기의 해머……와도 같은 **메스 플라스크**가 놓여 있었다.

어쩌면 그것은 메스 플라스크조차 아닐지 모른다.

투명한 구체 부분에 담긴 내용물은 여러 층을 이루고 있었다. 그런 층 하나하나가 배양지를 담은 샬레처럼 생겼고, 구체 안쪽에서 그러한 샬레가 천천히 회전하고 있었다.

그리고 구체 표면 곳곳에 일정한 간격으로 뚫린 구멍에서 희미하게 들리는 공기의 분출음은 **눈에 보이지 않는 크기의 무언가**가 방출되고 있다는 것을 나타내고 있었다.

그리고 그것이 바로……, '감옥'의 도시가 죽음을 맞이한 원인이라는 사실을 가베라는 알고 있었다.

이 기묘한 메스 플라스크가 바로 [역병왕]의 〈초급 엠브리오〉.

매우 희귀한 삼중 복합형(트리플 하이브리드)이자 동종 복합형(트윈).

TYPE : 레기온 웨폰 칼큘레이터.

이름하여——— [악성신위 레셰프].

이집트 신화와 성서에 이름을 남긴 사나운 역병신을 모티브로 삼았으며 〈초급 엠브리오〉 중에서도 최대 규모의 섬멸능력을 지닌 존재.

가베라는 레셰프의 능력을 몇 가지 알고 있었다.

그 능력 특성이 바로 악성 변이와 감염 확대.

레셰프의 내부에 생물의 세포나 소재를 넣고 그 생물에게 효과를 발휘하는 세균을 자동적으로 연구하고, 개발하고, 증식시켜 주위에 뿌리는 것.

이 〈엠브리오〉의 가장 무서운 점은……, 연구 및 개발, 증식시켜 뿌리기는 가능해도 **컨트롤은 할 수 없다**는 점이다.

그나마 증식 횟수를 제한하여 사멸할 때까지의 제한 시간을 설정하거나, 지금 그러고 있는 것처럼……, 캔디 자신과 젝스, 가베라의 체세포(그리고 알하자드의 일부)를 미리 읽어 들여서 세포 감염의 '대상에서 제외'시키는 정도다.

제어할 수 있는 건 겨우 그 정도라 뿌려댄 것들이 얼마나 감염될지는 미지수다.

바깥 세계의 세균도 그가 '감옥'에 수감된 뒤에 관리 AI가 손을 쓰지 않았다면 계속 퍼졌을지도 모른다.

(……이거, 이 가게까지 포함해서 **병균**투성이라는 뜻이지.

그것도 우울하네……. 위생적이지 못하니까 커피를 못 마시잖아…….)

가베라는 마음에 드는 돌고래 컵에 담긴 커피를 마시지도 않고 이리저리 흔들며 한숨을 쉬었다.

컨트롤을 생략한 세균 개조의 효과는 규격에서 벗어난 영역까지 향상되었다.

지금 레셰프가 방출하고 있는 세균은 세 종류.

중증 병독 계열, 구속 계열 상태이상을 발생시키는 《흙에 녹는 미래(퓨처 소일)》.

육식 계열 세균이 생물을 몸속에서 먹어치우는 《무너져가는 현재(프레젠트 컬랩스)》.

이미 감염된 병원균의 효과를 활성화하는 《구멍투성이 과거(패스트 홀)》.

세 종류의 세균이 일으킨 바이오해저드로 인해 죄수들은 저항하지도 못하고 전멸했다.

어지간한 상태이상 대책으로는 《과거》로 인해 촉진된 《미래》에 저항하지 못한다. 《쾌유 만능 영약(에릭실)》을 먹는다 해도 순수한 육식 세균인 《현재》가 몸속을 먹어치우는 것을 막을 수가 없다.

애초에 모든 세균이 병술사 계통 초급 직업인 [역병왕]의 패시브 스킬, 《언더그라운드 프로스페리티》에 의해 감염력이나 생명력이 강화된 상태다.

세균은 계속 확대될 테고, 언젠가는 '감옥'을 모조리 뒤덮을지도 모른다.

방출된 세균은 캔디도 컨트롤할 수가 없기 때문에 그도 멈출 수가 없다.

애초에 그는 바이오 해저드를 일으킨 뒤에도 종식시킬 생각이 없었다. 이런 〈엠브리오〉를 가지게 된 정신성까지 포함해서 캔디는 〈초급〉 중에서도 정신이 나간 부류다.

그 결과가 '국가 근절자(리전 로스트)'라는 별명이며, 멸망한 소국의 폐허와 주민들의 묘비다.

(아니, 나나 오너의 머리카락을 〈엠브리오〉에 넣고 해석해서 병균의 대상에서 제외하게끔 설정할 수 있었다는데……. 그건 반대로 말하자면 우리만 대상으로 삼은 병균도 만들 수 있다는 뜻이지~? ……목을 움켜쥐고 있는 거나 마찬가지잖아.)

이제 와서 자신의 목숨이 캔디에게 잡혀 있다는 걸 눈치챈 가베라는 전율했지만…….

(……아, 그건 아니네. 어찌 됐든 이 녀석이 그럴 마음만 먹으면 나는 죽을 테니까.)

노리고 공격하든 노리지 않고 주위 일대를 공격하든, 어찌 됐든 캔디의 섬멸로부터는 도망칠 수가 없다.

(뭐야. 그럼 신경 써봤자 소용이 없잖아……. 정말…….)

가베라는 자포자기하며 테이블에 엎드렸다. '요즘 자주 엎드리게 되네……'라는 걸 자각하고 있었다.

(아니, 나는 그렇다 치고, 오너는 용케도……, 아, 그게 아니구나.)

그리고 그녀와 마찬가지로 캔디에게 머리카락을 건넨 젝스에 대해 생각하다가 눈치챘다.

(오너는 마음만 먹으면 체세포 같은 건 얼마든지 바꿀 수 있잖아. 애초에 슬라임에게 병균이 얼마나 통할까⋯⋯?)

예전에 젝스와 한냐가 둘이서 캔디를 쓰러뜨린 적이 있다는 이야기는 가베라도 들었다. 아마 젝스는 특성상 질병이 잘 통하지 않을 것이다.

(⋯⋯어라? 그러면 한냐 씨는⋯⋯. 아, 그쪽은 그런 거겠구나⋯⋯.)

그리고 한냐에 대해서도 대충 짐작이 되었다.

한냐의 산달폰이 지닌 능력 특성 중 하나는 공간의 무작위 배치 변경.

일반적이라면 역병의 중심지인 캔디가 있는 곳까지 도착하기 전에 몸이 감염되고, 대결하지도 못한 채 죽음에 이른다.

하지만 산달폰이라면 배치되기에 따라 한 발짝 내딛기만 해도 캔디 본인이 있는 곳에 도착할 수 있다. 한냐 본인이 1000메텔 높이에 있다는 것도 영향이 있을지 모르겠다.

(〈엠브리오〉의 상성 차이라는 거지⋯⋯. 나하고는 상성이 안 좋지만⋯⋯.)

존재를 인식하지 못하더라도 생물인 이상 가득 찬 세균에 감염될 수밖에 없다.

가베라의 알하자드로는 캔디의 레셰프를 공략할 수 없다.

(⋯⋯지금처럼 처음부터 가까운 곳에 있으면 모르겠지만.)

하지만 가까운 곳에 있을 수 있는 이유는 일단 아군이기 때문이다.

적대시한다면 [역병왕]이 잔뜩 뿌린 역병의 국토를 넘어가야만 한다.

수많은 티안과 〈마스터〉들이 그를 쓰러뜨리려 하다가 죽음의 병에 쓰러졌다.

그리고 [용사(히어로)]조차도 검을 [역병왕]에게 닿게 하지 못했다.

그가 최다 티안 살상자라는 건 그러한 행동의 결과이며, 그가 얻은 [역병왕]의 직업 레벨이 1680이라는 것도 마찬가지다.

(뭐, 지금은 알하자드가 **산책 중**이니까 해치울 수가 없고, 애초에 아군이 되었으니까 해치울 생각도 없지만.)

가베라는 '아무리 그래도 지금 덤비면 원한을 사겠지……'라고 생각하며 다시 한숨을 쉬었다.

그녀 자신도 캔디에게 한 번 죽긴 했지만, 애초에 그건 캔디가 전투 중일 때 끼어든 잘못도 있었다……, 그렇게 예전의 가베라라면 하지 않았을 이성적인 판단도 하고 있다.

(……아니, 진짜 〈초급 킬러〉는 어떻게 이 녀석을 쓰러뜨린 거야?)

탄환 생물을 날리기만 하는 〈엠브리오〉로 뭘 어떻게 하면 이걸 죽일 수 있는 걸까.

가베라는 신기해서 견딜 수가 없었다.

가베라가 캔디에 대해 이것저것 생각하고 있자니…….

"그럼 ♪ 캔디짱은 일단 로그아웃할게 ♪ 푹 자두지 않으면 피부가 거칠어지니까."

캔디는 그렇게 말한 다음 의자에서 일어섰다.

"네. 고생 많으셨습니다."

"방출한 세균은 알아서 증식할 테니까 안심해도 돼. 이제부터 당분간 '감옥'은 로그인 = 사망인 GOD 천국이야 ♪"

(……그건 지옥 아니야?)

가베라는 진심으로 그렇게 생각했다.

"그럼 둘 다, 나중에 봐~ ♪"

캔디는 그렇게 말하고 윙크를 날리며 로그아웃했다.

"……이제야 사라졌네."

캔디가 로그아웃하자 가베라가 지친 듯한 목소리로 그렇게 중얼거렸다.

하지만 캔디와는 앞으로도 얼굴을 봐야만 한다.

그는 한정된 기간 동안이나마 〈IF〉에 가입해버렸으니까.

"우울해……."

'저거하고 같은 클랜이라니, 역시 힘들어……'. 가베라는 그렇게 생각하며 다시 엎드렸다.

(아니, 캔디도 캔디지만, 오너도 좀 그렇단 말이지.)

가베라는 저런 캔디를 자신의 클랜에 받아들이고 아무렇지도 않게 이야기를 나누던 젝스 또한 맛이 간 사람일 거라 생각했다.

(……라스칼이나 제타, 에밀리는 비교적 정상이었다는 건가? 어……? 온몸이 미라인 녀석하고 자동 살인 유녀가 더 낫다니,

진짜 장난 아닌데? ……그러고 보니 라스칼은 로봇 메이드를 데리고 다니는 BEONTAE인데, 정상인 정도를 따지면 어디쯤에 놓일까……?)

본인이 들으면 화를 낼 것 같지만, 마음의 목소리에 태클을 거는 사람은 없다.

(역시 내가 제일 정상이란 말이지…….)

태클을 거는 사람은 없다.

"아니, 오너. 나는 왜 도시를 괴멸시킨 건지 모르는데……."

"어라, 말씀드리지 않았나요?"

"이사 준비를 해두세요, 라는 말밖에 못 들었어……."

"네. 그러니까 그 이사 준비입니다."

"?"

〈Infinite Dendrogram〉에 이모티콘 표시 기능이 있었다면 머리 위에 큼직하게 '?'가 뜰 정도로 가베라가 크게 고개를 갸웃거렸다.

"우리는 앞으로 며칠 안에 탈옥할 겁니다."

"……예전부터 생각했던 건데, 그런 말을 소리 내서 해도 되는 거야?"

'감옥'의 간수……, 이곳으로 따지면 담당 관리 AI인 레드킹에게 들키는 것 아닐까, 가베라는 걱정했다.

'감옥'에 왔을 당시에는 그녀 자신도 '탈옥할 거야!'라고 선언했다는 사실은 완전히 잊고 있다.

그런 그녀를 보고 젝스는 여전히 미소를 머금고 있었다.

"애초에 아바타가 보고 듣는 정보는 관리 AI들이 다 알고 있습니다."

"어?! 그래?! 나는 목욕 같은 걸 해버리고 그랬는데?!"

자신의 가슴(없음)을 두 손으로 가리며 가베라가 의자에서 일어섰다.

〈다이스〉에 널찍한 욕탕이 있었기에 가끔 아프릴과 함께 목욕을 했던 것이다.

황옥인은 완전 방수뿐만이 아니라 내부가 침수되더라도 쉽게 망가지지 않는다.

하지만 가베라는 목욕할 때 기계를 뜨거운 물에 넣는 것을 전혀 신경 쓰지 않았다. 플래그만이 방수 대책을 세워두지 않았다면 아프릴을 잃게 되었을지도 모른다.

"신경 쓰지 마시길. 관리 AI는 인간에게 욕정하지 않을 테니까요."

"그래도 관리 AI가 모은 데이터를 운영 회사 사원이 열람하고 그러지 않아?"

"……운영 회사?"

젝스는 마치 신기한 말을 들었다는 듯이 턱에 손을 대고는 뭔가 생각났는지 고개를 끄덕였다.

"아. 그런 걱정은 하실 필요가 없을 겁니다. 확실히요."

"……그래?"

"네. 그리고 탈옥 이야기도 소리 내어 해도 됩니다. 이야기를 해두었으니까요."

"이야기?"

"네, 레드킹하고요."

갑자기 나온 이 '감옥'의 관리자 이름을 듣고 가베라가 놀랐다.

"어?! 그럼 탈옥해도 OK라는 거야?!"

간수가 탈옥을 용인했다는 거나 마찬가지인 그 말은 가베라가 이해할 수 없는 말이었다.

"OK라고 하면 OK죠."

"?"

"그가 한 말은 이렇습니다."

젝스는 웃으면서……, 그 까만 눈동자를 저편으로 향하며 이렇게 말했다.

"'나갈 수 있다면 나가 보거라'라고 하네요. 그러니까 그렇게 하시죠."

가베라도 짐작이 됐다.

이 '감옥'은 탈옥을 용납하지 않는다.

탈옥을 저지하는 구조가 있고, 간수는 그것에 대해 절대적인 자신감을 가지고 있다.

그런데도 정면으로 탈옥해주겠다……, 젝스는 그렇게 말하고 있는 것이다.

"에휴……, 어떤 방법으로 탈옥할지는 모르겠지만, 양쪽 다 자신감이 대단하네……."

"네. 그런데 자세한 순서만큼은 외부 메일로 전해드리고 싶습니다만……."

"음~, 알겠어. 그럼 쓰다 버릴 주소를 오너에게 알려줄게."

"네, 그렇게 해주시죠. 아, 좀 전에 왜 캔디 씨에게 세균 방출을 부탁드렸는지에 대해 질문하신 건 지금 대답해드리겠습니다."

젝스는 시선을 창문 너머……, '감옥'의 거리로 돌리고는 이유를 설명했다.

"막상 탈옥하게 될 때 방해받지 않게끔 하기 위해서입니다."

"방해?"

"가로막으려 하는 사람이 있을지도 모르고, 편승해서 탈출하려 하는 사람도 있을지 모르죠. 그런 사람들 중에는 혹시나 저나 가베라 씨, 캔디 씨의 천적이 될 만한 〈엠브리오〉도 있을지 모릅니다."

그럴 가능성은 충분히 있다.

십인십색, 천차만별. 그것이 바로 〈엠브리오〉. 약한 〈엠브리오〉라 해도 〈초급 엠브리오〉의 천적이 될 만한 것이 존재할지도 모른다.

그런 경우가 아니라 해도 지금 같은 탈옥 직전의 타이밍에 새로운 〈초급〉이나 준 〈초급〉이 수감될 우려도 있다.

"그러한 불확정 요소를 캔디 씨의 세균으로 처음부터 없애는 형태입니다. 한번 죽으면 사흘 동안은 로그인할 수 없으니 탈옥은 사흘 이내에 결행해야겠죠. 아, 이제 거리를 둘러보면서 세균에 죽지 않은 사람이 있으면 죽여두어야만 하겠네요."

젝스가 한 말을 듣고 가베라는 납득했다.

방해는 받지 않는 게 좋긴 하다. 캔디를 동료로 끌어들인 건

지속적인 살상이 가능한 세균을 다루기 때문이었을 것이다.

그리고 이런 생각도 들었다. '역시 **그렇게** 해두길 잘했네'.

"그러니 가베라 씨. 지금부터 저와 함께 생존자분들을 마저 해치우러 가시죠."

"아……, 그건 이제 됐어."

가베라는 손목 아래를 절레절레 흔들며 젝스의 제안을 거절했다.

"?"

"있지. 어째서 그런 건지는 방금 알았지만, 치사성 병균을 흩뿌린 시점에서 '아, 이거 전멸을 노리는 거구나'라는 건 이해했으니까……."

가베라는 엉뚱한 방향……, 아니, 돌아온 보이지 않는 자객(알하자드)를 손가락으로 가리키고는…….

"……아직 살아있던 녀석들은 알하자드로 죽여뒀어, 전부."

———매우 아무렇지도 않다는 듯이 그렇게 말했다.

가베라는 '레벨이 오른 건 좀 기쁘네……'라고 우울해하면서도 약간이나마 가슴(없음)을 폈다.

"해치워두길 잘한 거지?"

"네. 감사합니다. 수고를 덜었군요."

"나도 알하자드에게 지시를 내렸을 뿐이야……."

세균으로 인해 많은 사람들이 죽었고, 얼마 안 되는 생존자는 지각할 수 없는 자객에게 살해당한다.

지금 '감옥'은 지옥 같은 모습일지도 모른다.

아니면 가베라의 별명처럼 '악몽'이라고 해야 하나.

"아. 그런데 말이지~, 한 명만은 못 죽였어……. 아니, 그건 힘들지……."

"아, 그 말이군요. 그는 내버려 두어도 괜찮습니다. 아직 그의 영역에서 나오지 않을 테니까요."

가베라가 죽이지 못한 한 명, 그리고 캔디의 세균으로도 죽지 않은 자.

그것은 바로 '감옥'의 거주 공간에서 멀리 떨어진 영역에 진을 치고 있는 최후의 〈초급〉이었다.

젝스의 제안도, 캔디의 세균도, 가베라의 자객도 전부 쳐내고……, 그는 지금도 움직이지 않은 채 그곳에 있을 것이다.

"그는 언젠가 자신의 힘으로 나올 겁니다. 우리는 그보다 한 발 앞서서 이 '감옥'을 나가죠."

"……뭐, 상관없긴 한데. 정말로 나갈 수 있는 거야?"

"안심하시길. 저와 캔디 씨만으로는 불확실했지만, 가베라 씨가 있으면 확실하게 모두 함께 탈옥할 수 있습니다."

"…………으음~."

'내가 모두가 탈옥하는 데 어떤 도움이 되는 거지?', 가베라는 그렇게 생각하며 다시 고개를 갸웃거렸다.

(그건 그렇고 오너가 이렇게 말하는 걸 보니 짧고도 길었던 이 '감옥' 생활도 슬슬 끝나는 거겠네? '감옥'에는 간식을 먹을 가게

가 이곳밖에 없으니까 바깥세상으로 나가는 건 좀 기대되긴 해.)

이해가 잘 되지 않는 와중에도 탈옥을 기대하던 가베라는 잠시 후 로그아웃했다.

◆

몇 시간 뒤, 알려준 주소로 받은 탈옥 수단의 개요를 보고 가베라는 '어? 그런 걸로 된다고?'라며 다시 고개를 갸웃거렸다.

□[성기사] 레이 스탈링

해가 기울기 시작할 무렵, 겨우 기데온에 도착했다.

"……생각보다 늦었네."

"뭐, 중간에 그런 일이 있었으니 말이다."

왕도를 나선 우리는 실버를 타고 곧바로 기데온으로 향했다.

비행이라는 이동 수단의 가장 좋은 점은 길을 무시하고 일직선으로 목적지를 향해 갈 수 있다는 점이다.

그리고 이 세계의 비행 수단은 탈 짐승이나 풍속성 마법 등, 이륙이나 착륙에 공간이 필요하지 않은 경우가 많다.

그렇다면 항공망이 좀 더 발전해도 되지 않았나? 예전부터 그런 생각을 해왔다.

하지만 오늘, 그렇게 되지 않은 이유를 체감했다.

"……설마 공중에서 야생 드래곤하고 마주칠 줄이야."

"오랜만에 공중전을 해서 좀 위험했잖은가."

그렇다, 기데온을 향해 날아가던 도중에 우연히도 천룡종과 맞닥뜨린 것이다.

어떻게든 혼자 물리치긴 했지만, 꽤 힘들었다.

"멀리서 브레스만 날려대니까……."

"그 때문에 《지옥독기》도 닿질 않은 게야."

117

상태이상으로 약하게 만들고 근접전으로 카운터를 때려넣는 평소 전투 방식을 써먹을 수가 없었다. 프랭클린 사건 이후에 순룡 클래스인 웜을 혼자 쓰러뜨린 적은 있긴 하지만, 그것보다 훨씬 골치 아픈 상대였다.

그리고 이번 일로 인해 이해했다.

그런 게 여기저기 날아다니는 세계에서는 항공망 같은 게 발전할 수 없다.

단련한 전투직이라면 모를까, 일반인은 전투에 휘말려서 죽을 수도 있다.

"……아, 생각났네."

"뭘 말인고?"

"프랭클린이 사건을 일으키기 전에 유고하고 카페에서 이야기 했을 때 말이야."

"……아, 그거 말인가."

◇

고즈메이즈 산적단 사건이 일어난 다음 날, 아직 적대적인 관계가 아니었던 유고와 잡담을 나누다가 유고에게 〈마징기어〉 같은 황국의 과학 기술 이야기를 듣고 있었다.

"〈마징기어〉의 종류는 유고가 타는 인간형 로봇하고 파워드 슈트, 그리고 전차, 이렇게 세 종류밖에 없어?"

"그래. 애초에 오너 일행이 [마셜Ⅱ]를 만들기 전까지는 두 종류밖에 없었다더군."

"…………."

"왜 그러지?"

"아니, 배는 그란바로아의 전매특허니까 이해가 되는데 말이야. 비행기는 없어?"

내가 그렇게 묻자 유고의 표정이 굳어졌다.

"……없지. 그래, 예를 들자면……, 맹금이 날아다니는 하늘에서 참새는 날갯짓하지 못할 테니."

"아, 비행기 관련 기술이 너무 미숙해서 비행 능력을 지닌 몬스터를 이길 수 없는 건가?"

"그런 거지. 비행 속도, 선회 성능, 공격 능력. 모든 면에서 현재 비행기는 하늘에서 살아남을 수가 없다. 초음속으로 날아다니는 생물도 드물지 않으니까. 그런 것들을 상대하려면 어설픈 비행기로는 불가능해."

"……날개가 손상되면 추락할 것 같기도 하고."

적어도 순룡과 맞서기는 힘들 것이다.

한번 공격을 맞고 비행 능력이 떨어지면 그 이후로는 일방적으로 밀릴 수밖에 없다.

"그럴 거면 마찬가지로 천룡종 순룡을 타는 게 나은 건가?"

"테이밍되는 순룡의 숫자 자체가 적지만 말이지. 아무튼 그런 관계로 비행기는 존재하지 않아. 비행기형 〈엠브리오〉라면 존재하지만, 인원 수송에 특화된 건 별로 없지."

"그렇구나. 비행기가 있으면 먼 나라에도 가기 편할 것 같았는데."

"현재까지는 동쪽으로 가려면 그란바로아의 해로를 이용하거나 사막을 육로로 넘어갈 수밖에 없다."

"사막이라……. 꽤 힘들 것 같네."

"그래. ……하지만 언젠가 먼 나라에도 가보고 싶군."

"그러게."

◇

유고와 그렇게 이야기를 나눴던 것도 옛날처럼 느껴진다.

"그 녀석, 지금쯤 어떻게 지내고 있으려나……."

"아직 황국에 있는 것 아닌고?"

"그렇다면 황국이랑 〈전쟁〉을 벌이게 될 경우에는 다시 마주칠지도 모르겠네."

하지만 왠지 그 녀석은 이제 황국에는 없을 것 같은 느낌이다.

"자, 그럼 만나기로 한 곳으로 갈까."

"으음. 예상치 못한 일이 생겨서 시간이 아슬아슬하니 말이다."

오늘 밤에는 클랜 사람들끼리 모여서 식사를 하며 내일 진행할 예정인 본거지 찾기와 모레 있을 〈토너먼트〉 이야기를 나누기로 했다.

약속 시간까지 10분 정도 남았다. 서두르면 늦지 않을 것이다.

10분 뒤, 나와 네메시스는 만나기로 약속한 가게에 도착했다. 가게 예약은 먼저 기데온으로 돌아온 루크에게 맡겼는데, 가게

앞에는 '〈데스 피리어드〉 일행 대절'이라는 간판이 걸려 있었다.
신경 써서 대절해준 모양이었다.

"……왠지 살벌해 보이는구나."

"클랜 이름이 그러니까 어쩔 수 없지."

우리가 문을 열자 문에 달린 벨이 딸랑딸랑 소리를 냈다.

가게 안에는 큼직한 원형 테이블이 있었고, 낯익은 얼굴들만
이 거기 둘러앉아 있었다.

"다들 기다렸지."

"레이 씨~, 아슬아슬하셨는데요~?"

먼저 술이라도 먹고 있었던 모양인 마리가 볼을 붉힌 채 그런
말을 했다.

"좋아, 우선 레이 씨도 와인을 마시……, 아얏?!"

"그도 그렇고 저도, 아니, 클랜원 대부분이 미성년자니까 자
중하세요."

그런 마리의 뒤통수에 비 쓰리 선배가 춉을 날렸다.

듣고 보니 형하고 레이레이 씨, 마리 말고는 모두 미성년자다.

그런데 춉을 맞고 발끈했는지 마리가 반격하기 시작했다.

선배도 맞서 싸웠다. 아무리 그래도 실내라 무기와 〈엠브리오〉
는 사용하지 않았지만, 몸싸움을 벌이기 시작했다.

"스승님하고 비 쓰리 씨는 여전하시네요", "예전에 봤을 때도
이런 느낌이었지!", "아, 안 말려도 되는 거야……?"

그런 두 사람을 보며 후지농 일행이 이야기를 나누었다.

……스승님이라는 게 마리인가? 대체 무슨 스승님인 건지 물

121

어봐도 되나. 약간 고민이 된다.

아마 전투 쪽이 아니라 예전에 스케치북에 그렸던 이런저런 것들 쪽일 테니까.

"레이 씨, 네메시스 씨. 이쪽 의자가 비었어요."

"이쪽~♪"

루크와 바비가 그렇게 말하며 근처에 있던 자리를 마련해 주었다.

"고마워. 그건 그렇고 역시 우리가 늦었구나. 다들 모였……, 어라?"

큼직한 원형 테이블 자리에는 멤버들이 거의 다 있었다.

하지만…….

"형은?"

그렇게 눈에 띄는 곰 인형옷이 가게 안 어디에도 보이지 않았다. 레이레이 씨도 안 보이지만, 그 사람은 현실에서 매우 바쁜 사람이니 이번에도 결석일 것이다.

"형님은 좀 전까지 여기 계셨는데 누군가에게 연락을 받으셨는지 '데리러 가겠다'고 하셨어요."

"데리러 간다니, 누구를……?"

"모르겠네요. '비밀이야곰~. 나중에 깜짝 놀라게 해줄게곰~'이라고 하셨으니까요."

……깜짝 놀라게 한다고?

"요리는 먼저 먹어도 된다네요."

"이봐, 이봐, 그런 말을 해도 되는 거야? 우리 파트너가 전부다 먹어버릴 텐데."

인테그라의 과자처럼.

······인테그라의 과자처럼!

"안심하거라. 오랜만에 회식을 하는 것이니. 속도를 잘 조절할 것이야."

그렇구나, 그렇다면 안심이네······라고 말할 수는 없다.

속도를 조절한다고 했지 '먹는 양을 조절한다'는 말은 안 했으니까.

"부화한 날 환영회 때 로그아웃한 동안 곰 형님이 아라카르트를 전부 먹어버린 것을 잊지는 않았다만······, 복수할 생각은 없느니라."

"······그런 걸 기억하고 있는 시점에서 꽤 앙심을 품은 거 아니야?"

먹을 것의 원한은 무시무시하다고 해야 하나, 뭐라 해야 하나······, 뭐, 다른 사람도 고려하면서 먹으라고.

그렇게 우리는 식사를 즐기며 이야기를 나누었다.

다른 사람에게 본거지에 대한 희망사항을 물어봤는데, 대충 정리하자면 '개인실이 있을 것'(전원), '큼직한 욕탕이 있을 것'(여자 일동), '회의 같은 것을 할 때 모두 함께 모일 수 있을 정도로 큰 방이 있을 것'(나하고 선배, 그리고 루크), '대형 몬스터를 풀어놓고 키울 수 있는 공간이 있을 것'(루크와 카스미), '식당이 있을 것'(네메시스), '수영장이 있을 것'(마리와 바비), 이런 느낌

123

이었다.

왠지 이런저런 조건이 붙긴 했지만, 그렇게까지 지나치게 특수한 조건도 아니다. 이 정도라면 요즘 정세로 인해 팔아치운 상인의 호화 저택 같은 곳이면 될 것 같다. 예산만 있으면 고생할 일도 없이 찾지 않을까. ……예산이 없으면 불가능한 조건이지만.

당분간은 이곳 기데온에서 찾게 될 것이다.

왕도 쪽도 알아보긴 했지만 역시 수도라 그런지 입지가 괜찮은 곳은 거의 선점당한 상태였다. 아니, 모 종교 단체 클랜과 팬클럽이 토지를 이곳저곳 사재기하고 있었다.

왕도에서는 그런 단체들과 가까운 곳에 본거지를 잡게 될 테고, 왠지 문제가 생길 것 같기에 피하고 싶다.

……아즈라이트조차 '그런 사정이 있다면 어쩔 수 없지'라고 납득했다는 게 두렵기도 하다.

그렇게 한 시간 정도 지났을 무렵, 문에 달린 벨이 울렸고 익숙한 목소리가 들렸다.

『여어~. 오래 기다렸지곰~.』

"형. 계속 기다렸……, 어?"

항상 그랬듯이 곰 인형옷을 입은 형이 가게 안으로 들어왔고, 우리는 깜짝 놀랐다.

형은 그렇게까지 넓은 문이 아니었는데, 큼직한 인형옷을 입고도 재주도 좋게 몸을 꿈틀대며 안으로 들어왔다.

하지만 우리가 놀란 건 형이 들어온 방식이 아니라 형을 따라 들어온 사람들 때문이었다.

"안녕. 실례할게."

"후후, 오랜만이네."

형을 따라━━━ 피가로 씨와 한냐 씨가 나타난 것이다.

"피가로 씨! 몸은 괜찮아지셨나요!"

한냐 씨가 사건을 일으킨 직후, 지병이 악화되어 입원했던 피가로 씨. 그 이후로 한동안 로그인도 하지 않았던 것 같은데, 지금 이렇게 여기에 있다는 건…….

"그래. 이제 완전히 좋아……진 건 아니지만 말이지. 기분은 좋아."

"?"

피가로 씨치고는 신기하게도 표정과 대답이 애매했다.

그리고 옆에 있던 한냐 씨도 약간 곤란해하는 것 같았다.

……아니, 곤란해하면서도……, 부끄러워하는 건가?

"……사실 현실에서 그녀의 얼굴을 볼 때마다 가슴이 두근거려서 심장발작을 일으켰거든. 그게 연달아 일어나서 입원을 오래 했어."

……그게 무슨 소리야.

"사랑스러운 그대와 맞닿는 것조차 만족스럽게 하지 못하는 나를 용서해줬으면 해."

"그래. 하지만 그것도 당신의 사랑의 증거라는 걸 알고 있으니까……. 그리고 이쪽에서는 얼마든지 마주 볼 수 있어……."

"후유코……."

"빈센트……."

……저기, 갑자기 두 사람만의 세계를 만드시는 거 아닌가요?

서로 현실 쪽 이름으로 부르는 건 좀 아닌 것 같은데요. 여기는 대절했으니까 그나마 괜찮지만.

"……한동안 못 본 사이에 무시무시하게 바보 커플이 된 모양이로구나."

"…………저게 지금의 피가로인가요?"

네메시스가 왠지 어이없다는 듯이, 선배가 매우 복잡한 듯한 표정을 지으며 그렇게 말했다.

"……형."

『나도 놀랐어곰. 현실에서 만났다니까 그쪽에서 진도가 나가서……, 나간 건가? ……뭐, 일단 그런 관계로 이 녀석들은 이런 느낌이야곰.』

"뭐라고 해야 할지 모르겠지만……, 우선……, 축하드립니다?"

축하 인사를 건네며 일단 박수를 쳤다.

다른 멤버들도 어떻게 해야 할지 모르겠다는 표정을 짓는 사람이 많았지만 박수는 치고 있다.

"고마워!"

"고마워. 그래서 우리가 여기 온 이유 말인데……."

한냐 씨가 활짝 웃으며 박수를 받아들였고, 피가로 씨도 고개를 숙여서 인사를 한 다음……, 이곳에 온 이유를 말하기 시작했다.

"레이 군의 클랜, 〈데스 피리어드〉에 나와 한냐도 가입시켜줬으면 해."

"!"

예전에 피가로 씨와 한냐 씨도 복귀하면 들어올지도 모르겠다는 이야기는 들은 적이 있다.

그리고 지금, 그때가 온 모양이다.

"상관없을까?"

"네, 물론이죠!"

피가로 씨가 손을 내밀었고, 나는 그 손을 잡았다.

그렇게 〈초급〉인 피가로 씨와 한냐 씨의 〈데스 피리어드〉 가입이 정식으로 결정되었다.

피가로 씨와 한냐 씨까지 가입하자 이제 〈데스 피리어드〉도 모두 합쳐 열한 명, 두 자릿수가 되었다.

내일은 더더욱 열심히 본거지를 찾아야 할 것 같다.

그리고 본거지 구입 예산은 주로 나와 선배, 마리가 내놓을 예정이다.

피가로 씨와 한냐 씨는 저번 사건 때 갚을 빚이 생겼고, 형도 대규모 전투에 대비해서 자금을 발드르의 탄약 제조에 쓰고 있다.

우선은 나를 비롯해서 지갑 사정에 여유가 있는 멤버들이 대신 내고, 나중에 조금씩 받는 형태가 될 것 같다.

참고로 피가로 씨와 한냐 씨는 딱히 본거지에 희망사항이 없다고 했다. 두 사람은 피가로 씨가 기데온에 가지고 있는 집에 살고, 본거지에서는 살지 않는다고 한다.

그리고 형의 요청은 기각했다. 팝콘 공장이 어쩌고저쩌고 하던데, 아무리 그래도 그런 요청은 받아들일 수가 없다.

레이레이 씨를 제외한 멤버가 모두 모이자 회의 내용은 〈토너먼트〉에 대한 내용으로 옮겨갔다.

〈토너먼트〉. 그것은 왕국이 황국과의 무력 충돌에 대비하여 개최하는 행사.

단적으로 말하자면 〈마스터〉를 왕국 쪽에 잡아두기 위한 것.

〈UBM〉의 **도전권**을 걸고 벌어지는 투기장 이벤트다.

그 규칙……, 참가할 때 서명하게 되는 [계약서]에 적힌 항목은 네 가지.

『첫 번째, 참가 자격자는 왕국에 소속된 〈마스터〉에 한정된다.』

『두 번째, 참가자는 〈토너먼트〉 이후 3년 동안 다른 나라로 이적할 수 없다.』

『세 번째, 참가자는 왕국 내부에서 징역 1년 이상에 해당되는 범죄를 저질렀을 경우, 모든 세이브 포인트를 사용할 수 없게 된다.』

여기까지 세 가지는 어떤 의미로 당연한 것이다. 왕국의 전력 증강과 감소 저지, 범죄 방지.

그리고 다른 나라 혹은 자유 소속인 참가자를 모은다는 의미도 있을 것이다.

가장 중요한 항목은 참가자가 왕국 내부에서 범죄 행위를 저지르는 것을 금지하는 항목.

경범죄에는 적용되지 않지만 중대 범죄는 예외다. 프랭클린 사건 때 같은, 배신하고 다른 나라에 붙어 테러를 저지르는 것을 방지하려는 목적도 겸하고 있다고 한다.

그리고 다음 네 번째 규칙이 〈전쟁〉에 대비한 항목이다.

『네 번째, 참가자는 순위에 따라 〈UBM〉의 도전권을 얻는다. 또한, '3년 이내에 왕국이 관여하는 〈전쟁〉에 참가할 의향이 있다'는 [계약서]에 사인할 경우 부상으로 희귀 무구의 선택 획득권 또한 얻게 된다. 선택 순서는 〈토너먼트〉의 순위로 결정된다.』

3년 이내에 발생하며 참가가 가능한 왕국의 〈전쟁〉에 협력하는 것까지 동의하면 도전권뿐만 아니라 부상도 받을 수 있다.

참가가 가능하다는 판정은 '현재 지역', '시기', '퀘스트 상황'에 따라 내려지며, 바쁜 사람은 제외하는 형태가 된다고 한다. 〈마스터〉는 〈전쟁〉이 벌어진 타이밍에 로그인해 있을지 알 수 없기 때문에 이렇게 느슨한 계약을 맺게 되었다.

"1위가 그대로 〈UBM〉에게도 이긴다면 상관이 없겠다만, 질 경우도 있지 않은고?"

"그럴 가능성도 있긴 하지."

〈토너먼트〉의 1위부터 차례대로 구슬에서 해방된 〈UBM〉과 전투를 벌일 수 있다.

1위―― 정확히는 1위와 그 파티가 도전하고, 이기지 못하면 2위부터 차례대로 도전한다.

이런 방식이라 해도 최종적으로 MVP가 될 사람이 누구일지는 알 수가 없다. 〈토너먼트〉의 1위가 패배한다 하더라도 입힌 대미지나 전투에서 활약한 내용에 따라 특전을 입수할 가능성이 있다.

그것만큼은 자신보다 먼저 싸운 사람들이 얼마나 분투하는지에 달렸으니까.

"그럼 중요한 건 열흘 동안 언제 참가할지겠지."

〈토너먼트〉는 모레부터 하루에 한 번, 이쪽 시간으로 열흘 동안 치러진다. 시간에 맞게 참가할 수 있는 〈마스터〉를 늘리기 위해서다. 흥행을 오래 끌기 위해서이기도 하다.

〈토너먼트〉에 한번 참가한 사람은 다른 〈토너먼트〉에 출장할 수 없지만, 현실에서 사흘 정도면 거의 모든 사람이 한 번 정도는 도전할 기회가 있을 것이다.

그리고 모든 〈토너먼트〉의 상품인 구슬의 능력을 공개하기 때문에 시간만 여유가 있다면 자신에게 적합할 것 같은 구슬이나 강할 것 같은 구슬을 선택해서 참가할 수 있다.

나도 마침 주말과 겹쳤기에 어느 정도는 선택할 여지가 있다.

내가 참가할 수 있을 만한 건 현실의 토요일에 개최되는 첫날과 둘째 날, 일요일에 개최되는 셋째 날부터 다섯째 날까지. ……무리를 좀 하면 월요일 새벽에 개최되는 여섯째 날도 도전할 수 있다.

"아. 이건 기데온 백작에게 받은 거예요~."

마리가 건네준 건 〈토너먼트〉의 상품인 〈UBM〉의 자세한 내용이다.

일정과 규칙, 〈UBM〉에게 도전한다는 주요 내용은 꽤 예전부터 발표가 되었지만, 자세한 내용은 이쪽 시간으로 어제 공개된 모양이었다.

〈토너먼트〉의 상품으로 도전할 수 있는 〈UBM〉의 자세한 능력과 차례는 다음과 같이 적혀 있었다.

첫날 전설급 [귀면불심 사사게] (종족 : 악귀)
능력 특성 : 부여 대미지 비례 범위 회복 (추정)

둘째 날 전설급 [파새악룡 노머시] (종족 : 드래곤)
능력 특성 : 물체 강도 완전 무시 공격 (추정)

셋째 날 명칭 및 랭크 불명 (종족 추정 : 언데드)
능력 특성 : 폴터가이스트, 저주 계열 상태이상

넷째 날 고대전설급 [혼인기 그러드소울] (종족 : 엘리멘탈)
능력 특성 : 원념 흡수 & 신체 강화

다섯째 날 일화급 [궁서회천 바루베리] (종족 : 마수(쥐))
능력 특성 : 치사 공격 무효화 & 무효화한 뒤 일정 시간 신체 강화 (추정)

여섯째 날 명칭 및 랭크 불명 (종족 추정 : 드래곤(용))

능력 특성 : 회오리·번개·폭염 발생 (구슬 단계에서는 제어 불
가능)

일곱째 날 명칭 및 랭크 불명 (종족 불명).
능력 특성 : 단거리 워프 (추정)

여덟째 날 일화급 [쌍생고아 아르마 카르마] (종족 : 엘리멘탈)
능력 특성 : 분신 형성 (소환?)

아홉째 날 전설급 [탐광백족 골드러시] (종족 : 마충)
능력 특성 : 광맥 탐사, 지중 주행

열째 날 신화급 [야천대장 오오이미마루] (종족 : 요괴)
능력 특성 : 불명 (공간 변질?)

종이에 〈UBM〉 열 마리의 정보가 적혀 있는데……, (추정)이
나 (?)가 많네.

"……능력 특성을 알 수 없는 신화급이라니 그거……, 엄청나
게 살벌하겠네요?"

마리가 한 말을 듣고 모두가 고개를 끄덕였다.

이 자료에 나온 정보는 황하에서 준 설명서에 적혀 있던 내용
이나 실제로 구슬을 시험적으로 사용해서 얻은 것이다.

하지만 설명서는 예전에 황하에서 일어났던 내전의 영향으로

완전한 상태가 아니었고, 시험적으로 사용해봐도 알 수가 없는 경우가 있는 모양이었다. 불명인 내용이 많은 건 그 때문일 것이다.

황하에 '이렇게 영문도 모르는 위험한 걸 보내지 말라고'라며 따지고 싶긴 하지만, 저쪽도 버려도 되거나 오히려 버리고 싶은 구슬을 골라서 보낸 결과일지도 모른다.

정보가 확실히 나와 있는 구슬 중에 유용한 게 많은 건 그런 부분을 메꾸기 위해서인가?

"〈UBM〉이 도망치면 대참사가 일어날 텐데, 대책은 확실하게 세운 걸까?"

피가로 씨가 묻자 내가 고개를 끄덕이며 대답했다.

"중앙 대투기장의 결계……, 결투 때 쓰는 원래대로 돌아가는 거 말고, 프랭클린이 사용했던 가두는 결계를 쓰는 모양이에요."

그 결계는 형 같은 사람이 아니면 일격에 분쇄할 수 없다.

토벌하지 못하는 동안에는 투기장을 쓸 수 없게 되지만, 600년 이상 봉인되어 꽤 많이 약해진 것 같기에 참가자가 모두 실패할 가능성은 낮을 것이다. ……신화급은 불안하지만.

"그리고 피가로 씨나 한냐 씨가 돌아오면 전해달라던데, '〈초급〉은 자신이 참가하는 〈토너먼트〉를 제외한 다른 행사의 경비와 경계를 맡아달라'네요. 〈토너먼트〉 자체는 평소처럼 관객을 받고요. 물론 〈UBM〉을 토벌할 때는 위험을 고려해서 무관객으로 진행하지만요."

참고로 행사로 진행하며 손님을 받는 건 상위 16명이 결정된 이후다. 그전까지 진행되는 시합은 피가로 씨와 신우의 시합을 감속시켰던 것과는 반대로 결계 내부의 시간을 가속시켜서 바로바로 진행한다고 한다.

그러지 않으면 참가 인원이 너무 많아서 〈토너먼트〉가 하루 안에 끝나지 않을 테니 어쩔 수가 없다.

"그렇군. 타입이 다른 〈초급〉이 모이면 어지간한 사태에는 대처할 수 있으려나."

……참고로 아즈라이트는 여자 괴물 선배에게도 마찬가지로 경비를 맡아달라고 제안하려는 모양이다.

엄청나게 불쾌해했지만, 여자 괴물 선배의 디버프와 회복 마법, 〈월세회〉의 조직력을 놓치지 않기 위해서, 그리고 만약에 무슨 일이 생겼을 때 피해가 확산되지 않게끔 하려면 필수다.

『아, 참고로 나는 이번 〈토너먼트〉에는 참가하지 않을 거야 곰~. 경비만 맡을 거니까곰~.』

"어?"

그건 처음 듣는 소리인데.

"대체 어째서……."

『……왕국의 〈마스터〉들의 전력을 향상시키기 위한 목적도 있는 〈토너먼트〉잖아? 내가 이겨봤자 안 쓰는 인형옷이 하나 더 늘어나기만 할 것 같으니까곰.』

……그럴 수도 있겠네. 형은 [글로리아] 이외의 특전이 전부 인형옷이라는 알 수 없는 실적을 지니고 있으니까.

『그리고 〈토너먼트〉에 참가하면…….』

"응? 왜 그러는데, 형."

『아니, 아무것도 아니야곰. 아무튼 나는 참가하지 않을거다곰.』

흐음. 무슨 말을 하려던 거지……?

『곰 형님이라면 빗나간 공격으로도 결계를 부술 수 있을지 모르니 말이다.』

그렇구나, 그런 우려가 있긴 하겠네. 〈토너먼트〉 중에는 관객이 위험하고, 〈UBM〉을 상대하다가 놓칠지도 모르니까.

"그렇다면……, 나도 참가하지 않을래."

"한냐 씨도요?"

"그래, 지금 산달폰은 투기장에서 온 힘을 다해 싸울 수 없으니까."

그러고 보니 그런 이유 때문에 피가로 씨하고도 야외에서 결투하려 했던가?

"왕국에 빚진 것도 있으니까 경비에 전념할게."

"알겠습니다. 제가 아즈라이트에게 전해둘게요."

그렇다면 클랜의 참가자는……, 아마 참가하지 않을 레이레이 씨를 제외하면 여덟 명인가?

"그런데 레이 군. 그러니까 이제부터 회의하자는 내용이……, 표적을 분산시키자는 거야?"

"네. 맞아요."

역시 결투와 〈UBM〉만 놓고 보면 왕국에서 가장 베테랑인 피가로 씨구나. 이번 회의의 주된 목적을 바로 눈치챈 모양이다.

나는 다른 사람들을 둘러보며 아즈라이트에게 들은 이야기를 다시 설명했다.

"〈토너먼트〉는 1위부터 차례대로 〈UBM〉에 도전할 수 있어. 그리고 〈토너먼트〉 자체는 개인전이지만, 〈UBM〉과 싸울 때는 파티를 짜서 도전할 수 있지. 이때 파티 멤버는 〈토너먼트〉에 참가하지 않은 사람이나 다른 〈토너먼트〉에 참가한 사람도 넣을 수 있고."

"그렇다면 클랜 멤버가 겹치지 않게끔 최대한 많은 〈토너먼트〉에서 상위 입상을 노리는 게 바람직하다는 뜻이로구나."

"그래."

내 말을 들은 멤버들은 다들 납득한 눈치였다.

"우리 클랜은 피가로 씨부터 해서 1위를 노릴 수 있는 멤버들이 많으니까요."

"그러게요~. 저하고 피가로, 루크 큥, 그리고 레이 씨도 상대에 따라서는 노릴 수 있겠죠. 제자분 팀도 각자 특기가 있으니 1위는 힘들더라도 상위 입상은 노려볼 수 있을 거예요."

"……제가 빠졌는데요?"

"네? 느림보 내구형은 금방 탈락하지 않을까요?"

『잘도 지껄였겠다! 도망만 치는 종이 쪼가리가!』

그리고 마리와 갑옷을 착용한 선배가 다시 몸싸움을 벌이기 시작했다.

두 사람은 스타일이 다르긴 하지만 STR 대결로는 그렇게까지 큰 차이가 없는 모양이었다.

……그건 그렇고 저 두 사람은 사실 사이가 좋은 것 아닐까.

"............"

마리는 그렇게 말해줬지만, 내가 상위 입상하는 건 어려울지도 모른다.

내가 생각해도 안정적으로 강한 건 아니고, 그 동영상 때문에 많은 사람들에게 배틀 스타일이 알려져 버렸다. 저번에 쥬베와 싸웠던 것만 생각해도 분명하다.

그리고 토너먼트 본선에서는 나와 싸운다는 걸 미리 알고 있을 테니 미리 대책을 세우기도 쉽다.

게다가 기초 능력도 아직 부족하다.

기데온으로 올 때도 드래곤을 상대로 매우 고전하며 겨우 물리쳤을 정도다.

그 드래곤은 우리가 고생하며 겨우 《응보》를 충전하기 시작하자 곧바로 도망쳤다.

아마 《응보》의 위험성을 눈치챘을 것이다. 드래곤답게 똑똑한 상대였다.

만약에 웜처럼 지능이 낮았다면 매서운 공격에 《응보》를 날리기도 전에 데스 페널티를 받았을지도 모르겠다.

……그러고 보니 도망치는 용의 등에 소형견(포메라니안)이 있었던 것 같은데.

아니, 내가 잘못 본 거겠지. 개가 드래곤을 타고 다니다니, 이해가 안 되니까.

……어이쿠, 다시 〈토너먼트〉 이야기로 돌아가자.

싸우고 있는 두 사람 말고는 각자 자신이 도전할 경기를 살펴

보고 있다.

나도 마찬가지로 자료를 보며 나갈 일정을 고려했다.

"고민되네……."

내가 참가할 수 있는 건 학교를 쉬지 않는다면 여섯째 날까지다.

그중에서 내가 고를 수 있는 건 세 개 정도.

명칭 불명인 언데드와 [바루베리], 그리고 [사사게]다.

언데드는 욕심나는 능력이 없지만 싸운다고 가정하면 상성이 좋다. 《역전》과 [자원주갑]을 지닌 내가 싸우면 아마 유리한 전투를 벌일 수 있을 것이다.

[바루베리]는 괜찮은 능력이다. 내게는 치사 대미지를 무효화 시켜주는 무구가 많으면 많을수록 좋다.

하지만 필살의 일격을 무효화시키며 강화된다면, 전투 상성은 매우 안 좋은 편이다.

첫날 상품인 [사사게]의 회복 능력도 대미지를 입는다는 전제로 싸우는 내게는 괜찮을 것 같다.

《연옥화염》 같은 것으로도 회복을 할 수 있게 되고, 《복수》를 날리면 입은 대미지만큼 곧바로 회복할 수 있을지도 모른다. 공격하면서 회복할 수 있다면 앞으로 짜게 될 직업 구성에서 [사제]를 뺄 수도 있다.

"……뭐, 〈토너먼트〉에서 상위에 들지 않으면 김칫국만 마시는 거지만."

"그대는 져선 안 될 때 말고는 자주 지곤 하니 말이다. 저번 이벤트 때도 위험한 상황이 많았지."

"……그러게."

지금 내가 어느 정도 강한지는 상황이 들쑥날쑥해서 나도 아직 잘 모르겠다.

외딴 섬 이벤트 때도 줄리엣이나 알토, 그리고 환경 덕을 본 상황이 많았다.

나 자신의 순수한 전투력을 안다는 의미에서도 〈토너먼트〉는 괜찮은 기회일 것 같다.

그렇게 〈토너먼트〉에 참가할 우리가 이러쿵저러쿵 이야기를 나누고 있자니 〈토너먼트〉에 참가하지 않는 두 사람……, 형하고 한냐 씨가 뭔가 이야기를 나누고 있었다.

『그럼 그 녀석은 아직 '감옥'에 있었다는 거지?』

"그래. 카페를 차려서 매우 잘 적응한 것 같던데……."

보아하니 한냐 씨에게 '감옥'에서 있었던 일에 대해 듣고 있는 것 같았다.

그러고 보니 예전에 한냐 씨가 기데온에 왔을 때는 곧바로 그 사건이 일어났고, 그로부터 한동안은 로그인을 하지 않았으니까 이야기할 기회가 없었겠구나.

"하지만 **아직**이라는 말은 좀 이상해. '감옥'에서는 탈옥 같은 걸 할 수가 없어. 나도 못 했고."

『……참고로 어떤 수단으로 탈옥하려 했는데?』

"〈초급〉으로 진화한 산달폰이 익힌 스킬……, 이름이 뭐였지?"

"《폴 다운 스크리머》예요! 한냐 님! 제 공간 조작을 탑 다리 끄트머리에 집중시켜서 공간째로 밀쳐내 구멍을 뚫는 스킬이죠!"

자기 〈엠브리오〉의 스킬 이름을 기억하지 못하는 한냐 씨 대신 산달폰이 대답해 주었다.

"맞아. 그랬지. 그걸로 '감옥' 밖으로 이어지는 구멍을 조그맣게 뚫긴 했는데, 통과하기도 전에 닫혀버렸어."

"'감옥'의 관리자는 분명 저보다 공간 조작에 능숙할 거예요. 제가 혼신의 힘을 다해 구멍을 뚫은 공간을 쉽사리 수선했죠. 그런 재주를 부릴 수 있는 상대한테는 도망칠 수 없다고요!"

옆에서 듣고 있자니 한냐 씨도 그렇고 '감옥'의 관리자도 터무니없는 것 같다.

하지만 산달폰이 한 말을 듣고 형은 인형옷 너머로 굳은 표정을 짓고 있는 모양이었다.

『…………구멍 자체는 뚫렸다는 거지.』

"그래. 약간이나마 바깥이 보였어. 탈출하려고 스킬을 껐더니 바로 닫혀버렸지만."

『……예를 들어서, 말인데. 그 녀석이 **몸의 일부를 뜯어내서** 구멍이 뚫려 있는 동안 바깥으로 날리면……, 빠져나갈 수 있을까?』

그 녀석……, 몸의 일부를 뜯어내서?

"힘들 것 같네. 왜냐하면 레드킹……, '감옥'의 관리자도 그 정도는 경계하고 있을 테니까. 젝스가 그러려 하더라도 방해할 방법 정도는 있을 거야."

『……그렇겠지.』

젝스······, [범죄왕] 젝스 뷔펠 말인가?

들어본 적 있고, 형하고 악연이 있다는 것도 알고 있긴 한데.

형은 이미 '감옥'에 간 [범죄왕]을 왜 그렇게 경계하지······.

"레이 씨~. 〈토너먼트〉 일정을 맞춰보죠~."

"······그, 그래, 알겠어."

마리가 불러서 다시 〈토너먼트〉 쪽으로 의식이 돌아왔다.

······그건 나중에 형에게 직접 물어봐야지.

의논한 결과, 〈토너먼트〉는 다음과 같이 참가하게 되었다.

첫날 [귀면불심 사사게] 참가자 : 나

둘째 날 [파새악룡 노머시] 참가자 : 비 쓰리 선배

셋째 날 명칭 및 랭크 불명 (종족 추정 : 언데드) 참가자 : 루크

넷째 날 [혼인기 그러드소울] 참가자 : 이오

다섯째 날 [궁서회천 바루베리] 참가자 : 없음

여섯째 날 명칭 및 랭크 불명 (종족 추정 : 드래곤(용)) 참가자 : 없음

일곱째 날 명칭 및 랭크 불명 (종족 불명) 참가자 : 마리

여덟째 날 [쌍생고아 아르마 카르마] 참가자 : 후지농

아홉째 날 [탐광백족 골드러시] 참가자 : 카스미

열째 날 [야천대장 오오이미마루] 참가자 : 피가로 씨

대충 각각 스타일에 맞춘 형태다. 루크만은 왜 그걸 선택한 건

지 알 수가 없었지만, 아마 무슨 이유가 있을 것이다.

그리고 여섯째 날 상품인 드래곤은 그렇다 치고, 십중팔구 강력한 특전일 다섯째 날 상품인 [바루베리]도 모두가 피했다.

그 이유는 '자세한 능력이 알려진 데다 능력 특성이 너무 유용하기 때문'인 모양이다.

그것을 노리고 수많은 강자……, 상위 랭커 클래스가 모여들어 상위 입상이 힘들 것이 예상되었다. 캐시미어 같은 사람이 나오더라도 이상할 게 없다. 아무리 유용하더라도 도전조차 못하게 되면 아무런 소용이 없다.

우리 중에 가장 승산이 있는 사람은 피가로 씨인데, 그는 열 마리 중에서 가장 골치 아플 것 같으면서도 피가로 씨라면 쓰러뜨릴 가능성이 큰 열째 날의 신화급을 골랐다.

애초에 치사 대미지 회피 같은 것도 피가로 씨라면 기존 장비를 강화해도 충분하니까.

나도 고민한 끝에 [사사게]를 골랐기에 결과적으로 우리 〈데스피리어드〉는 [바루베리] 〈토너먼트〉에 참가하지 않게 되었다.

참고로 마리와 선배가 루크에게 [바루베리]를 추천했지만, 루크는 '쥐 〈UBM〉이라고요? 진짜 싫어요'라며 모든 것을 거절하는 듯한 완벽한 미소로 거절했다.

아무튼 이렇게 모두가 참가할 대회를 정했다.

내가 참가하는 건 첫날 〈토너먼트〉.

클랜 오너로서 온 힘을 다해야겠다.

……그런데 뭔가 중요한 걸 깜빡한 듯한 느낌이 드는데, 왜지?

■드라이프 황국 북부 〈바라 평원〉

〈바라 평원〉. 예전에는 〈바라 습지〉라는 이름이었던 이 지역
은 최근 수십 년 동안 환경 악화로 인해 메마른 황야가 되었다.

생명이 넘쳐나는 습지대였지만 지금은 일부러 찾아보지 않으
면 생명을 발견할 수가 없다.

얻을 것이 없기에 사람들도 찾아오지 않았고, 얼마 안 되는 몬
스터만 있는 곳.

『———Zizizizizizizi———.』

그런 황야에 딱딱한 것을 비벼대는 듯한 소리가 울렸다.

그것은 괴물의 울음소리. 생명이 희박한 대지에서 알리는 생
명의 자기증명.

목소리를 낸 것은 길고, 날카롭고, 견고한 입을 지닌 곤충.

이름은 [마천괴충 셀스트로].

방어와 강화 마법을 뚫는 데 특화된 전설급 〈UBM〉.

이 황야에 적응하고, 땅속에 숨어 있다가 함부로 모습을 드
러낸 존재를 마치 충각과도 같은 입으로 뚫어 생명을 빨아먹어
온……, 〈바라 평원〉에 남몰래 군림해온 괴물이다.

그 괴물은 지금…….

『Zi──Zi──Zi………….』

곤충 표본처럼 꿰뚫린 채 숨을 거두려 하고 있었다.

『WOWOWO.』

죽어가는 대괴충에는 다른 생물들이 몰려들었다.

인간보다 훨씬 큰 체구. 온몸을 두른 풀플레이트.

그리고 풀페이스 헬름 슬릿으로는 벌레 다리가 튀어나와 있다.

전설급 악마, [기가 나이트].

그것이 모두 합쳐 **열 마리**, [셀스트로]를 죽이기 위해 움직이
고 있었다.

다리 여섯 개에 각각 [기가 나이트]가 달라붙어 움직임을 막
았고, 나머지 네 마리가 갑각 틈새에 대검을 찔러넣어 대미지를
축적시켜 나갔다.

능력의 특수성 면에서 우위에 있는 〈UBM〉이라 하더라도 스
테이터스가 비슷한 전설급 악마가 숫자로 밀어붙이면 저항할
방법이 없다.

"뭐, 이기겠지……."

[기가 나이트]들이 사냥하는 모습을 약간 떨어진 곳에서 지켜
보고 있는 것은 그들의 소환자.

황국 〈초급〉 중 한 명이자 남몰래 〈IF〉의 멤버가 된 인물, [마
장군] 로건 고드하르트다.

로건이 토벌하러 온 [셀스트로]는 그가 〈IF〉에 가입할 때 위
치 등의 데이터를 제공받은 〈UBM〉 열여덟 마리 중 하나다.

전투력이 그럭저럭 강하긴 하지만 딱히 특별한 능력이 없는 〈UBM〉. 받은 리스트 중 '로건이 단독으로 토벌하러 가더라도 문제가 없다'고 제타가 판단한 개체.

그가 혼자서도 놓치지 않고 확실하게 쓰러뜨릴 수 있는 상대.

그리고 제타의 예측대로 로건은 [셸스트로]에게 완봉승을 거두었다.

예전에 전설급 〈UBM〉과 비슷한 힘을 지니고 있는 악귀, 갈드랜더에게 기가 나이트 두 마리로 맞섰다가 패배한 경험이 있는 로건.

이번에는 그 반성점을 살리⋯⋯기 보다는 지금 스승인 제타의 가르침 중 하나인 '비용을 아끼지 않고 물량으로 압도한다'를 실천했다.

지금 그에게는 그럴 수 있는 직업 빌드가 있다. 그렇기 때문에 비교적 단순한 타입이라고는 해도 전설급 〈UBM〉에게 완봉승을 거둔 것이다.

"전설급 [셸스트로], 토벌 완료⋯⋯."

하지만 본인은 예전처럼 자신의 승리를 뽐내지도 않고, 담담하게 제타에게 받은 리스트에 토벌이라고 적어넣기만 했다. 분위기가 매우 우울하다.

저번 강화 회의 때 츠쿠요에게 순식간에 살해당했기 때문이다.

새로운 빌드를 갖추고 '나는 최강이다!'라고 생각하며 의기양양하게 나섰더니 후소 츠쿠요의 [글로리아 β(베타)]에 의한 개막 즉사기로 다른 〈마스터〉들과 함께 패배했다.

강화 회의 때 벌어진 격전에서는 제대로 따돌림을 당했다. 〈초급〉이면서도 잡졸처럼 패배한 것은 그에게 원통한 일이었고, 정신적인 후유증이 아직 가시지 않았다.

대인전에서 4연패를 했다는 것도 대미지를 더욱 무겁게 만들었다.

그렇기 때문에 차려진 밥상 같은 〈UBM〉 상대로 완봉승을 거두어봤자 패배의 충격으로부터 벗어나지 못하는 것이다.

그를 잘 컨트롤해서 가르치고 있는 제타가 있다면 모르겠지만, 그녀는 왕도를 습격하러 간 이후로 아직 황도에 귀환하지 않았다.

"……왕국에서는 이제 곧 〈토너먼트〉라는 이벤트가 개최되던가? 나는 황국 소속이고 〈UBM〉도 부족하지 않으니까 상관없지……, 대인전도 이기지 못하고."

〈UBM〉의 도전권을 걸고 왕국에 묶이게 되는 것을 각오하며 참가하는 이벤트.

제약이 심한 것 같긴 하지만, 원래 〈UBM〉 토벌이란 그 정도로 희귀한 콘텐츠다.

그리고 지금 로건은 그것을 차례차례 달성하고 있다.

하지만 아무리 〈UBM〉을 토벌하더라도 로건의 마음은 어둡기만 했다.

예전 결투왕이기 때문인지 '다른 사람들하고 경쟁하는 게임이니까 대인전에서 계속 지기만 하면 의미가 없잖아'라는 마음이 남아 있는 것이다.

실제로 로건은 투기장에서 이른바 '양학'을 벌이던 시절보다 훨씬 강해졌지만, 그에 반비례하여 풀 죽었다고도 할 수 있다.

만약 젝스 같은 사람이 그 사실을 알았다면 '가베라 씨 같네요'라고 생각했을지도 모르겠다.

참패한 뒤에 강해졌지만 분위기가 우울해진다. 〈IF〉에서는 두 번째 패턴이었다.

"……그 '언브레이커블'도 참가하려나."

로건은 자신의 대인전 연패 성적의 발단인 어떤 루키를 떠올리며 한숨을 쉬었다.

최근에는 강화 회의 때 벌어진 [수왕]과의 전투 동영상 때문에 다시 레이 스탈링이 화제가 되었고, 그로 인해 자신의 패배 동영상 재생 횟수가 다시 올라가고 있다는 게 로건의 골칫거리였다.

그리고 동영상이 반복되어 재생되는 와중에 레이 스탈링은 '악마 포식자'라고 불리게 되었다.

로건도 흥미가 생겨서 적당한 악마를 불러내 먹어보았지만, 지옥 같은 맛이 났다.

'그걸 먹고도 전투를 계속 벌이던 레이 스탈링은 이상하다'. 지금 로건은 진심으로 그렇게 생각한다.

그런 그에게 복수하고 싶기는 하지만, 어설픈 상태로 시도하다 후소 츠쿠요에게 순식간에 살해당했기에 지금은 충분한 힘을 갖출 때까지 단련에 전념할 생각이다.

[〈UBM〉 [마천괴충 셸스트로]가 토벌되었습니다.]

[MVP를 선출합니다.]

[[로건 고트하르트]가 MVP로 선출되었습니다.]

[[로건 고트하르트]에게 MVP 특전 [마천대창 셸스트로]가 증여됩니다.]

"오."

알림과 함께 그의 손 언저리에 나타난 것은 셸스트로의 특전 무구.

생전의 특징으로 인해 특전무구가 창인데, 디자인이 특이했다.

색은 벌레의 갑각과 마찬가지로 까맣고, 형태는 창이지만 벌레답게 군데군데가 뾰족하다는 것을 주장하는 무기였다. 멋있다고 생각할지 안쓰럽게 생각할지는 사람마다 다르겠지만…….

"멋지다……."

로건은 전자였다.

지금까지 제일 마음에 들었던 [사룡보검 볼트가이잘] 다음 정도로 마음에 드는 디자인이었다.

그리고 [볼트가이잘]의 디자인을 한마디로 말하자면 '선물가게에 있는 용이 감긴 열쇠고리'다.

[마장군] 로건 고트하르트.

현실에서는 남자 초등학생이며, 과다한 장식을 선호하는 센스도 남자 초등학생이었다.

자신 취향의 특전 무구를 얻어서 기분이 좋아진 로건은 볼일을 마쳤기에 황도로 돌아가기로 했다.

"리스트에 나와 있던 것들 중에 잡을 수 있는 녀석은 다 잡았으니까 이제 돌아가서 제타가 내준 숙제를 계속 해야지."

로건이 혼자서 토벌하러 가도 되는 〈UBM〉은 [셸스트로]가 마지막이었다.

나머지는 까다로운 적이 많기 때문에 제타의 보조를 받으며 토벌하기로 했다.

"제타도 얼른 돌아오면 좋을 것 같은데. ……그러고 보니."

〈Infinite Dendrogram〉에는 아직 귀환하지 않았지만 현실에서는 메일을 좀 주고받고 있다. 그 내용을 보니 〈IF〉 쪽에서 조만간 크게 움직일 것 같다.

저번 전쟁 때부터 수감되어 있던 그들의 오너……, [범죄왕] 젝스 뷔펠이 탈옥한다나.

무거운 죄를 저지른 플레이어의 격리 시스템인 '감옥'에서 탈옥같은 걸 할 수 있을까, 로건은 의문을 품었다.

하지만 제타를 비롯한 고참 멤버들은 성공할 것을 의심하지 않는 것 같았다.

(……젝스 뷔펠이라. 어떤 사람일까.)

오너가 탈옥을 완료한 뒤에는 각자 동쪽 멀리 있는 천지로 향하고, 모이는 대로 〈IF〉……, 〈일리걸 프론티어〉의 진정한 활동을 개시할 거라는 이야기를 들었다.

(나도 멤버이긴 하지만 오너하고는 만난 적이 없으니까. ……뭐, 오너는커녕 제타 말고 다른 멤버들하고도 아직 못 만났지만.)

예전에는 어떤 클랜에도 들어가지 않았지만, 지금은 〈IF〉 소속이다.

클랜 동료들과 만나는 것도 약간 기대가 되었다.

(…………하지만 분명 멤버들 중에서 내가 제일 약하겠지.)

로건은 계속 지기만 해서 자신감을 잃었기에 벌써부터 그런 고민을 하기 시작했다.

그리고 똑같은 고민을 하는 멤버가 '감옥'에도 한 명 더 있다는 사실을 그는 아직 모른다.

□[성기사] 레이 스탈링

클랜원들끼리 모인 다음 날, 나는 기데온 백작 저택과 인접해 있는 기사단 초소에 와 있었다.

하지만 기사단에 볼일이 있는 것이 아니라 이 초소 안쪽에 있는 시설 때문에 온 것이다.

내가 기데온에 있는 동안에는 틈만 나면 다니던 곳……, 저주받은 무구의 보관고다.

나는 그 보관고에서 저주받은 무구의 저주를 푸는 아르바이트를 하고 있었다. [자원주갑]을 장비하고 저주받은 무구 옆에 있기만 하면 되는 손쉬운 아르바이트다.

저주를 풀면 장비가 원래대로 뛰어난 성능을 지닌 무구로 돌아온다. 가끔 저주의 힘으로 형태를 유지하고 있어서 저주를 풀면 부서져 버리는 경우도 있었지만, 그건 불가항력이니 어쩔 수 없다는 모양이었다.

이 아르바이트로 인해 왕국에는 저주가 풀린 무구가 남고, 나는 [자원주갑]에 원념을 모을 수 있다. 양쪽 다 이익인 아르바이트였다.

그리고 이렇게 저주를 푼 무구가 이번 〈토너먼트〉의 부상이다.

예전부터 하던 아르바이트였지만, 아즈라이트에게 도움이 된 것 같아 다행이다.

그리고 일의 보수로 아이템 박스 10개 분량의 저주를 풀 때마다 마음에 드는 무구를 하나 가져가도 된다고 했다.

대충 60개 분량을 풀었으니 여섯 개를 받을 수 있다. 내일 이후로 〈토너먼트〉의 부상이 되기 전에 내 보수를 받으러 온 것이다. 선착순이라고도 하지.

참고로 오늘은 루크와 카스미 일행 세 명도 함께 왔다.

나는 지금까지 저주를 풀면서 받아갈 무구를 고르고 있었지만 아직 하나도 선택하지 못했다. 레벨이 부족하거나, 네메시스가 반대하거나, 내 스타일과 맞지 않았기 때문이다.

오늘 안으로 여섯 개를 고르는 건 힘들다. 필요가 없는 걸 적당히 받으면 돈으로 바꾸거나 묵혀두게 될지도 모른다. 시장에 나올 일도 별로 없을 정도로 희귀한 무구도 있는데 그러면 너무 아깝다.

그리고 특전 무구나 새로 산 [VDA], 배틀 스타일 때문에 뺄 수가 없는 [브로치]를 비롯해서 [스톰 페이스]까지 합치면 장비 칸이 거의 다 찬 상태다.

나 자신은 많이 고를 수도 없고, 그럴 필요도 별로 없다.

그래서 보수 중 네 개는 클랜의 오너로서 클랜의 전력 향상을 위해 쓰기로 한 것이다. 클랜 전체적으로 보면 아마 이게 가장 보수를 효과적으로 써먹을 수단일 것이다.

"레이 씨, 정말 괜찮은 건가요?"

"그래. 내일부터는 〈토너먼트〉가 개최될 테고, 향후도 고려해서 전력을 향상시켜두고 싶거든."

"이예이~! 오너는 정말 통이 크네~!"

"감사합니다."

"가, 감사합니다……."

잠시 후, 엄중하게 봉인된 보관실 문을 직원분에게 열어달라고 한 다음, 우리는 안으로 들어갔다.

컨테이너 형태의 아이템 박스가 쌓여있는 방. 예전에는 저주 웅덩이라고 해야 할 정도로 끈적끈적한 압박감이 느껴졌지만, 대부분 [자원주갑]에 흡수되었기에 지금은 골동품 보관고와 비슷한 분위기였다.

"숫자가 엄청나게 많네요. 이게 원래 전부 저주받은 무구였다니……. 대체 어째서 이렇게 많은 거죠?"

"그래. 나도 루크랑 똑같은 생각을 했었어."

아이템 박스에 담겨 있는데도 산더미처럼 쌓인 저주받은 무구들.

어째서 이렇게 많이 모여버린 건지. 기데온 백작도 '먼 옛날부터 이 지역에 모으게 되어 있어서……'라고 하는 걸 보니 자세한 사정을 모르는 것 같았다.

하지만 그 답은 얼마 전에 아즈라이트와 부상에 대해 이야기를 할 때 들었다.

이렇게 된 계기는 업도라 불리던 시절의 왕도에서 [성검왕(킹 오브 세이크리드)]이 [사신]을 쓰러뜨렸을 때까지 거슬러 올라가는 모양이었다.

아즈라이트의 선조가 남긴 전승에 따르면 업도는 원래 [패왕]의 본거지였기 때문에 대량의 무구가 모여 있었던 모양이다. 전국 시대에는 업도를 손에 넣은 자들이 그 무구를 사용하려 한 것 같지만, 보물고가 너무 엄중하게 지켜지고 있어서 입수하지 못했다.

하지만 마지막으로 업도를 제압한 [사신]만은 보물고를 열 수가 있었다.

결과적으로 [사신]의 권속은 강력한 무구로 무장했다고 전해져 내려온다.

무구 그 자체가 몬스터가 되어 습격한 적도 있다고 한다.

아즈라이트의 선조들이 [사신]과 권속들을 없앤 뒤에도 무구는 남았다.

하지만 [사신]의 영향인지, 아니면 전란의 중심지였기 때문인지……, 거의 모든 무구가 저주받아버렸다. 쥬베가 휘두르던 천지의 요도 같은 경우일 것이다.

새롭게 수도를 만들 땅에 저주받은 무구를 대량으로 남겨둘 수는 없겠다는 생각에 그들은 [성검왕]의 왕비 쪽 친가이자 당시부터 결투의 성지였던 기데온으로 무구를 옮겼다.

기데온에는 예전부터 전투로 인해 저주받은 무구를 수납해두는 특수한 보관실이 있었기 때문이다.

저주받은 무구는 기데온에 보관되었고, 그 이후로 비슷한 무구가 안치되어……, 지금에 이르게 되었다.

"그렇게 된 거라던데."

"그거참……. 기데온에서 사건이 자주 일어나는 원인 중 하나가 이거 아닌가요?"

응. 나도 그렇게 말했었지. '저주받은 거 아니야?'라고.

"아, 저쪽에 있는 게 저주를 푼 아이템 박스니까 그 안에서 찾아봐. 고르면 직원분에게 신고하고. 《감정안》 효과가 있는 돋보기는 사람 수만큼 빌려왔으니까."

"네에~!!"

아무튼 선별 시작이다. 좁은 실내에서 가장 목소리가 큰 이오의 대답만 들렸는데, 다른 사람들도 각자 대답을 하고는 고르기 시작한 것 같았다.

그리고 나는 그런 일행들과는 조금 떨어져서 따로 쌓여있는 아이템 박스……, 아직 저주가 풀리지 않은 채 산더미처럼 쌓여있는 곳으로 다가갔다.

"지금까지 저주를 푼 것들 중에서는 없었으니 말이다. 오늘 저주를 풀다가 괜찮은 걸 찾아내면 좋겠다만……."

"네메시스. 아무튼 두 개는 골라야 하니까 심사를 좀 살살해줘."

"음……, 허나 무기에 대해서는 그럴 수가 없겠구나."

"그래, 그래."

네메시스는 몇 번이나 똑같은 말을 하고 있다. 자기 대신 나를 지켜줄 무기라서 그런지 기준을 꽤 높게 잡고 있는 것 같다.

나도 네메시스 말고 다른 무기를 휘두르면서 싸우는 나 자신이 상상이 안 되지만……, 응?

"네메시스, 왜 그래? 얼굴이 빨개졌는데⋯⋯."

"⋯⋯눈치 좀 채거라."

뭐, 상관없지. 일단 저주를 푸는 작업부터 해야겠다.

무구는 그렇다 치더라도 액세서리라면 뭔가 좋은 게 있을지도 모르니까.

그렇게 저주를 계속 풀면서 한 시간 정도가 지났을 무렵. 우리는 아직 무구를 고르고 있었다.

이오만은 곧바로 '이게 좋아요!'라며 디자인이 동물 같은 갑옷을 골랐지만, 나를 포함한 다른 사람들은 아직 고민하고 있다.

재빨리 고른 이오도 카스미와 후지농의 무구를 함께 찾아주고 있는 것 같았다.

루크는 신중하게 선별하고 있다. 물어보니 '언데드에게 효과적인 장비를 찾고 있어요'라고 했다. 아무래도 〈토너먼트〉가 끝난 뒤에 〈UBM〉에게 도전할 것을 염두에 두고 장비를 고르는 것 같다.

루크의 현재 종속 캐퍼시티라면 리즈도 문제없다. 《유니언 잭》의 합체 시간만 벌면 상위 클래스에게도 통할 것이다.

그리고 루크가 추측하기로는 루크가 도전할 언데드는 아마 인기가 별로 없을 거라고 했다. 능력이 확실하게 판명되었는데도 불구하고 그렇게까지 특수하지 않고, 랭크도 알려지지 않았다. 지금 왕국의 상위 랭커 중에는 상태이상을 주체로 싸우는 사람도 별로 없기 때문에 이겨서 올라갈 가능성은 크다고 한다.

역시 루크는 이것저것 생각하는 것 같다.

참고로 루크의 파트너인 바비는 찾다가 질렸는지 보관실 구석에서 자고 있었다.

"으음, 역시 찾아내기 힘든 모양이로구나."

"그러게."

이번에 저주를 풀 대상 중에는 무기가 많았다. 네메시스의 심사가 엄격한 건 맞지만, 평범한 무기는 내 스타일로는 제대로 다룰 수가 없는 게 사실이다.

네메시스를 무기로 쓰지 않으면 나는 기본적인 스테이터스가 낮고, 갖추고 있는 스킬도 한쪽으로 치우친 전위다. HP만큼은 꽤 많이 늘었지만 그걸 공격에 살릴 수 있는 건 역시 네메시스뿐이니까……, 대체할 게 없다.

"이제 와서 평범한 무기를 써봤자 말이지. ……어, 오랜만에 액세서리가 나왔네."

다음에 저주를 풀 대상을 아이템 박스에서 꺼내보니 그것은 팔찌형 액세서리였다.

그렇게까지 심한 저주가 걸린 게 아니었는지 1분 정도 만에 풀렸다.

"……? [대소환(大小喚)의 고리(빅 오어 스몰)?]"

들어보니 이름을 알 수 있었다.

하지만 장비 효과가 '불명'이었다. 이건 그거네, 레벨이 높은 《감정안》으로만 자세한 내용을 알 수 있는 거다. 빌려온 돋보기로는 효과를 알 수 없다.

……뭐, 상관없겠지. 왠지 물리가 아니라 마법 쪽 장비 같으니 내가 쓸 일은 없을 테니까.

나는 [대소환의 고리]를 저주가 풀린 상자에 넣고 다음에 저주를 풀 장비를 꺼내…….

"…………응?"

이유가 뭘까. 내가 분명히 [대소환의 고리]를 아이템 박스에 넣었을 텐데……, 왠지 모르겠지만 왼손이 아직 그것을 쥐고 있었다.

아니, 정확히 말하자면……, 내 **갑옷 토시**가 쥐고 있었다.

"……갈드랜더야?"

내 물음에 대답하는 듯이 왼쪽 갑옷 토시가 저절로 움직여 [대소환의 고리]를 내 오른팔에 채우려 했다……. 이 녀석이 저절로 움직이다니 신기하네.

그만큼 이 [대소환의 고리]가 이 녀석에게 중요하다는 건가?

"……뭐, 시험 삼아 끼워볼까."

"그러게 말이다. 저주는 이미 풀렸을 테니 장비해도 빠지지 않게 되는 일은 없을 게야."

네메시스와 그렇게 이야기를 나눈 다음, 나는 [대소환의 고리]를 오른팔에 장비했다.

액세서리 칸이 하나 메꿔지자 다시 왼쪽 갑옷 토시가 움직여서 손가락으로 바닥을 긋기 시작했다.

그 궤적을 살펴보니 《극소》라는 단어를 붙여서 '나를 소환'이라고 적은 듯했다.

"······아니, 여기서 너를 부르면 대참사가 벌어지잖아."

구체적으로는 소환한 뒤에 내가 디메리트 때문에 대참사를 당하게 된다. 삼중 상태이상 또는 인체발화, 아니면 육체를 탈취당하거나. 어떤 거라도 험한 꼴이 된다.

하지만 그런 내 우려에 대해 갈드랜더는 '괜찮으니까, 불러'라고 대답했다.

'그리고 저번에는 떼어먹혔어.'

"············."

그러고 보니 [수왕]과 전투를 벌이다가 갈드랜더를 불렀지만······, 디메리트가 발생하기 전에 내가 데스 페널티를 받았다.

복귀한 뒤에도 딱히 디메리트가 생기지 않아서 원래 그런 건줄 알았는데······, 갈드랜더는 앙심을 품고 있었던 모양이다.

······아니, 내가 디메리트를 받으면 너한테 무슨 메리트가 있는데?

"······뭐, 알았어. 아, 루크. 내가 이상해지면 대처 좀 부탁할게."

"알겠어요."

역시 루크는 이해가 빨라서 무슨 일이 생겨도 괜찮게끔 리즈를 겨누고 있었다.

그렇게 준비를 마친 다음, 나는 갈드랜더의 요청을 받아들였다.

"《극소》·《장염희(갈드랜더)》."

그러고 보니 소환 시간하고 소비 MP를 정하지 않았다는 것을 깨달았다.

하지만 어찌된 영문인지 소환은 된 것 같았고, [장염수갑]이

내 손을 떠나갔다.

그 직후, [대소환의 고리]가 빛을 뿜어내더니——— [장염수갑]이 사라졌다.

그리고……, 갈드랜더도 보이지 않았다.

"⋯⋯⋯⋯⋯⋯⋯⋯뭐어?!"

나는 상황이 어떻게 된 것인지 곧바로 이해할 수가 없었다.

《장염희》는 [장염수갑]을 소환 매체로 삼아 갈드랜더를 소환하는 스킬이다.

[장염수갑] 자체도 소환된 갈드랜더가 장비한다.

하지만 지금, 갈드랜더는 보이지 않고……, [장염수갑]도 사라졌다.

"대체 무슨……, 설마!"

설마 그 [대소환의 고리]가 소환 몬스터를 해방시켜주는 장비였나?

그렇다면 갈드랜더가 자유를 얻고 어딘가로…….

"⋯⋯⋯⋯⋯."

그런데 초조해하는 나와는 달리 주위 사람들은 왠지 놀란 듯한 표정으로 이쪽을 보고 있었다.

아니, 시선이 내가 아니라……, 내 머리 위에 쏠린 것 같은데…….

"레, 레이……. 머리 위에⋯⋯."

"……왠지 예전에도 이런 분위기가 되었던 것 같은데."

펭귄 차림인 프랭클린이 내게 무언가 먹였을 때 이런 느낌이었던 것 같다고…….

그런 생각을 하며 내가 머리 위로 손을 올리자……, 묘한 감촉이 느껴졌다.

"……윽."

그 직후, 손가락 끝이 저렸다.

통각을 끈 아바타가 아니었다면 아마 아픔을 느꼈을 것이다.

조심조심 저리는 손을 눈앞으로 옮겨보니…….

뭔가 이상한 생물이 손가락 끄트머리를 물어뜯고 있었다.

뭐라고 해야 하나, SD 체형의 난쟁이가 같았다. 적갈색 피부에 이마에는 뿔이 나 있고 두 손에는 완전히 작아진 낯익은 갑옷 토시를 장비하고 있다.

이건……, 우연의 일치가 아니라면…….

"…………갈드랜더?"

손가락 끄트머리를 물어뜯고 있던 생물을 손바닥으로 내려놓고 물었다.

『키샤~.』

……대답이 인간의 언어가 아니긴 했지만, 긍정한다는 건 알 수 있었다.

이유는 이 [대소환의 고리]겠지.

"……잠깐 로그아웃해서 알아보고 올게."

"그러는 게 좋겠구나……."

『키샤~.』

……갈드랜더가 뭐라고 하는지 모르겠네.

◇

결론부터 말하자면, Wiki에 자세한 내용이 나와 있었다.

[대소환의 고리]는 먼 옛날에 제작된 매직 아이템으로 희귀하긴 하지만 지금까지 네 개 정도 발견된 적이 있는 것 같다.

장비 효과는 '소환 시 출력 조정'. 소환할 때 《극소》, 《축소》라고 선언하면 소환 몬스터가 약해지는 대신 적은 비용으로 부를 수 있다.

반대로 《극대》, 《확대》라고 선언하면 비용이 증가하는 대신 소환 몬스터를 강화시킬 수 있는 모양이다.

단, 강화 쪽은 비용이 몇 배, 수십 배로 늘어나고 강화 정도는 늘어난 비용의 10분의 1 정도라 수지가 안 맞기 때문에 그렇게까지 효과적이지는 못한 모양이다.

"그리고 《극소》로 소환한 경우에는 전투능력이 거의 없는 대신, 비용도 매우 적게 든다는 거지. 그건 네 디메리트도 마찬가지야?"

로그아웃하기 전에 소환을 해제했을 때는 딱히 아무런 일도 없었는데.

『키샤~.』

"긍정이구나. ……마음 편히 부를 수 있다는 건 좋긴 한데, 이 야기를 나눌 수 없다는 건 좀 문제가 있네."

"그렇다면 비인간 범주 생물용 통역 아이템을 구입하시면 되지 않을까요? 기데온이라면 시장에서도 팔 거예요."

"그래, 그런 것도 있구나. 찾아볼까? 그런데 루크가 그런 걸 쓰는 모습을 본 적이 없는데."

"저는 그게 없어도 알아들을 수 있거든요."

그렇구나. 루크라면 그럴 수도 있겠다.

"아무튼, 보아하니 내가 받을 아이템 중 하나는 이거겠네."

이걸 고르지 않으면 갈드랜더가 원망할 것 같고, ……?

"갈드랜더는 어디 갔어?"

"그대 머리 위에 있다."

또? 소환했을 때도 그랬는데, 내 머리 위가 마음에 들었나? ……응?

"저기, 네메시스. 왠지 머리 위가 좀 땡기는데……."

"그래. 작은 갈드랜더가 아까부터 그대의 머리를 깨물고 있구나. 머리카락을 와삭와삭 먹고 있다."

"말리라고!"

그러고 보니 이 녀석은 원래 식인귀였지?!

아직 내 몸(의 살)을 노리고 있었냐고!!

『키샤~.』

"음, 나도 왠지 알아들을 수 있겠구나. 분명 '맛있다'고 하는

거겠지. ……츄릅. 이보게, 레이. 그래서 말이다만…….”

“안 먹여줄 거거든?!”

식인종이 두 명이나 있다니, 말도 안 되잖아!!

첫 번째 보수로 [대소환의 고리]를 고른 다음, 한 시간이 더
지났다.

내 머리를 깨물고 있던 극소 갈드랜더, 통칭 꼬마 가르는 이미
소환을 해제한 상태다. 본인은 불만인 것 같았지만, 나중에 통
역 아이템을 사면 다시 부른다고 하면서 설득했다.

그건 그렇고 피가 날 정도로 물렸는데, 내 회복 마법으로도 두
피와 머리카락을 치료할 수 있어서 다행이다. 당연하지만 팔을
잃은 것보다는 훨씬 가벼운 상처다.

……다음에 부를 때는 깨물지 말라고는 하지 않을 테니 좀 살
살 해줬으면 좋겠다.

그리고 이미 골랐던 이오 말고도 루크와 후지농도 무구 선별
을 마쳐서 내 두 번째 무구와 카스미 몫만 남았다.

“카스미 양은 [고위 소환사(하이 서머너)]시니까 역시 레이 씨처
럼 소환 관련 액세서리가 낫지 않을까요?”

“소환 스킬보다는 방어력을 올려야지! 지금 카스미는 나라도
한방이야!”

“……공격에 특화된 일격을 맞으면 레벨이 비슷한 후위는 보
통 죽지 않을까요?”

그렇게 이것저것 이야기를 나누며 카스미의 무구를 찾고 있

었다.

"레이 씨의 두 번째 무구는 괜찮으시겠어요?"

"음~, 저주를 풀면서 찾고 있긴 한데, 아까부터 작업 진도가 안 나가네."

[대소환의 고리]의 저주를 푼 이후로도 무기의 저주를 계속 풀고 있었는데 작업이 더뎌지진 상태다.

몇 개를 더 풀고 나니 묘하게 시간이 오래 걸리게 된 것이다.

지금까지는 길어도 5분 정도 만에 저주를 풀 수 있었는데, 벌써 한 시간이나 같은 무구에서 원념을 흡수하고 있다.

처음에는 '[자원주갑]의 용량이 가득 차서 흡수하지 못하게 된 건가?'라는 생각이 들었지만, 시험삼아 이 무기를 제쳐두고 다른 무기의 저주를 풀어보니 1분도 걸리지 않아서 끝났다.

다시 말해 이 무기———새까만 천으로 둘둘 감긴 대형 한손 도끼(배틀 액스)같은 것———만 저주가 풀리지 않는 것이다.

방치해 두어도 상관없겠지만, 왠지 신경 쓰여서 바닥에 놓아둔 상태로 계속 저주를 풀고 있다.

다른 무구처럼 저주의 오라가 주위에 흘러넘치지는 않았지만, 그만큼……, 무기 자체에 진하게 뭉쳐 있는 느낌이 들었다.

빨아들이면 빨아들일수록 원념을 얻게 되는데도 저주가 풀릴 낌새가 보이질 않으니까.

척 보기에도 다른 무기와는 원념의 전체적인 양이 달랐다.

"그렇게 저주가 강하게 걸렸다는 건가?"

"그럴지도 모르겠네요."

"……아예 원념을 공급하는 용도로 이걸 고르는 것도 괜찮겠어."

원념을 상당히 많이 빨아들이긴 했지만, 나중에 싸우다 보면 바닥날지도 모르니까.

[대소환의 고리]를 이용해 갈드랜더를 《극대》로 소환하게 될지도 모르고.

……소모 MP가 늘어나는 건 상관없지만, 디메리트 시간이나 효과까지 강해지면 세 가지 중 뭐가 나오든 데스 페널티 직행이겠네.

"이 한손도끼라……. 저주를 완전히 풀었을 때 뭐가 나올지 모르니까 뽑기 같은 것이로구나. 뭐, 그대답긴 하니 그걸 고르는 것도 괜찮겠군."

"?"

네메시스의 말에 약간 의문이 들었다.

"무기인데도 안 된다고 하질 않네."

지금까지 무기(방패 포함)에 대해서는 무시무시할 정도로 엄격한 판단 기준을 적용했고, 저주를 푼 보수만이 아니라 어떤 가게에서도 절대 무기에 대해선 OK라고 하지 않았던 네메시스가.

네메시스는 '그 말을 듣고 나서야 눈치챘다'는 듯이 눈을 깜빡이며 한손도끼를 보았다.

"그러고 보니 그렇군. ……뭐라고 해야 하나, 감각적으로 그게 괜찮다고 느껴지는 게다."

"감각적으로?"

"이래 봬도 내 절반은 무기다. 그리고 무기이기 때문에 알 수 있는 것도 있지."

메이든 with 암즈인 네메시스는 몸을 숙여서 한손도끼를 내려다보았다.

"이건 대단한 무기일 게다. 그리고……, 어디선가 비슷한 것을 본 적이 있는 것 같다."

"아, 네메시스 씨의 제2형태 아닐까요? 까맣고……, 도끼죠?"

"아니다, 카스미. 나는 아닌 것 같다."

"그럼 제 오류이겠네요!"

"그것과는 크기가 분명히 다르니 말이다. 뭐라고 해야 하나, 형태가 아니라……, 분위기인가?"

네메시스는 이것도 아니다, 저것도 아니다라는 식으로 떠올리려 하는 것 같았다.

나도 생각해 보긴 했지만 알 수 없었다.

아무튼 네메시스가 OK했고, 지금 상태로도 원념의 공급원으로 유용하기에 내 두 번째 무구는 이 한손도끼가 될 것 같다.

"……그러고 보니 이 도끼의 이름은?"

나는 《감정안》 돋보기를 가져다 댔다.

저주받은 물건이라 해도 그 《CBR 아머》처럼 저주받은 무구로서의 이름을 지닌 것들도 많기 때문에 우선 그것을 확인하려 했는데………….

· []

『이름이 붙지 못한 도끼.

■에 ■ 되지 않았던 도끼.

　■ ■ ■에 ■ 고 ■ 된 도끼.

　■ 도 ■ 고, ■ 도 ■ 에 ■ 한 도끼.」

《감정안》이 나타낸 정보는 그뿐이었다.

명칭은 공백이고……, 아니, 공백뿐만이 아니다. 설명 문구도 군데군데가 빠졌다.

[대소환의 고리]처럼 《감정안》의 레벨이 부족한 상태도 아니다.

감각적으로 비슷한 건……, 처음 시작했을 무렵에 형이 감추고 있던 스테이터스를 봤을 때?

"……뭐, 예전 생산 아이템인데 만든 기술자가 이름을 붙여주지 않았던 건가?"

유일하게 제대로 읽을 수 있는 문구가 '이름이 붙지 못한 도끼'니까.

만든 기술자가 이 도끼에 뭔가 불만이 있었던 건지도 모르겠다.

보아하니 자루 일부가 떨어져 나간 데다 꽤 오래된 것 같다. 여기서 저주를 풀었던 장비 중에 제일 낡은 건지도 모르겠다.

"〈데스 피리어드〉 분들은 여기 계십니까?"

우리가 한손도끼를 보며 고민하고 있자니 보관고 문이 열리고 그런 목소리가 들렸다.

눈 아래에 다크서클이 눈에 띄는 청년……, 이 보관고의 관리자인 기데온 백작이었다.

백작은 나보다 연하이면서도 왕국의 중요 지역인 기데온 백작

영지를 다스리는 사람이다.

그리고 기데온을 덮쳤던 이런저런 일들이나 재난으로 인해 계속 피해를 입었던 사람이다.

산적단과 백의와 개룡왕, 한냐 씨의 가장 큰 피해자라고도 할 수 있다.

눈 아래의 다크서클은 아마 그런 것들 때문일 것이다.

"백작님, 여긴 무슨 일로 오셨죠?"

"〈데스 피리어드〉 분들과 의논하고 싶은 게 있어서 찾아뵈었습니다……. 뭔가 마음에 드시는 게 있던가요?"

"네. 세 사람은 이미 다 골랐고, 이제 저하고 이쪽만 남았네요."

백작은 내 아르바이트 의뢰자이기 때문에 자연스럽게 존댓말로 말하고 있다.

『……신기하기도 하지.』

뭐가?

『아니, 제1왕녀이자 국왕 대리인 아즈라이트에게는 반말을 하면서 기사인 릴리아나나 백작에게는 존댓말을 하는 게 엉망진창인 것 같아서 말이다.』

……뭐, 아즈라이트는 사석에서 반말을 해도 된다고 해줬으니까.

아니, 아즈라이트도 그렇고 릴리아나도 처음에 이야기를 나눴을 때의 말투가 계속 이어졌을 뿐이다.

『그런 겐가.』

그런 거야.

"아, 그렇지. 백작님은 이 도끼가 뭔지 아시나요?"

"도끼……, 말씀이신가요?"

백작은 바닥에 놓여 있던 도끼를 보고는 고개를 갸웃거렸다.

"……아뇨, 모르겠습니다. 거기 당신, 자료 기록은 어떻게 되어 있나요?"

방 바깥에 있던 직원 분에게 백작이 말을 걸었다.

우리가 고른 장비를 기록하던 사람인데, 그 사람도 종이 다발을 보면서 고개를 저었다.

"기록이 남아있지 않습니다. 장부 번호를 보니 건국 시절부터 보관되었던 것 같습니다."

"……여기 있는 물건들 중 대부분은 [사신]을 토벌해서 얻은 것. 자세한 성능이나 유래도 저주가 풀린 뒤에야 판명된 경우가 많으니……. 그런 것들 중 하나라는 것밖에 모르는 건가……. 〈토너먼트〉에서 수여한 뒤에 다시 자료 확인을……, 아니, 수여하기 전에……, 아, 죄송합니다."

"아뇨……."

저주받은 무구를 저주가 걸린 채 사용하는 건 너무 위험하고, 《감정안》으로도 좀 전에 보았던 것처럼 정확히 감정할 수가 없다면 어쩔 수 없다.

하지만 백작은 뭔가 부담을 느낀 건지 가슴 아래를 누르고 있었다.

……프랭클린이 사건을 일으켰을 무렵에 보았을 때는 좀 더 활발한 사람이었는데.

"그런데……, 이 도끼가 무슨 문제라도 있습니까?"

"제 두 번째 보수로 이 도끼를 저주받은 채로 받아가도 괜찮을까요?"

내가 그렇게 말하자 백작은 약간 놀란 표정을 짓다가 곧바로 고개를 끄덕였다.

"저희는 상관없습니다. 보관고에 있는 것들 중에서 자유롭게 고르시라고 했으니까요. 그런데……, 괜찮으시겠습니까?"

"저 같은 경우에는 저주가 풀리지 않은 상태에도 의미가 있어서요."

"그렇군요. 알겠습니다. 그렇게 수속을 해두죠."

내가 원념을 마력으로 변환시킬 수 있다는 사실은 백작도 이미 알고 있었기에 곧바로 납득한 모양이었다.

그렇게 내 두 번째 보수는 이름이 없는 한손도끼로 정해졌다.

나는 직접 닿지 않게끔 조심하며 도끼를 아이템 박스에 넣었다.

"그런데 백작님. 저희에게 무슨 볼일이 있으신가요?"

"네. 사실 〈데스 피리어드〉가 기데온에서 본거지를 찾고 있다는 이야기를 들어서요."

……어디서 들은 걸까.

기데온에서는 이미 익숙해진 닌자 첩보망인가?

"좀 전에 복귀 인사를 하러 오신 피가로 씨에게 들었습니다."

아, 그쪽이구나.

"음, 뭐. 왕도 쪽은 문제가 좀 있어서 못 찾았거든요……."

"알고 있습니다. 저희 기데온도 유력한 클랜이 본거지를 두고 홈 타운으로 삼아주시면 감사하죠. 든든하기도 하고요……."

그 [글로리아] 사건 때도 홈 타운을 지키기 위해 싸웠던 거대 클랜이 있었다는 이야기를 들은 적이 있다. 백작이 한 이야기에는 그런 의미도 있을 것이다.

"용건이 그건가요? 그렇다면 나중에 저희가 인사를 하러 갈 생각이었는데……."

"아뇨, 인사보다 한 발짝 더 나아간 이야기입니다."

한 발짝 더 나아간 이야기?

그게 무슨 뜻인지 이해하지 못한 내가 마음속으로 귀를 기울이고 있자니…….

"기데온에 본거지를 둘 것을 고려하고 계신 〈데스 피리어드〉 여러분께 소개해드리고 싶은 곳이 있습니다."

백작은 그렇게 말한 다음 본론을……, 우리 본거지로 추천해주고 싶은 곳이 있다는 말을 꺼냈다.

◇

그리고 우리는 백작의 안내를 받아 그곳을 보러 가게 되었다.

굳이 백작이 나서서 안내해줄 필요는 없을 것 같은데……, 뭔가 사정이 있는 모양이다.

이동에 쓸 마차를 타기 직전에도, 백작은 문에 몸을 기댄 채 무의식적으로 그러는 건지 '속 쓰려……. 내일부터 개최될 〈토너먼트〉는 괜찮을까. 또 테러가 일어나진 않을까……. 다른 일을 하면서 현실 도피하고 싶어……'라며 중얼거리고 있었다.

……단기간에 도시가 괴멸당할 위기가 여러 번 생겨서 그런지 멘탈에 타격이 심한 모양이었다.

나보다 어린데도 벌써 하얀 머리카락이 군데군데 보였다.

〈토너먼트〉가 끝나고 황국과의 분쟁이 일단락되면 느긋하게 요양을 했으면 좋겠다.

참고로 백작은 우리와는 달리 앞쪽 칸에 앉아있다. 잠깐 눈을 붙이는 건지도 모르겠고, 마차 안에서도 일을 하고 있는 건지도 모르겠다. ……힘들겠네.

그리고 백작의 마차를 타고 본거지 후보를 보러 가는 사람은 후지농과 이오, 그리고…….

『………….』

좀 전에 [텔레파시 커프스]로 연락이 되어서 합류한 형이다.

형은 클랜원들 중에서도 가장 고참 〈마스터〉고, 예전에 팝콘 공방을 빌리기도 했기에 본거지 고르기에 조언을 받기 위해 와 달라고 했다.

그리고 루크는 카스미가 아직 고르지 못했기에 그쪽을 도와주고 있다.

카스미의 장비를 고르는 거니까 '후지농하고 이오는 안 도와 줘도 되는 건가?'라는 생각이 들었는데, 둘 다 카스미에게 엄지 손가락을 치켜든 다음 나를 따라왔다.

……뭐, 친구의 등을 밀어준 거겠지. 그 정도는 나도 이해할 수 있다.

『건물……이라.』

문득 옆에 앉아있던 형이 밖을 보며 중얼거렸다.

아까부터 뭔가 생각하고 있는 것 같은데, 뭔가 신경 쓰이는 게 있나?

"왜 그래? 형."

『아니, 건물을 소개해준다고 하던데, '이 근처에 그렇게 괜찮은 곳이 있었나?'라는 생각이 들어서곰.』

그 말을 듣고 창밖을 보았다. 마차가 큰길을 달리고 있는데, 왠지 그 큰길에 인접해 있는 건물도 분위기가 어두워 보였다.

이렇게 말하면 좀 그렇지만, TV 같은 데서 본 선진국 대도시의 슬럼가가 연상되었다.

하지만 그와 동시에 왠지 번잡한 활기도 느껴졌고, 망측한 간판을 내건 가게도 늘어서 있었다.

그리고 왠지 오가는 사람들의 인상……이라고 해야 하나, 눈매가 사납다.

"여기는 분명히……."

『8번가. 도적 길드나 포주 길드도 있어서 이곳 기데온에서 치안이 제일 안 좋은 지역이야곰.』

"…………."

아, 응. 자주 가곤 하는 1번가나 4번가하고는 분위기가 다를 만도 하겠네.

루크 같은 사람들은 포주 길드가 있으니까 자주 다녔겠지만.

"있지, 있지, 후지뇽! 대단해! 엄청 야한 속옷 간판이 있어! 모자이크 때문에 안 보이는 간판도 있고! 이게 소문으로만 듣던 시각 연령 규제, 끄에엥……?!"

"이오. 여자애로서 최소한의 TPO는 지켜!"

이오는 거리의 분위기를 보고 신이 난 모양이었다.

너무 신이 나서 후지농에게 또 혼나고 있지만.

"……괜찮겠어? 이렇게 사치스러운 마차를 타고 가도."

『뭐, 치안이 안 좋다고 해도 백작 가문의 문장이 새겨진 마차에 손을 댈 멍청이는 없다곰. 오히려 안전하지곰.』

……만약에 지금 손을 댄다면 백작뿐만이 아니라 〈초급〉이 튀어나올 테니까.

『산적에게 겁을 먹게 한 실적을 지닌 그대도 있으니 말이다.』

아니, 그건 오히려 나보다 먼저 뛰쳐나간 세 사람이 만든 분위기 때문이라고…….

"흐음. 그런데 이렇게 치안이 안 좋은 지역에 어떤 건물이 있다는 거지?"

"그러게. 백작이 직접 소개해주고 싶다고 하는 걸 보니 괜찮을 것 같긴 한데."

"아! 저는 알겠어요!"

이오는 엣헴, 하며 가슴을 펴고는 자신만만하게 말했다.

"이오는 어떤 건물이라고 생각하는데?"

"분명 살인 사건이 일어난 건물일 거예요! 마피아들끼리 충돌을 일으켜서 주민이 몰살당한 곳! 그 이후로 유령이 눌러앉아서 들어오려는 사람이 없었던 거죠! 그래서 오너의 특전 무구나 언

데드 퇴치 스킬로 제령해달라고 한 다음에 싸게 넘기려는 속셈
인 거예요!"

"………그렇구나."

……어쩌지? 왠지 진짜로 그럴 것 같은데.

"이오, 그건 완전히 문제 건물이잖아요."

『뭐, 왕국 자체가 최대급으로 문제가 있는 지역이니 이제 와서
딱히 신경도…….』

"형, 방금 뭐라고 했어?"

『아무것도 아니야곰~.』

……뭐, 나도 '저주받은 거 아니야?'라고 아즈라이트에게 말한
적이 있지만 말이지.

"아무튼, 일부러 안내해주는 거니까 문제가 있는 건물은 아닐
거예요."

"어~? 그럼 후지농의 예상은~?"

"폐건물을 불법 점거한 주민들을 쫓아내고 그곳에 본거지를
새로 세우려는 것 아닐까요. 쫓아낼 때 〈데스 피리어드〉의 무력
을 사용하는 형태로."

"……발상이 무섭네."

지역 주민과 문제가 연달아 일어날 것 같으니 사양하겠어.

……양쪽 다 아닐 거라 생각하고 싶다.

"진짜 어떤 곳으로 안내해주려는 걸까…….."

마차가 8번가 큰길을 빠져나가자 그곳에는 어떤 것이 세워져

있었다.

그것은 이곳 기데온에 열세 채 있는 투기장 중 하나, 8번가의 제8투기장이다.

"8번가 투기장을 본 건 이번이 처음이네."

각 투기장은 기데온의 중심에 세워진 중앙 대투기장에서 각 거리로 뻗은 큰길 너머에 세워져 있다. 중앙 대투기장 이외의 각 투기장의 기본 구조는 거의 동일하며, 이 제8투기장도 결투를 하기 위한 설비가 갖춰져 있다.

하지만 왠지 다른 투기장보다 썰렁해 보이는데, 내가 착각한 건가?

"도착했습니다."

마차가 멈추자 기데온 백작이 그렇게 말했기에 이 근처가 종착점이라는 사실을 알 수 있었다.

하지만 마차에서 내려서 주위를 둘러봐도 눈에 보이는 건물은 대부분 상점이나 술집이었고……, 저택 같은 것은 보이지 않았다.

"백작님. 저희에게 소개해주고 싶으시다는 건물은 어떤 거죠?"

"이쪽입니다."

그렇게 말하며 손으로 가리켜도 보이지 않는다.

'제8투기장 건너편에 있는 건가?'. 내가 그렇게 생각하고 있자니.

"〈데스 피리어드〉 오너, 레이 스탈링 공."

눈 아래에 다크서클이 낀 백작이 나를 똑바로 바라보면서……,

"―――이 제8투기장을 본거지로 구입하시지 않겠습니까?"

―――내가 상상하지도 못했던 제안을 해왔다.

□[성기사] 레이 스탈링

이곳 결투도시 기데온에서 투기장의 존재는 굳이 말할 필요도 없이 중요하다.

결투도시라는 이름의 유래이기도 하고, 한 도시에 결투용 결계 시설이 모두 합쳐 열세 군데나 있는 경우는 이곳 말고는 없는 모양이다. 기데온이라는 도시의 뼈대 그 자체다.

보통은 영주가 그런 것을 다른 곳에 넘길 리가 없다.

하지만 백작은 이렇게 말했다.

'제8투기장만큼은 두 가지 문제 때문에 넘기더라도 상관이 없어졌습니다'라고.

첫 번째 문제는 역시 안 좋은 입지조건.

이곳 기데온이 도시국가였던 시절이나 왕국 건국 이후의 수백 년 동안에는 문제가 없었다.

하지만 시간이 지남에 따라 이곳 8번가는 치안 악화 지역이 되어갔다. 몇 대 전 백작이 눈치챘을 때는 이미 자연스럽게 그런 식으로 되어 있었다고 한다.

그리하여 일반인들은 이곳 8번가를 기피하고, 거리에는 무법자나 아슬아슬한 사람들(포주 길드나 도적 길드도 여기에 해당된다)이 모이자 제8투기장에서 개최되는 행사에는 파리만 날리게 되었다.

제8투기장이 8번가의 분위기에 스며들지 않고 깨끗하게 운영되는 공적 시설로 계속 존재했던 것도 그 요인 중 하나다. 8번가 주민들은 더욱 과격한 비공식 지하 도박을 선호하게 되었고, 결과적으로 8번가 안팎에서 손님들이 멀어지자 무관중 시합도 드물지 않게 되었다.

그럼에도 불구하고 정기적으로 실시해야 하는 결계 설비 점검이나 보수 등의 유지비는 전문가에게 요청할 필요가 있기에 매우 돈이 많이 든다. 시설 보수나 청소까지 포함해서 수익은 적자일 수밖에 없다.

두 번째 문제는 투기장에서 시합을 하는 선수, 그리고 기데온 전체의 관객 수가 매우 줄어들었다는 점이다.

그 [글로리아] 사건이나 저번 전쟁으로 인해 티안과 〈마스터〉를 불문하고 투기장에서 싸우는 자들의 숫자가 줄어들었다. 랭커들이 유출되었다는 것도 이유 중 하나다.

투기장에서 경기를 진행할 선수들이 줄어들면 자연스럽게 경기 숫자도 줄어든다.

그리고 부유한 주민들이 다른 나라로 망명하면서 왕국의 경제에도 문제가 생기기 시작하고 있다.

날마다 진행되는 경기도 〈초급 격돌〉이라는 파격적인 대규모 이벤트나 상위 랭커들끼리 벌이는 싸움이 아니라면 투기장이 손님들로 가득 차지 않는다. 모의전 용도로 빌려주는 것까지 포함해도 투기장의 사용률이 낮아졌고, 그중에서도 제8투기장은 이용자가 매우 적다.

전체적인 수입 감소까지 겹쳐진 가운데, 제8투기장의 경영 적자는 과거 최악의 수치를 기록했다.

이 시점에서 백작은 제8투기장을 다른 곳으로 넘기자는 생각을 하기 시작했다.

현재는 지금까지 기데온 백작 가문이 모아온 재산으로 문제없이 운영하고 있지만 그것도 무한은 아니다. 〈마스터〉에게 줄 보수 등으로 나가는 돈도 있다. 적자를 줄이고 싶은 것이다.

그래서 경기 목적으로 쓸 수 없는 제8투기장을 기사단의 훈련 시설로 활용해달라며 왕가에 기증할 생각도 해보았다.

하지만 '악덕가'라는 야유까지 듣고 있는 8번가의 건물을 왕가에 넘기는 건 역시 껄끄러웠다.

그렇다면 팔아넘길 곳을 찾자는 생각을 한 거다. 입지조건이 안 좋기는 하지만 투기장은 투기장이다. 유력한 클랜이나 단체라면 매우 욕심을 낼 것이다.

하지만 1위 클랜인 〈월세회〉는 말도 안 된다. 왕가와의 접촉을 감안하면 악덕가인 8번가에 뿌리를 내리고 기데온 전체를 가로챌 우려가 있었다.

그렇다면 결투 랭커들이 많이 소속된 〈K&R〉은 어떨까 생각했지만, 애초에 PK 클랜에 매각하는 것은 종교 단체에 매각하는 것보다 더욱 윤리적이지 못할 것 같다는 결론에 이르렀다.

예전에 거대한 클랜이었던 〈바빌로니아 전투단〉은 이미 활동이 축소되었고, 팬클럽 집합체인 〈AETL 연합〉은 왕녀들이 있는 왕도에서 떠나지 않는다.

제8투기장은 가지고 있어봤자 부채에 불과하고, 팔아넘길 상대도 보이지 않는다.

하지만 어찌할 방법도 없이 고민하던 백작은 새로운 매수 상대 후보를 찾아냈다.

그 후보의 이름은 〈데스 피리어드〉.

……뭐, 우리 클랜이다.

우리가 기데온에서 본거지를 찾기 시작했다는 것은 백작에게 있어서 좋은 기회였다.

왕국 제2위의 유력 클랜이고, 신뢰할 수 있는 상대이고, 이곳 8번가를 거점으로 삼더라도 문제가 없을 정도의 전투력을 지니고 있고, 오히려 공포의 대상이 됨으로써 자정 작용을 일으킬 수 있을지도 모르고, 결투왕인 피가로 씨도 소속되어 있으니 훈련용 투기장 설비가 있어도 문제가 없다.

그리고 서방에서는 전대미문인 〈초급〉이 네 명이나 소속된 클랜이라면 구입할 예산도 분명히 있을 테고, 유지비도 문제없을 거라는 예상이었다.

다시 말해 백작이 보기에는 더할 나위 없는 매각처였던 것이다.

참고로 제시한 금액은 구입이라면 150억 릴, 대여라면 1년에 5억 릴이다.

"『……의외로 싸네』."

""뭐어?!""

나와 형의 목소리가 겹쳤고, 이오와 후지농의 목소리가 겹쳤다.

나도 모르게 나온 '의외로 싸다'라는 말에 내 금전 감각이 어긋났다는 걸 실감했다.

내가 지금 장비하고 있는 갑옷만 하더라도 2억 릴짜리이기 때문일 것이다.

형도 전투 한 번에 수십억 릴을 날려버리는 낭비 귀신이다. 재산의 [파괴왕]인 것이다.

하지만 구입하는 건 힘들다. 형이나 피가로 씨의 재산이 온전하다면 모를까, 지금은 둘 다 큰 지출을 한 상황이다. ……클랜원들의 재산을 전부 모아도 구입할 수는 없을 것이다.

반대로 대여라면 첫 해는 내 돈(8억 릴)만으로도 빌릴 수 있다.

참고로 제시 가격은 백작 쪽에서도 꽤 저렴하게 잡아주었다. 역사적, 기능적인 가치가 훨씬 높긴 하지만 역시 입지조건이 좋지 않고 노후화된 건물이라는 것도 고려했기 때문이다.

"……설비만 놓고 보면 진짜 좋긴 하지."

우리 본거지로서 원하는 조건뿐만이 아니라 플러스 α까지 있다.

우선 '개인실'은 있다. 이 제8투기장에도 박스석이 있고, 냉난방을 포함한 설비가 갖춰져 있다. 가구 같은 것들을 가져다 두면 고급 호텔에 가까운 방이 생긴다.

제8투기장의 박스석 부스 숫자는 열두 개. 피가로 씨와 한냐 씨가 피가로 씨네 집에서 산다는 걸 감안하더라도 충분하고도 남는다.

나중에 멤버가 늘어나면 부족해지겠지만 그럴 때는 대기실 같은 다른 방을 쓰면 되고, 백작의 말로는 개장해도 된다고 한다. 보증금 같은 것도 낼 필요가 없는 모양이다.

여자 일행들이 원했던 '대욕탕'도 있다. 투기장……, 엄연한 스포츠 시설이라 그런지 많은 사람들이 한꺼번에 몸을 씻을 수 있는 욕탕이 있다. 게다가 확실하게 남탕과 여탕이 나뉘어 있다.

이오와 후지농이 말하기로는 '청소하면 합격이에요!'라고 한다.

그리고 '회의실'도 투기장의 스탭들이 미팅을 하는 공간이 있었다.

루크와 카스미가 원했던 '몬스터를 위한 공간'은 굳이 말할 필요도 없다. 경기장은 배틀로얄 경기도 치를 수 있을 정도로 넓기 때문이다.

네메시스가 마구 주장했던 '식당'도 당연히 있다. 하지만 요리사가 없기 때문에 고용하거나 우리가 요리를 해 먹어야 한다.

그리고 뜻밖에도……, '수영장'도 있었다.

로마의 콜로세움처럼 옵션으로 투기장의 무대를 수상 경기용으로 변경하는 기능이 이 제8투기장에도 있었던 것이다.

물론 물을 채우는 데도 비용이 들긴 하지만, 배수 시설도 제대로 갖춰져 있다고 한다(파리만 날려서 한동안 쓰지 않았기에 미리 정비와 점검을 할 필요가 있을 것 같지만).

우리가 어젯밤에 제멋대로 내놓았던 조건들을 전부 만족시키는 데다('팝콘 공장'은 무시), 무엇보다 결계 설비가 딸려온다.

우리 본거지에 결투 결계가 있다. 이 어드밴티지는 엄청나다. 다양한 전투 기술이나 새로운 스킬을 자유롭게 시험할 수 있고, 시간을 신경 쓰지 않고 모의전을 할 수 있다.

다른 사람들의 눈이 없는 곳에서 그런 것이 가능하다는 이점은 내가 생각했던 것보다 클지도 모르겠다.

그렇기 때문에 기데온에서 본거지를 찾는다면 이것보다 나은 건물은 아마 존재하지 않을 것이다. 매물로 나온 것이 기적이라 할 수 있었다.

문제는 금액뿐이다.

"임대료 30년치가 구입 금액이랑 같구나……, 어떻게 생각해?"

『3배 시간을 고려하면 약 10년. 이곳을 떠나지 않을 가능성이 크니까 사는 게 싸게 먹히지곰. 하지만 지금은 구입 자금을 모으는 게 힘들거야곰.』

"그렇겠지? 금액도 크니까 일단 돌아가서 다른 사람들하고도 의논하는 게 나으려나……."

어제 회의를 하면서 내게 일임하겠다는 결론이 나오긴 했지만, 그래도 중요한 안건이니까…….

"어~? 올해는 임대료만 내고 내년 이후에 구입을 목표로 삼으믄 되는 거 아니여?"

아. 그런 방법도 있겠구나.

전투 준비에만 자금을 투자할 수 있는 형도 그렇고, 돈이 거의 바닥난 것 같은 피가로 씨도 황국과의 분쟁이 끝나고 시간만 생기면 수십 억을 벌 수 있을 테니까.

"열심히 해가꼬 샀는디 1년도 안 되가꼬 왕국이 없어져불믄 거시기하니께~. 1년만 대여하는 거믄 그라게 되어부러도 타격이 엄청 크진 않을 거고."

"웃기지도 않으니까 재수 없는 소리하지 말라고. ……………… 아니, 이봐."

나는 귀에 익은 목소리를 듣고 돌아보았다.

"에헷♪"

정신을 차리고 보니, 뒤에 요괴가 와서 이야기에 참가하고 있었다.

다들 잘 아는 여자 괴물 선배다.

『……나왔구나, 암여우.』

"나왔어야~, 숫곰."

……처음 만났을 때도 이런 느낌이었지.

진짜 어떻게…………, 아, 알겠다.

"…………."

나는 왼손의 [장염수갑]을……, 내 그림자 쪽으로 겨누고 화염 방사 자세를 취했다.

그러자 내 그림자에서 어떤 사람이 훌쩍 뛰쳐나왔다.

그림자에서 뛰쳐나온 사람이 착지하자마자 자세를 바로잡은 뒤 내게 인사를 했다.

"……츠키카게 선배."

이쪽도 다들 잘 아는 여자 괴물 선배의 심복, 츠키카게 선배다.

"안녕하세요. 눈치가 빨라지셨군요."

빨라졌지. 언제부터인지는 모르겠지만, 또 내 그림자에 츠키카게 선배가 숨어 있었던 거다.

"……그런데 두 사람은 여기에 무슨 일로?"

"레이양네가 보이길래 미행한 것뿐인디?"

"보인다고 남의 그림자 속에 숨지 마! 애초에 왜 기데온에 있는 건데!"

"응~? 그야 〈토너먼트〉에 참가할라고 온 거제~. 〈월세회〉에서도 희망자를 모아가꼬 다 같이 왔어야~."

"!"

이야기를 듣고 보니 〈월세회〉도 당연히 참가 자격을 가지고 있긴 하겠지만…….

"……참가하려면 계약서에 사인을 해야 하거든?"

이제야 굴레에서 벗어났는데 굳이 다시 찰 필요는 없을 테고.

"부상을 안 받으믄 전쟁에는 참가 안 해도 되는 거 아니여. 범죄를 저지르지 않는 거는 굳이 조건을 안 달아도 당연한 것이고. 〈월세회〉는 깨끗한 종교 단체인디?"

"……저번에 나를 유괴했잖아. 그리고 아즈라이트도 '테러를 일으키겠다고 넌지시 말했다'고 하던데."

"어~? 레이양도 알건디. 〈마스터〉를 상대로 하믄 범죄가 아니께~? 넌지시 말했지만은 저지르지도 않았고."

……엄청 열받는 표정으로 그런 말을 늘어놓는다.

왠지는 모르겠지만 평소보다 신이 났고 말투가 들뜬 것도 열받는다.

"뭐, 상관없지. 그렇게 〈월세회〉가 왕국 내부에서 뭔가 저지르는 걸 막을 수 있다면……."

"어? 전투 멤버 중에 데꼬 온 거는 3분의 1도 안 되니께 3분의 2는 얽매일 것이 없는디? 카게양도 안 나가니께 교섭 카드는 있어야~."

"…………."

이 사람은 그런 짓을 한단 말이지.

아즈라이트가 기생충, 기생충 노래를 부를 만도 하네.

"근디, 근디? 레이양네가 이 투기장을 살 거여?"

"그럴 생각인데……, 그게 어쨌다는 거야?"

내가 묻자 여자 괴물 선배가 싱글싱글 웃으며 이렇게 말했다.

"안 살 거믄 〈월세회(우리)〉가 손에 넣어불라고 했는디. 이런저런 방법으로다가 백작을 협박 & 교섭해가꼬……."

"백작님. 일단 1년 임대로 부탁드릴게요. 임대료는 바로 지불할 테니까."

"아, 네. 감사합니다."

요괴에게 이 시설을 넘길 수는 없다는 생각에 나는 곧바로 백작과 임대 계약을 맺기로 했다.

그렇게 경사스럽게도 〈데스 피리어드〉의 본거지는 제8투기장으로 결정되었다.

참고로 여자 괴물 선배는 '〈토너먼트〉 때 두고 보자고~'라는 말을 남기고 떠나갔다.

"……진짜 뭐 하러 온 거야? 저 사람."

『너를 부추겼을 뿐이야곰.』

부추겼다고?

『암여우가 진심으로 그럴 생각이었다면 우리에게 말하지 않고 실행했을 테니까곰. 그냥 너를 놀리고 도발해서 임대를 결심하게끔 떠밀었을 뿐이다곰.』

"어어……."

『그리고 〈토너먼트〉도 츠키카게는 나가지 않는다고 했지만……, 다시 말하자면 암여우는 나간다는 뜻이지곰. 암여우는 이곳 왕국에서 범죄를 저지를 생각이 없다고 빙 둘러서 선언한 거야.』

"……그렇구나."

저 사람은 수상쩍고, 가끔 대놓고 악당 같고, 돈도 지저분하게 밝히는 구석이 있긴 하지만……, 뭐, 역시 뼛속까지 악당인 건 아닌 모양이다. ……유괴당한 적이 있긴 하지만.

『아무튼 이제 본거지도 정해졌군.』

"그러게. ……?"

형이 한 말을 듣고 문득 눈치챘다.

곰 인형옷의 시선은 제8투기장에 쏠려 있었다.

그 인형옷 안쪽, 다른 사람들은 볼 수 없는 형의 눈.

나도 분위기로만 짐작하는 거지만, 왠지 '먼 곳'을 바라보고 있는 듯한 느낌이 들었다.

제8투기장을 보고 있는 것 같기도 했고……, 다른 무언가를 보고 있는 것 같기도 했다.

클랜 본거지를 얻는다는 행동에 대해 형도 뭔가 생각한 게 있는 건가?

◇

계약을 맺은 다음, 클랜원들에게 본거지가 결정되었다는 사실을 전하자 로그아웃 중이었던 레이레이 씨를 제외한 모두가 제8투기장에 모였다.

본거지가 투기장이라는 전개는 역시 다들 예상하지 못했는지 신기하게도 루크까지 놀랐다.

아무튼 다들 이 결정 자체는 대환영이었던 모양이다. 오히려 우리보다 고참들이 '외부인에게 들키지 않고 비장의 수를 연마할 수 있는' 환경을 기뻐하는 것 같았다.

어찌 됐든 기뻐해주니 다행이다.

"그런데 대박 갑옷에 소재를 매각한 돈, [대소환의 고리]하고 그 도끼, 심지어 이 투기장까지. 이틀 만에 정말 많은 것들을 얻어버렸네……."

아무래도 운이 너무 좋은 것 같다는 느낌이 든다.

'악운이 더 좋다'는 말을 항상 네메시스에게 들어온 내가 보기에는 이렇게 연속된 행운이 터무니없는 반전의 전조가 아닐지 전전긍긍하게 된다.

"그렇게 생각하는 것도 무리는 아니겠다만, 괜찮지 않겠는고?"

"왜 그렇게 생각하는데?"

"그것들이 단순한 행운으로 얻은 것이 아니기 때문이다. 갑옷이나 돈과 맞바꾼 소재는 그대가 고래와 싸워서 얻은 것. 팔찌와 도끼는 기데온에서 꾸준히 저주를 푸는 아르바이트를 했기에 얻은 것. 이 투기장도 그날 기데온에서 열심히 싸웠기에 이땅이 남았고, 백작이 양도하기에 적합하다고 생각할 정도의 신뢰를 얻은 덕분이지 않은가? 모두 지금까지 그대가 해온 행동의결과다. 우연히 타이밍이 겹쳤을 뿐이라고 생각하면 될 게야."

"……그런가."

"가슴을 펴거라! 그대가 한 행동은 인정받아도 되는 것이다!"

네메시스는 그렇게 말하며 내 가슴을 살짝 찔렀다.

그녀의 말과 행동에, 좀 전까지 자리 잡고 있던 껄끄러운 마음과 불안감이 녹아내렸다.

"고마워, 네메시스."

"으음!"

그리고 네메시스는 내게 방긋 웃었다.

"응, 응. 맞는 말이에요. 레이 씨의 노력은 로그인 초기부터봐온 저도 보장해드리죠!"

갑자기 마리가 이야기에 끼어들었다.

네메시스는 갑자기 끼어들자 불만이라는 표정이었다. '뭐, 첫번째 데스 페널티를 받게 한 범인은 마리였으니 말이다'라는 말을 하고 싶어 하는 것 같았다.

193

"그런데 레이 씨. 결과라고 하면……, **그것**도 지금이 딱 좋은 타이밍 아닌가요?"

"딱 좋다니……, 뭐가?"

"어제 모임 때도 말했었잖아요? 이벤트 상품 티켓 말이에요~."

"…………앗!"

이런저런 일 때문에 깜빡 잊고 있었는데, 생각났다.

저번에 무인도에서 개최된 배틀로얄 이벤트, 〈애니버서리〉. 거기서 이기고 살아남은 나는 체셔에게 상품으로 'S랭크 확정' 뽑기 티켓을 받았던 것이다.

"내일은 레이 씨가 참전하는 〈토너먼트〉가 개최되는 날이죠? 지금 전력을 증강시켜두는 게 좋을 거예요. 마침 얼마든지 훈련할 수 있는 환경도 손에 넣었으니까요."

마리 말이 맞다. 오히려 지금보다 더 좋은 타이밍은 없을 것이다.

그리고 나와 마찬가지로 이 티켓을 입수한 줄리엣과 알토는 둘 다 특전 무구를 입수했다. 예전에 S랭크를 뽑았던 루크 또한 특전 무구를 손에 넣었으니 이제 새로운……, 내게는 네 번째가 되는 특전 무구를 손에 넣을 가능성도 충분히 있다.

단, 이 티켓으로 얻을 수 있는 특전 무구는 본인이 아니라 예전에 쓰던 티안에게 맞춰서 조정된 것이기 때문에 다루기가 까다롭다고 한다. 〈토너먼트〉 때 쓰려면 미리 훈련할 필요가 있을 것 같다.

내가 아이템 박스에서 티켓을 꺼내자 다른 사람들도 모여들었다.

"……왜 다른 사람이 뽑기를 하면 보고 싶어질까요."

"그건 말이죠, 후지농. 결과가 미지라는 것만으로도 사람들은 관심을 가지게 되어버리기 때문이에요. 그리고 다른 사람이 뽑기를 하다가 폭사하더라도 자신에게는 피해가 없기 때문이죠."

"……마리. 이건 S랭크 확정 티켓이라 폭사할 일이 없다고. 그 뽑기에서 가장 비싼 비용을 들였을 때 나오는 최고 수치……, 1000만 릴 이상의 가치는 보장된단 말이야."

"레이 씨라면 [묘표 미궁 탐색 허가증] 100장 세트 같은 걸 뽑을 수도 있지 않을까요?"

"………………진짜로 그럴 수도 있으니까 그런 말은 하지 마."

두 장째 이후로도 뽑기에서 나왔다고, 그거…….

무기명 상태라면 팔 수가 있으니까 그나마 낫지만…….

"레, 레이, 그만둘 테냐?"

네메시스가 좀 전과는 전혀 다르게 불안한 듯한 표정으로 그런 말을 하기 시작했다.

"괘, 괜찮아, 네메시스……. 나는 그렇게까지 운이 안 좋은 편이 아니니까."

악운이 더 좋긴 하지만…….

"허나……, 뽑기 쪽으로는 특이한 쪽을 우선적으로 뽑게 되는 체질일 터인데?"

"그런 체질은 인정 못 하거든?!"

"그러니 그냥 아껴두자꾸나. 지금까지 패턴으로 보면 언젠가 궁지에 처했을 때 이판사판으로 뽑아야 강한 장비가 나올 것 같지 않겠는고?"

"그런 타이밍에 뽑기를 하고 싶지 않거든?!"

"허나 과거의 사례로 보아……."

"그렇다면 지금, 과거의 약했던 나 자신을 뛰어넘을 뿐이야!"

"겨우 뽑기를 하면서 멋진 말을 하지 말았으면 한다만……."

나는 말리는 네메시스를 뿌리치고 용기를 담아 티켓을 사용했다!

티켓은 빛나는 입자로 변했고, 그 대신 내 손 안에는 예전에 보았던 무지개색 광석……, S랭크 캡슐이 있었다.

그 이후로 몇 번이나 뽑기를 했지만 처음 손에 쥔 비치다.

감동적이긴 하지만 S랭크가 나오는 건 확정이다. 문제는 지금부터다.

"…………응?"

그때, 무지개색 광택과 함께 표면에 어떤 글자가 적혀 있다는 걸 눈치챘다.

『넓은 곳에서 열어주세요.』

"……본 적이 있는 문구인데."

구체적으로는 예전에 실버를 얻은 캡슐에 적혀 있던 문구다.

"그렇다면 이 캡슐의 내용물은 최소한 실버급으로 크다는 뜻이겠구나. 일반적인 장비는 아니라는 게야."

"그리고 [허가증] 같은 종류도 아닌 것 같아서 안심했어……."

"……그대, 진짜로 걱정한 모양이로구나."

"……그래. 고집을 부리긴 했지만, 내 뽑기 운이 좀 그런 쪽이라는 건 나도 자각하고 있었어……."

"패션 센스 쪽도 자각해줬으면 좋겠다만……."

아무튼, 캡슐을 열어봐야겠다.

넓은 곳에서 열라는데, 이 투기장 가운데라면 문제없을 것이다.

배도 띄울 수 있을 정도로 넓다.

……오히려 여기에 안 들어갈 정도로 큰 게 나온다면 대박이라고 할 수 있을 것이다.

그렇게 뽑기를 지켜보고 있던 사람들이 안전할 것 같은 거리까지 멀리 간 것을 확인한 다음, 나는 무지개색 캡슐을 열었다.

빛이 퍼진 뒤, 그곳에는 거대한 물체가 자리 잡고 있었다.

아니, 정확히는……, **공중에 떠** 있었다.

"이……, 건?"

한순간, 그게 뭔지 알아볼 수가 없었다.

올려다봐야 할 정도로 높고, 두 팔을 벌려도 부족할 정도로 폭이 넓었다.

높이 3미터, 폭도 3미터 정도 되는 정사각형 같은 물체.

지면에서 50센티미터 정도 높이에 떠 있는 그것은——— **집**

이었다.

이름은 [레전더리 캐리지하우스].

"특전 무구……는 아닌 것 같네."

배 형태나 건물 형태의 특전도 있는 것 같긴 하지만, 이름을 보니 그런 종류는 아닌 것 같다.

아이템 설명에 따르면 먼 옛날에 [건조왕(킹 오브 빌딩)]이 지은 집인 모양이었다.

공중에 떠 있기에 지진 등의 영향을 받지 않으면서도 폭풍우에도 움직이지 않는다.

어설픈 공격으로는 흠집 하나 낼 수 없고, 자기 수복도 한다.

반대로 소유자라면 간단히 움직일 수 있기에 이사도 손쉽다.

전용 아이템 박스까지 딸려있다. 언제 어디서나 설치할 수 있는 집이다.

내부도 대단했다. 밖에서 보기에는 작은 집이었지만, 문을 열어보니 방이 여러 개 보였다. 보아하니 선배의 용차 이상으로 내부의 공간이 확장되어 있는 모양이었다.

심지어…….

"아. 이 집, 세이브 포인트네."

데스 페널티에서 복귀하는 것 외엔 다 이용 가능한 간이식 세이브 포인트다.

신우가 황하에서 왕국으로 올 때 호위 보수로 받았다는 용차와 같은 종류다.

『호오~. 내 지인도 세이브 포인트가 딸린 아이템은 편리하다고 했지곰.』

그렇구나. 이 집은 주택으로서 최고에 가까운 건물일 것이다.

결코 꽝은 아니다. 틀림없이 1000만 릴 이상의 가치가 있는 물건이다.

하지만…….

"집을 빌린 기념으로 뽑기를 했는데 집이 나오다니, 괜히 낭비했다는 느낌이 드네요!"

"커헉……."

이오가 던진 돌직구에 맞은 내가 무릎을 꿇었다.

주위에서는 '분위기를 파악해서 굳이 말하지 않았는데……' 같은 낌새가 느껴졌다.

그리하여 그날, 우리 〈데스 피리어드〉는 건물을 두 채 얻었다.

내 뽑기 운은 특이하다는 게 확정된 모양이었다…….

□[성기사] 레이 스탈링

본거지, 그리고 자신의 방을 얻은 우리는 4번가 시장에서 가구를 장만했다.

지금은 각자 방을 세팅하고 있다.

……그리고 내 방은 투기장 쪽에 있다.

투기장 안에 [레전더리 캐리지하우스]를 설치해서 자는 것도 위화감이 들고……. 그쪽은 다른 도시에서 머무를 때 텐트 대신 쓸 수 있을 것이다.

그로 인해 내 방이 된 투기장의 박스석에 커튼과 침대, 테이블 세트 등의 가구를 놓기 시작했다.

그리고 네메시스의 희망으로 구입한 설치형 시간 보존식 아이템 박스도 놓았다. 평소에 쓰는 아이템 박스보다 커서 가지고 다니기는 힘들지만, 넣은 아이템……, 예를 들어 음식의 온도와 신선도를 유지해주는 물건이다.

비싸기는 했지만 그것보다 앞으로 나갈 식비를 생각하니 골치가 아팠다.

그리고 통역 아이템도 샀기에 《극소》로 불러낸 꼬마 가르에게 달아주었다.

꼬마 가르는 입을 열자마자 내 머리카락을 요구했고, 지금은 잘라서 준 머리카락을 조금씩 깨물어먹고 있다.

……모발 회복 포션도 팔길래 쓰긴 했는데, 이거 머리카락이 상하진 않겠지?

"가구 설치도 일단락되었구나. 이제 내일 있을 〈토너먼트〉에 집중하면 되는 겐가."

"오늘은 보수를 고르고 이사를 하느라 하루가 다 가버려서 레벨 같은 것도 전혀 올리지 못했지만 말이지."

뭐, 하급 직업의 레벨을 하루 올려봤자 계란으로 바위 치기일지도 모르겠지만.

"일단 싸워봐야겠어."

"흐음. 뭐, 〈토너먼트〉는 결계 내에서 전투하니 말이다. 한 시합마다 리셋되니 특전 무구의 스킬도 마구 쓸 수 있지. 승산도 있을 게야."

『공짜로 부려먹는 건, 싫, 은데?』

네메시스가 한 말을 듣고 테이블 위에서 머리카락을 먹고 있던 꼬마 가르가 그렇게 말했다.

"공짜로 부려먹는다고?"

『결투 결계. 풀리면 비용도 돌아와서, 소환 이후의 디메리트도 사라지잖아?』

"그래. 잘 알고 있네."

『기억의 공유.』

그리고 보니 이 녀석도 네메시스처럼 내 기억을 확인할 수 있던가?

사생활 면이 강한 기억은 보기 힘든 것 같지만.

『결투는 없었던 걸로 되니까, 싫어.』

"뭐, 소비한 비용이나 망가진 아이템 같은 것도 원래대로 돌아오니까."

[마장군]은 그걸 활용해서 결투왕까지 올라간 모양이고.

……생각해보니 어째서 그런 구조인 건지 이해가 안 된다. 게임으로 따지면 보통 그렇겠지만……, 이 〈Infinite Dendrogram〉 세계는 많은 법칙 위에 성립되고 있다.

그러한 법칙……, 특히 에너지 보존 법칙을 비롯한 원리적으로는 그 결계가 어떻게 계산을 맞추고 있는 거지?

예를 들어 실제로 싸우는 건 오감이 딸린 입체영상 시뮬레이션이라거나?

그야말로 현실과 이 〈Infinite Dendrogram〉처럼…….

하지만 신우가 결계 바깥까지 뚫어버리는 공격도 했으니……, 그렇게 따지면 이해가 안 되는 부분도 있네.

생각해보니 수수께끼가 많다. ……일단은 이 제8투기장도 우리 본거지가 되었으니까 나중에 조사해볼까?

『아무튼, 투기장은 싫어. 부른 다음에 손가락 정도는 먹게 해주면 생각해보겠지만…….』

"……그러니까 내가 디메리트를 떠안으면 너한테 무슨 메리트가 있냐고. 그리고 너도 식욕의 화신이냐?"

"너도라는 게 무슨 소리냐! 나는 식인종이 아니다!"

"……아까 꼬마 가르 말에 넘어가서 나를 맛보려 했었지?"

우리 파트너들(메인 웨폰들)은 어째서 식성이 이렇게 되어버린 걸까.

"이런, 이런……, 응?"

한숨을 쉬고 방의 창문……, 투기장 무대 쪽으로 난 유리창으로 투기장을 내려다보았다.

해가 완전히 진 투기장.

그곳 관객석에 본 적이 있는……, 하지만 자주 보지는 않은 모습이 보였다.

형이지만……, 인형옷을 벗고 있는 것 같았다.

"…………."

나는 왠지 신경 쓰여서 그쪽으로 가기로 했다.

방을 나서기 직전에 네메시스가 접시 위에 있던 머리카락을 집으려다가 꼬마 가르에게 물리는 모습이 보였다.

이 녀석들은 대체 뭐 하고 있는 거야…….

◇ ◇ ◇

□[파괴왕] 슈우 스탈링

클랜에 들어와서 본거지를 차리다니, 나는 여기 온 이후로 한 번도 그런 적이 없다.

사이가 좋은 친구도 많았고, 클랜에 초대를 받은 적도 있다.

그럼에도 불구하고 결국에는 동생인 레이지가 클랜을 만들 때

203

까지는 어디에도 들어가지 않았다.

어째서 그러지 않았는지. 이유는 시기가 안 좋았다고밖에 할 수가 없다.

〈Infinite Dendrogram〉이 시작되고 나서 어느 정도 시간이 지났을 때, 다른 〈마스터〉들이 클랜을 만드는 게 평범해진 시기보다 먼저……, 나는 그 녀석들과 만났기 때문이다.

험프티와 만나고, 테레지아와 만나고, 그리고 그 녀석과 만났다.

그 녀석들과의 만남으로 인해 내게 이 〈Infinite Dendrogram〉은 일찌감치 단순한 게임이 아니게 되었다.

그래서 어떤 클랜에도 들어가지 않았다.

레이지의 클랜만큼은 예외였지만.

『……그 이후로 시간이 꽤 오래 지났군.』

여기에 온 지 얼마 지나지 않았을 무렵, 어떤 사건에 휘말렸을 때 험프티와 이야기를 나누었다.

화제는 '〈Infinite Dendrogram〉이란 **무엇**인가'.

당시 나는 있을 수 없는 현실감을 지닌 이 세계에 대해 세 가지 가설을 세웠다.

'처음부터 그렇게 만들어진, 지극히 정교한 프로그램'이라는 가설.

'시간 가속으로 인해 시뮬레이트된 가상 세계'라는 가설.

마지막 한 가지는……, 앞서 말한 두 가지보다 **비현실적**인 가설이다.

그러한 세 가지 가설을 들은 험프티의 감상은…….

『———아, 괜찮게 접근했네. 그 세 가지로는 부족하지만.』

험프티는 나를 항상 사건으로 유도했고 진실을 둘러댔지만, 거짓말은 하지 않았다.

이 시점에서 이곳이 평범하지 않다는 건 분명했다.

그 이후로 이 세계를 끝내는 기능을 지닌 [사신]인 테레지아와 만났고, 확신을 얻었다.

그럼에도 불구하고 나는 이곳에 계속 머물렀고, 레이지를 초대하기도 했다.

어떻게 해서든 이루고 싶은 게 있었기 때문이다.

내가 예전부터 계속 생각하던 것.

그것을 이룰 수 있는 건 분명 이곳뿐일 것이다.

그렇기 때문에……, 나와 비슷한 소원을 **나를 향해 품고 있는 자가 있기도 했다.**

『………….』

생각에 집중하기에는 [하인드 베어]에 갖춰진 에어컨의 온도 조절 기능조차 걸리적거렸기에 인형옷을 벗었다.

평소에는 밖에서 인형옷을 벗지 않지만, 클랜 본거지 내부라는 사실이 긴장을 약간 풀게 만든 요인이 되었을지도 모르겠다.

이곳 투기장 위쪽은 겉으로 보기에는 트여있지만 결계의 조정에 따라 외부에서 보는 것을 방해하는 기능도 있다. 그런 점까지 포함해서 유용한 건물이었다.

결계를 통과해서 불어온 자연의 바람을 맞으며 눈을 감자, 지금까지 지내온 날들이……, 지금까지 내가 싸워온 자들 중에서도 격이 다른 녀석들의 모습이 떠올랐다.

사막에서 대결했던 지상 최대의 마력을 지닌 남자, '마법 최강'.

———저는 주어져야 할 알맹이를 잃은 잔입니다.

———아버지는 제게 아무것도 물려주지 않았습니다.

———저를 두려워했기에, 나라를 공화제 같은 것으로 바꿔버렸죠.

———제게 물려주지 않기 위해.

———창조는 아득히 멀리(파 아툼).

———그렇기에 이 세계에서 저는 스스로 획득할 겁니다.

———제가 받아야 할 모든 것을.

———부인은 제가 나아갈 길을 가르쳐주겠다고 했습니다.

———그 대신, 부인의 앞길을 가로막는 모든 것을 제가 무너뜨릴 겁니다.

———그리고 부인은 이렇게 말했습니다.

———'슈우 스탈링은 언젠가 우리에게 방해가 될 것이다'.

———좀 전에 함께 싸우면서도 당신의 실력을 느꼈습니다.

———그러니 이번에는……, 직접 당신의 힘을 측정해보도록 하죠, 슈우.

카무이를 얻고 천지를 떠나기 직전에 마주친 규격 밖의 기교를 지닌 남자, '기교 최강'.

──사용해야만 한다.

──사용하지 않으면 전해져 내려온 기술을 휘두를 이 손가락이 둔해져 버린다.

──거죽을 쓰다듬고, 살을 베고, 뼈를 끊고, 생사를 여탈한다.

──그것만이 단련이 된다.

──바깥세상에서 산 것에게 쓰면 주거지를 계속 바꾸어야만 한다.

──번거롭다.

──하지만 이곳이라면 단련을 위해 산 것을 쓰더라도 문제가 없다.

──계승될 때까지 기술의 질을 떨어뜨릴 수는 없다.

──그래서 우리는 이곳에 있다.

──오늘 우리는 〈카무이의 숲〉에 있는 신수를 시험에 이용할 생각이었다.

──네가 그것을 쓰러뜨려 버렸다. 단련할 상대가 없어졌다.

──그 대신 너를 단련에 쓰도록 하지.

결투도시에서 만났던 최강의 육체를 지닌 짐승과 주인, '물리최강'.

──그렇다면 상관없습니다. 저는 당신과 순수한 힘의 투쟁을 벌일 수만 있으면 되니까요.

──그러니 그건 당신이 투쟁 이전에 상대가 될지에 대한

최종 확인입니다.

———쉽사리 살해당할 만한 상대는 적조차 되지 못하는……, 돌멩이에 불과하니까.

———역시 당신은 우리의 적이 되기에 어울렸군요.

'최강'이라 불리는 녀석들과의 기억을 돌아보고……, 나는 크게 한숨을 쉬었다.

돌아보고 새삼 실감했다.

"다들 정말……, 사람을 뭘로 보는 거야."

아무도 내가 밉다거나 원한을 품은 것 같은 상황은 아니었다.

그럼에도 불구하고 나와 싸우려 하는 녀석들이 너무 많았다.

측정이라든지, 단련이라든지, 투쟁이라든지……, 이쪽 상황은 아랑곳하지도 않고.

'최강'이라 불리는 녀석들은 머릿속 나사가 너무 많이 빠졌다.

그 녀석을 포함해서, 현실에서까지 상식이라는 단어에서 벗어난 세계에서 살아서…….

아니, 베헤모트만은……, 현실에서는 정상이겠지.

내가 생각하기에 베헤모트는 아마…….

"신기하네. 전투 때도 아닌데 인형옷을 벗고 있다니."

갑자기 옆에서 들린 목소리에 생각이 가로막혔다.

돌아보니 동생……, 레이지가 있었다.

너무 생각에 몰두해서 그런지 이번에는 눈치채지 못했다.

"뭐, 생각할 게 좀 있어서. ……바람을 쐬고 싶어졌어."

"그래. 인형옷을 입은 채로는 힘들겠지. 그건 그렇고……."

"왜 그래?"

"원래 이게 보통일 텐데, 왠지 곰 인형옷을 안 입고 있으니 위화감이 드네……."

"그 말은 예전에도 아는 사람에게 들은 적이 있어곰~."

레이첼(레이레이)이지만.

……그 녀석도 나름대로 나사가 빠진 녀석이다.

오히려 엇나갔다고 해야 하나. 그 녀석의 행동 원리……, 품고 있는 꿈은 어렸을 때도 들었는데, 이 〈Infinite Dendrogram〉의 **사양 때문에 엇나간 결과**가 그 무시무시한 〈엠브리오〉……, 에덴이 탄생한 이유가 되었으니 어이가 없다.

"내일 참가할 〈토너먼트〉 준비는 다 한 거야?"

"뭐, 최선을 다할 뿐이지. 내 모든 것을 부딪힐 뿐이야. ……갈드랜더는 결투에 쓰지 말라고 하지만."

"자의식을 지닌 소환 몬스터나 지능이 높은 테이밍 몬스터 중에는 그런 경우가 가끔 있지."

"……루크가 데리고 있는 세 마리는 그렇지 않지만 말이야."

뭐, 그건 반했으니 어쩔 수 없다는 느낌도 있을 것이다.

애초에 그렇게 따지면 갈드랜더도 비슷한 건지도 모르겠지만.

레이지는 스스로 눈치채고 있는지 모르겠지만, 예전부터 다른 사람들에게 호의를 자주 받곤 했으니까.

그 결과 중 하나가 남미 아마조네스 사건이었고.

……남미까지 데리러 가느라 힘들었지.

누님이나 스승님처럼 장르가 다른 녀석들이 잔뜩 있어서 힘들었다.

누님이 레이지를 데리고 갔다는 이야기를 들은 어머니는 마음 고생을 하다가 쓰러지셨고.

애초에 당시 누님이 아르바이트를 하러 남미까지 간 것부터가 이상하다.

지금 하고 있는 일도 그 연장선상에 있긴 하지만······.

······그러고 보니 데리러 갈 때 들었던 교통비를 아직 누님에게 못 받았는데.

"왜 그래? 형."

"옛날 일이 좀 생각났을 뿐이야곰. 그건 그렇고 레이지, 다른 이야기긴 한데, 뭔가 묘한 도끼를 손에 넣었다면서?"

"그래. 이건데."

레이지는 그렇게 말하고는 아이템 박스에서 까만 천으로 뒤덮인 한손도끼를 꺼냈다.

"잠깐 보여줬으면 해곰."

"그래."

받은 그 도끼를 바라보다가 ──── 주먹으로 내리쳤다.

내 주먹과 한손도끼의 격돌음이 관객석에 울려 퍼졌다.

"으엑?!"

깜짝 놀란 레이지가 묘한 목소리를 냈다.

하지만······, 분명히 말해 더 놀란 건 나다.

"······그렇군."

납득되는 부분이 절반, 경악한 부분이 절반.

분위기로 보아 '그런 물건이 아닐까라고 생각했다'는 납득.

그것과는 달리───── '내가 온 힘을 다해 타격을 가했는데도 금이 전혀 가지 않았다'는 경악.

내가 온 힘을 다하면 신화급 금속도 부술 수 있다. 신화급 금속을 압축시켜 생성했다는 파툼의 《초경신기》에도 금 정도는 가게 할 수 있었다.

특수한 방어력이 있다 하더라도 내구력이 내 공격력보다 낮다면 《파괴권한(디스트로이 오더)》가 행사된다.

다시 말해 이 한손도끼는 분명히 내 공격력을 뛰어넘는 강도로 만들어진 것이다.

어쩌면 지금 내가 발드르의 필살 스킬을 쓰더라도 흠집이 나지 않을지도 모른다.

"갑자기 무슨 짓을 하는 거야?!"

당황한 레이지가 내 손에서 한손도끼를 빼앗아 끌어안았다.

"아니~, 장난이야곰~. 진심으로 그런 건 아니야곰~."

실제로는 온 힘을 다했지만.

그런데 내 타격에도 금이 가지 않았던 이 도끼는 내려치기 전부터 떨어져 나간 부분이 있었다.

대체 뭘 상대하다가 떨어져 나간 건지 신경 쓰이긴 했다.

"우선 그것 자체는 튼튼하니까 최악의 경우에는 **방패**로 쓰는 것도 괜찮을 것 같아곰."

그렇다기보다는……, **무기**로 휘둘렀을 때 무슨 일이 일어날지

상상이 안 된다.

"에휴……. 뭐, 어찌 됐든 아직 저주를 다 풀지도 못했으니까 장비할 수가 없지만 말이지. 엄청난 디메리트가 생기면 곤란하니까."

"하하하."

없는 게 더 이상하지.

"휴우, 곰일 때와는 달리 그 모습으로 터무니없는 행동을 하는 걸 보니 심장에 안 좋네. 예전 대회 때가 생각났어."

"……그럴지도 모르지."

약간이나마 그때 감정이 떠오르려 했지만, 그것을 마음속에 집어넣었다.

"그럼 나는 방으로 돌아갈게. 내일은 〈토너먼트〉가 있으니까."

"그래."

"〈토너먼트〉 결과에 따라 황국과 전쟁이 벌어졌을 때 얼마나 내 몫을 할 수 있을지도 바뀔 거야. [수왕]에게 지고 나서 내 힘이 아직 부족하다는 걸 알게 되었으니까……, 열심히 해야지."

"…………."

〈토너먼트〉가 끝난 뒤……, 머지않아 〈전쟁〉이 일어날 것이다.

분명히 티안도……, 험프티 같은 관리 AI도 그렇게 되게끔 움직일 것이다.

그러니 분명 레이지에게 있어서 처음, 그리고 내게 있어서는 두 번째…………, 아니, 내게 있어서도 **첫 번째** 〈전쟁〉이 조만간 일어난다.

"형?"

나를 의아하다는 듯이 바라보는 레이지에게 예전에 있었던 일을 말해야 할지 고민이 되었다.

"……아니, 아무것도 아니야곰~. 오늘은 이제 푹 쉬도록 해곰~."

하지만 결국…… 아무런 말도 하지 않았다.

"그래, 알겠어. ……이제 와서 하는 말인데, 그 차림새로 곰 말투는 좀 그렇거든?"

"곰~."

그렇게 평소처럼 이야기를 나눈 다음, 레이지의 뒷모습이 멀어져가는 것을 바라보았다.

"…………."

내가 말해야 할까 망설였던 것은 예전 이야기다.

지금으로부터 몇 달 전에 벌어졌던 〈전쟁〉에 내가 참가하지 않았던 이유.

그것이 반쯤 변명에 불과하기에 말하려다가 말았다.

변명이자 후회.

그것은……, 나와 젝스가 **마지막까지** 싸웠을 때의 이야기다.

□■2045년 1월

2045년 새해.

그것은 많은 사람들에게는 추억이 된 시기였을 것이다.

많은 사람들에게는 새해를 축하하는 시기다. 그중에는 무쿠도리 레이지를 비롯해서 코앞으로 다가온 대학교 수능으로 인해 라스트 스퍼트에 들어간 사람들도 있었다.

〈Infinite Dendrogram〉의 유저들은 새해 이벤트로 인해 경험치(리소스)를 대량으로 지닌 몬스터의 출현 확률이 올라가서 기쁜 시기이기도 했다.

하지만 그렇게 새해의 여운이 남은 시기에 기쁘지 않은……, 그리고 피할 수도 없는 이벤트가 발생했다.

그것은 왕국과 황국 사이에서 일어난 사건.

황국이 왕국에 보낸 선전포고……, 〈전쟁〉의 선언이다.

거듭된 대흉작으로 인해 기아 상태에 빠진 황국이, 자신들을 저버린 왕국에 대해 실행한 군사 침공.

왕국 측에서는 황국이 국내에서 군비를 갖추고 구 루닝스 영지를 통해 침공해올 것으로 추측했다. 〈DIN〉과 [대현자], 그리고 국내의 첩보기관이 확인했기에 정확도가 높은 정보였다.

그때, 알터 왕국의 국왕인 엘도르 제오 알터는 의용병을 모집했다.

티안과 〈마스터〉의 구별 없이 이러한 상황을 우려하는 모든 사람들에 대한 모집이었고, 〈마스터〉에게 고액의 보수를 약속한 황국과는 정반대였다.

그렇기 때문에 특히 유희파라 불리는 〈마스터〉들의 반응은 별로 좋지 않았다.

세계파들도 〈전쟁〉에 참가하기보다는 〈전쟁〉으로 인한 혼란으로부터 홈 타운을 지키는 것을 우선시하는 사람들이 많았기에, 결과적으로 왕국 쪽에 참가한 〈마스터〉의 숫자는 많지 않았다.

무엇보다 〈초급〉……, [삼극룡 글로리아] 토벌을 이루어낸 〈알터 왕국 삼거두〉 중에서는 한 명도 참가하지 않았던 것이다.

◇

저녁, 해가 져가는 왕도 한컨에 있는 카페 오픈 테라스에서 인형옷 하나가 자리에 앉아있었다.

라쿤 인형옷을 입은 그 사람은 주문한 홍차를 한 손으로 든 채 석간 신문을 보고 있었다.

왕국에서 가장 큰 신문사에서 간행한 것도 아니었고, 그 〈DIN〉에서 나온 것도 아니었지만, 신랄하고 비판적인 기사로 유명한 신문이었다.

『..........』

그날 석간 신문의 내용은 한마디로 하자면 〈삼거두〉를 규탄하는 내용이었다.

우선 [여교황(하이 프리스티스)] 후소 츠쿠요는 이번 〈전쟁〉 때 자신과 〈월세회〉가 참전하는 대가로서 지금까지는 들어본 적도 없을 정도로 규모가 큰 이권을 요구했다.

하지만 일반적인 〈마스터〉들에게 지불할 보수도 약속하지 않은 왕국 쪽에서는 그 제안을 받아들이지 않았고, 후소 츠쿠요도 양보하지 않았기에 교섭이 결렬되었다.

기사에는 그 이기주의를 규탄하는 내용이 있었다.

그 기사에 대해 인형옷은 '전부 진실이군'이라고 확신했다. '그 암여우는 그런 짓을 한다'고 생각하면서. 실제로 [글로리아] 때는 그랬다.

그러나 굳이 덧붙여 말하자면, 〈월세회〉의 〈마스터〉 중에서도 개인적으로 참가하기를 원하는 사람들에게는 참전을 금지하지 않을 거라 판단했다.

〈월세회〉는 종교 단체이긴 하지만, 의외로 자유도가 높다. 애초에 교의가 '자유로운 세계에서 자신의 혼이 가는 대로 자유를 누려라'다. 제한할 리가 없다.

다음 기사는 [초투사(오버 글래디에이터)] 피가로에 대한 내용이었다.

이 신문의 기자가 참전할 의사를 묻자 '조잡한 싸움에는 흥미가 없다'고 대답했다고 나와 있다. 기사에는 [초투사]가 결투나 단독 전투에만 참가하며 싸움을 골라서만 하는 독선적인 전투광이라고 매도하는 내용이 있었다.

『……대충 따지자면 완전히 틀린 말도 아니긴 하지.』

하지만 실제 사정을 알고 있는 인형옷이 보기에는 설명이 조금 부족한 것 같았다.

인형옷은 피가로가 인터뷰를 할 때 그곳에 있었기 때문이다.

실제로 오간 이야기는 다음과 같다.

"피가로 씨, 〈전쟁〉에는 참가하십니까?"

"……안 해."

"어째서죠? 이번 〈전쟁〉이야말로 당신의 힘을 세상에 보여줄 기회 아닌가요……!"

"흥미가 없어. 그리고 적과 아군, 무엇보다 티안과 〈마스터〉가 한데 얽히는 복잡한 전투 때는 분명 도움이 안 될 테니까."

"…………!"

그러한 이야기가 오갔었다.

기사에는 내용이 생략되었지만, 완전히 잘못된 말을 한 건 아니다.

하지만 기자는 생략된 말의 의도에 대해 '조잡한 싸움에는 흥미가 없고, (내게는) 도움이 안 된다'라고 해석한 것 같은데, 사실은 그렇지 않다.

우선 적과 아군이 뒤얽히는 상황. 그것이 '솔로로만 싸울 수 있는' 피가로의 실력을 크게 깎아먹는다.

그리고 '티안과 〈마스터〉가 한데 얽힌다'는 것도 최악이다.

왜냐하면……, 피가로는 지금까지 티안을 **죽인 적**이 **한 번도 없기 때문**이다.

결투 무대처럼 죽더라도 되살아나는 곳이라면 별개지만, 그가 티안을 죽인 적은 없다.

하지만 이건 그뿐만이 아니라 세계파인 〈마스터〉들 중에는 종종 있는 일이다.

일상에서 티안과의 관계가 너무나도 리얼한 〈Infinite Dendrogram〉이 떠안고 있는 문제다. 그중에는 몬스터를 해치는 것조차 기피감이 들어서 생산에 전념하는 사람이나 접는 사람들까지 있다.

다시 말해 '솔로로 싸우지 못하는 데다 상대방 쪽에 티안이 있는 〈전쟁〉'에서는 실력 면이든 심리 면이든, 피가로는 전혀 싸울 수 없다.

그가 말한 '도움이 안 된다'는 말은 바로 그 자신에 대해 한 말이다.

기자가 오해한 것도 어쩔 수가 없다. 설마 〈초급〉이자 결투왕이 '나는 도움이 안 된다'고 딱 잘라 말할 줄은 꿈에도 상상하지 못했을 것이다. 그의 단점을 모른다면 더더욱 그렇다.

실제로 참가하면 일개 병사에게도 당할지 모른다.

그가 〈전쟁〉에서 실력을 발휘할 수 있는 상황은 '그 혼자서 싸우는 상황을 만들 수 있고', '적이 〈마스터〉밖에 없는' 경우뿐이다.

하지만 적어도 이번 〈전쟁〉……, 제1차 기강전쟁은 그런 형식이 아니었다.

『자, 그럼.』

그리고 마지막 기사는 [파괴왕]에 대한 내용이었다.

기사에는 [파괴왕]이 각 신문사 앞으로 메시지를 보냈다는 내용이 있었고, 그 메시지도 실려 있었다.

───〈전쟁(대규모 이벤트)〉에 참가해서 함부로 얼굴을 드러내고 싶지 않다.

───〈전쟁〉에는 참전하지 않는다.

그것이 [파괴왕]이 보낸 메시지였다.

기사는 '정체불명'인 자신을 계속 은폐하기 위해 〈전쟁〉에 참가하지 않겠다고 선언한 것이라고 해설했다.

그 행동에 대해 '숨어 있으면서도 눈에 띄려고 이런 선언을 한 빌어먹을 녀석', '사실은 약하니까 들키는 게 두려워서 숨었다', '[글로리아] 때도 다른 두 사람에게 얹혀간 것 아닌가'라고 엄청나게 헐뜯는 내용이었다.

다른 두 사람보다 치열하게 비난한 것은 거대 조직의 우두머리인 후소 츠쿠요나 결투왕인 피가로와는 달리 [파괴왕]의 실태가 불확실하기 때문일 것이다.

『…………..』

그러한 [파괴왕]에 대한 매도를 인형옷——— [파괴왕] 슈우 스탈링 본인은 딱히 아무렇지도 않다는 듯이 보고 있었다.

그것은 마치 다른 사람이 비판하는 것에 대해 아무것도 느끼지 않는 듯한 모습이었다.

아니면…….

『찾았도다.』

갑자기 뒤에서 누군가가 말을 걸었다.

슈우가 돌아보자 거기에는 거대한 햄스터……, 관리 AI 중 하나이자 제3왕녀의 애완동물이기도 한 도마우스가 있었다.

그는 왕국에서도 몇 안 되는 [파괴왕] 슈우의 정체를 아는 존재다.

『여, 도마우스. 오랜만이야곰~. 무슨 볼일 있어곰~?』

슈우는 평소의 그처럼, 왠지 익살스럽게 물었다.

『볼일이 있는 것은 내가 아니라 테레지아다.』

도마우스는 그렇게 말한 다음 털 속에서 통신 마법용 아이템의 일종인 수정구슬을 꺼냈다.

거기에서 어린 소녀의 목소리가 들렸다.

『오랜만이야, 슈우.』

『……그래.』

어느새 두 사람의 목소리는 슈우 자리 바깥으로 새어나가지 않게 되어 있었다.

옆에 있는 도마우스가 손을 쓴 건지도 모르겠다.

『그래서, 무슨 볼일인데곰~?』

『신문사에 보낸 편지, 그게 정말 슈우가 보낸 거야?』

『그래. 굳이 나한테 확인할 필요도 없이 모든 신문사가 《진위 판정》으로 확인하고 기사를 실었으니까 사칭은 못 할 텐데? 아니, 도마우스에게 확인하면 금방 알 수 있을 테고.』

『그러게……. 하지만 슈우가 얼굴이 드러나는 걸 겁내서 〈전쟁〉에 참가하지 않으려 할 것 같지는 않아서.』

테레지아는 그가 〈전쟁〉에 참가하지 않는다는 사실을 규탄할 생각이 없었다.

그저 그답지 않은 내용이었기에 진짜 의도를 알기 위해 도마우스를 보낸 것이다.

『그래?』

『응……. 만약에 그렇다면 슈우는 지금까지 관여했던 여러 사건에도 나서지 않았을 테니까. ……젝스하고 만났던 사건에도.』

『……그것도 사실 그 녀석하고 이곳저곳에서 마구 배팅을 한 것뿐이지만.』

두 손가락으로도 다 세지 못할 정도로 많이 있었던 일들을 떠올리며 슈우가 한숨을 쉬었다.

『뭐, 짐작하는 대로 얼굴이 드러나는 걸 겁내는 건 아니야. 아니, 그런 것도 조금 있긴 하지. 맨얼굴에 자신이 없으니까곰~.』

『………….』

슈우는 그렇게 농담을 했지만, 테레지아는 침묵으로 대답할 뿐이었다.

슈우도 농담을 하는 게 힘들어져서 약간 진지한 목소리로 계속 말했다.

『어찌 됐든 〈전쟁〉에 참전할 가능성은 별로 없어. 하지만 내가 도우미로 와줄 거라고 어설프게 기대를 하면 피해가 더 커질지도 몰라. 그럴 거라면 차라리 꼴사나운 이유를 내걸더라도 먼저 선언해두는 게 낫겠다고 생각했을 뿐이야.』

『사실은 어떤 이유 때문에 참가하지 못하는 건데?』

테레지아는 슈우가 자신의 의지로 참가하지 않는 것이 아니라 어떤 이유 때문에 **참가하지 못하는 것**이라고 확신했다.

이번에는 슈우가 한동안 침묵하다가……, 말을 꺼냈다.

『……러브레터를 받아서, 그래.』

말한 내용과는 달리……, 슈우는 인형옷 안쪽에서 매우 진지한 표정을 짓고 있었다.

『러브레터? 누구한테?』

『…………도마우스, 대신 읽어라.』

슈우는 그렇게 말한 다음 편지 한 통을 아이템 박스에서 꺼냈다. 그 편지는 꽉 쥐어서 그런지 꾸깃꾸깃했지만 읽을 수는 있었다.

도마우스는 재주도 좋게 세 다리로 서서 앞발 중 하나로 그것을 받아들고 읽기 시작했다.

『슈우 스탈링 님께. …………!』

소리 내어 읽기도 전에 내용을 본 도마우스가 경악했다.

거기에는 이렇게 적혀 있었다.

◆

　슈우 스탈링 님께.

　이 편지를 읽고 계신 시점에는 닷새 뒤에 왕국과 황국의 〈전쟁〉이 일어날 것 같습니다.

　분명 왕국을 지키기 위해, 슈우가 원하는 대로, 〈전쟁〉에 참가할 것을 알고 있습니다.

　그러니 〈전쟁〉 개시 6시간 전, 슈우 또는 슈우가 지킬 것을 습격하겠습니다.

　슈우가 왕국의 진지에 있다면 그 진지에 있는 자들을 노리겠습니다.

　슈우가 홀로 황국과 싸우려 한다면 부재중인 왕도를 노리겠습니다.

　슈우가 데스 페널티 또는 로그아웃 상태라면 돌아올 때까지 왕국의 도시를 차례대로 멸망시키겠습니다.

　그리고 슈우가 다른 사람들과 떨어진 곳에 있다면, 슈우 본인을 노리겠습니다.

　어디에 있든지 상관없습니다.

　어디에 있든지, 예고한 대로 **제가** 움직이겠습니다.

　지금 이 시기, 이 상황이라면 슈우와 마지막까지 싸울 수 있죠.

　슈우도 지금이라면 진심으로 싸워주겠죠?

　그러니 저는 지금, 슈우에게 도전합니다.

그때, 슈우가 어디에 있든지 반드시 도전하겠습니다.

가능하다면 가장 바람직한 형태가 되기를 기원합니다.

[범죄왕] 젝스 뷔펠 드림

◆

그것은 그와 가장 악연이 깊은 〈마스터〉.

[범죄왕] 젝스 뷔펠이 보낸─── 결투장(러브레터)이었다.

◆ ◆ ◆

■ 〈크루엘라 산악지대〉

알터 왕국과 카르디나 국경에 있는 〈크루엘라 산악지대〉.

그곳은 교역 상인을 노리는 산적으로 인한 피해가 자주 생기는 지역이었다.

그런 지역에 지어진 산장 한 채도 그러한 산적단의 거점이었지만……, 지금 그곳에는 단 두 사람밖에 없다.

자리 잡고 있던 산적단은 그 두 사람으로 인해 쉽사리 몰살당했다.

이유는 딱히 없다. 다른 사람들의 눈을 피해 산속을 이동하던 두 사람이 산장을 발견했고, 거기에 자리 잡고 있던 산적단이 적대 행동을 취했고, 눈 깜짝할 새에 섬멸당했을 뿐이다. 운이 안 좋았다고 할 수도 있다.

"……정말로 할 셈이냐, 젝스."

두 사람 중 한 명은 회색 패션 슈트와 트렌치 코트, 그리고 갱스터 햇을 쓰고 키가 그렇게 크지 않은 남자였다.

갱스터 햇을 쓴 남자……, [기신(더 웨폰)] 라스칼 더 블랙오닉스는 산장 기둥에 등을 기대고 손바닥 안에서 톱니바퀴 같은 것을 찰칵찰칵 돌리며 다른 한 사람에게 물었다.

질문을 받은 다른 한 사람, 검은 머리카락에 검은 눈동자, 복장도 평범한 남자……, [범죄왕] 젝스 뷔펠은 미소를 지으며 '네'라고 대답했다.

"설득하기 위해 왕국까지 와주신 라스칼 씨에게는 죄송합니다만, 제 의지는 굳건합니다."

그 대답에 약간 짜증이 난 라스칼은 다시 톱니바퀴를 돌리며 계속 말했다.

"우리 본거지, [테트라 그라마톤]은 아직 완성되지 않았다. 멤버들도 [혼 장사꾼(다섯 번째)]을 권유하고 있는 단계고, 보조 멤버도 숫자가 많지 않아. [사신(死神, 더 데스)]과의 연합도 이제 막 시작한 참이다. 아직 여명기라고, 우리는."

그들은 어떤 클랜……, 〈초급〉 범죄자들로만 구성된 〈IF〉에 소속된 자들.

그것도 그 클랜의 오너와 서브 오너인 자들이었다.

지금은 클랜 발족 직후라 중요한 시기다.

그럼에도 불구하고 오너인 젝스는 클랜보다 개인의 사정을 우선시하려 하고 있다.

"그렇죠. 그런데 본거지는 완성된 것 아닌가요?"

"껍데기뿐이다. 거대한 전함을 적은 인원으로 운영하는 데 필요한 연산기가 없고, 성능이 좋은 연산기는 선선대 문명의 〈유적〉을 뒤져도 쉽게 발견할 수 있는 물건이 아니다. 자아를 가지고 〈UBM〉이 되는 경우도 많으니까."

"라스칼 씨의 마키나로는 대체할 수가 없습니까?"

젝스가 묻자 라스칼은 손바닥 안에 있던 톱니바퀴를 힐끔 보고는 고개를 저었다.

"당연히 제어를 할 때는 연결기이기도 한 이 녀석을 쓸 거다. 하지만 네 데우스 엑스 마키나는 **연결**할 뿐이다. 연결할 것이 없으면 의미가 없지. 성능이 좋은 연산기로서의 기능을 필요로 한다면 연산기 그 자체가 필요하다. 그렇기 때문에 조만간 카르디나에서 규모가 큰 〈유적〉에 들어갈 예정이다. 일이 커지겠지. 젝스에게도 도와달라고 할 생각이었다만⋯⋯."

"그건 죄송합니다. 하지만 이미 정한 일이라서요."

라스칼이 '젝스의 협력이 필요하다'라고 했는데도 젝스는 받아들이지 않았다.

그 정도로 젝스에게 중요한 일이었기 때문이다.

"어째서 지금 덤비는 거지? 우리의 목적과 그것이 달성되었을 때의 메리트를 설마 잊어버린 건 아닐 텐데? 지금은 리스크밖에 없지만, 나중에는 그 리스크도 사라지게 된단 말이다."

"네. 물론이죠. 저도 알고 있습니다."

라스칼이 한 말을 듣고 고개를 끄덕이면서도 젝스는 자신의 의지를 굽히지 않았다.

"하지만 아마 슈우가 온 힘을 다해 싸워줄 기회는……, 그렇게 많지 않을 테니까요."

"……젝스를 상대로 봐줬다는 거냐?"

"최선은 다했을 겁니다. 하지만, **저를 쓰러뜨리는 것**을 목적으로 싸운 적은 분명 없었겠죠."

추억을 돌아보듯이, 젝스가 눈을 감고 계속 말했다.

"테레지아 씨 때부터 계속, 저는 그가 휘말린 사건의 덤에 불과했으니까요. 저를 쓰러뜨리는 것보다 우선시해야 할 것들이 항상 있었죠."

계속 관여하고, 계속 접촉하고, 적대시하고, 함께 싸워온 두 사람.

하지만 한 번도 정면으로 부딪힌 적은 없다.

그들 각자의 목적이 상대방으로부터 조금씩 엇나가 있었기 때문이다.

"그러니, 지금이죠."

"……그렇, 군."

라스칼은 젝스가 한 말을 바로 이해하고 납득했다.

"〈전쟁〉을 앞둔 지금, 저를 쓰러뜨려야만 하는 상황을 만든다. 그러면 분명 저를 쓰러뜨리기 위해 싸워줄 겁니다."

단순한 테러를 명목으로 끌어낸다 하더라도 슈우라면 대결을 피하며 해결할지도 모른다.

하지만 왕국 자체에 여유가 전혀 없는 지금이라면 그렇지 않다.

전장으로 향하는 왕국의 군세에 큰 타격을 가하거나 후방의 도시를 습격한다면……, 왕국의 방위선조차 뒤흔들 수 있고, 그건 〈전쟁〉에서 괴멸적인 패배를 불러오게 된다.

슈우가 피해를 최소한으로 억누르려 한다면 젝스와 싸워서 쓰러뜨릴 수밖에 없다.

"데스 페널티를 받고 '감옥'에 가게 되는 리스크를 짊어지고서라도 말인가?"

"네."

"만든 클랜을……, 저버리고서라도 말인가?"

"네."

라스칼의 물음에 대해 젝스는 긍정뿐인 대답을 했다.

"하지만……, 다른 사람의 사정보다는 자신이 원하는 것. 그게 〈IF(우리)〉잖습니까?"

"……그렇지."

그렇게 말하면 할 말이 없다. 그들이 한데 모여 이루려 하는 공통적인 목적도 결국에는 각자 품고 있는 목적을 보조해주는 것에 불과하다. 라스칼 또한 해야 할 일이 있기에 이 〈Infinite Dendrogram〉을 플레이하고 있다.

"죄송합니다. 클랜 운영을 다 맡겨버리게 될지도 모르겠네요."

"말은 잘하는군. 결성하기 전부터 사무 작업이나 하부 조직 관리 같은 것들은 전부 내게 떠넘겼으면서……, 휴우. 뭐, 됐다.

알겠다. ……에밀리 건을 비롯해서 이런저런 빚도 있으니까. 젝스가 자리를 비운 동안 정도는 맡도록 하마."

라스칼은 한숨을 한 번 쉬면서도 오너이자 친구인 젝스의 의사를 존중하여 그의 위험한 행동을 받아들였다.

"하지만 가기 전에 제타 녀석에게 편지를 남겨두고 가라. 그런 게 없으면 나중에 시끄럽게 굴 것 같으니까. 최악의 경우에는 내가 꾸민 일이라고 의심하면서 내부 분열을 일으킬 거다."

"네, 알겠습니다."

쓴웃음을 지으며 그렇게 말한 라스칼에게 젝스 또한 미소를 지으며 대답했다.

"……졌을 경우 말이다만. '감옥'이 어떤 곳인지는 모르겠지만, 이쪽 시간으로 1년 안에는 돌아와라. 그때까지는 준비를 진행해두지."

"제가 탈옥할 수 있을 거라고 생각하시는지?"

"그래. 네게 실패는 있더라도——— **불가능은 없잖아?**"

라스칼이 한 말에 젝스는 대답하지 않았지만, 여전히……, 미소를 짓고 있었다.

"다녀와라, 우리의 맹주(오너). 네가 원하는 게 거기 있다면 말이야."

"네. 다녀오겠습니다."

그렇게 젝스는 슈우가 있는 왕도를 향해 걸어가기 시작했고, 라스칼은 젝스에게 등을 돌린 뒤 카르디나로 돌아갔다.

두 사람은 이때 헤어진 이후로 다시 만나지 않았다.

하지만 둘 다 이게 마지막일 거라는 생각은 전혀 하지 않았다.

◇◆◇

□■알터 왕국 〈노베스트 협곡〉

슈우가 젝스의 편지를 도마우스와 테레지아에게 보여준 날로 부터 사흘 뒤. 지평선 너머에 희미한 빛의 기척이 느껴질 무렵, 슈우는 〈노베스트 협곡〉에 홀로 서 있었다.

이곳은 예전에 〈알터 왕국 삼거두〉와 [삼극룡 글로리아]가 대 결을 벌였던 곳이다.

전투로 인해 지형이 파괴되고, [글로리아]의 《절사결계》에 생 태계까지 완전히 상실되었기에 사람은 물론이고 몬스터조차 다 가가지 않게 된 지역.

그렇기 때문에 슈우는 젝스와 결투할 곳으로 이곳을 골랐다.

또한, 왕도에서 남서쪽에 위치해 있어서 결판을 낸 뒤에 서쪽 에 있는 구 루닝스 영지로 이동할 것까지 염두에 둔 것이다.

왕국과 황국의 개전은 정오로 예상된다.

하지만 그때까지 젝스를 쓰러뜨리고 살아남아서 전장으로 가 는 것은……, 그가 지금까지 맞서왔던 어떤 사건보다 까다로울 것 같았다.

"…………."

시간이 약간 지나고 해가 천천히 떠오르기 시작하며 아침 여섯 시를 맞이했을 때.

"오래 기다리셨죠."

선언한 시간에 맞게 젝스가 나타났다.

검은 머리카락과 검은 눈동자도, 안경을 쓴 평범한 차림새도 여전했다.

표정도 항상 짓고 있는 미소 그대로다.

하지만 그 모습으로 의태한 젝스는, 슈우가 보기에 왠지 감정이 끓어오르고 있는 듯했다.

『………….』

슈우가 선택한 것은 산속의 결투였고, 젝스 또한 그가 있는 이곳으로 왔다.

양쪽 다 처음부터 이렇게 될 것을 확신하고 있었다.

젝스는 슈우가 그렇게 할 거라고 생각했다.

슈우는 젝스가 자신을 불러낸 다음 다른 나쁜 짓을 벌이지는 않을 거라 생각했다.

마치 둘도 없는 친구처럼, 두 사람은 서로를 믿고 있었다.

이제 곧 사투를 벌일 관계인데도.

『……왔으면 얼른 나오라고. 시간이 아깝잖아.』

슈우는 어이가 없다는 듯이 말하면서도 빈틈을 살폈다.

치명적인 일격을 때려 넣어 일찌감치 결판을 낼 순간만을 기다리고 있다.

하지만 오늘 이날, 젝스에게는 약간의 빈틈도 없었다.

"시간……. 저를 쓰러뜨리고 〈전쟁〉에 참가하러 달려가기 위해서군요?"

『그래.』

"그럴 힘이 남을까요?"

『글쎄다. 하지만 달려가서 어떻게든 할 수 있을 가능성도 전혀 없는 건 아니잖아?』

"그렇긴 하죠. 아, 혹시 슈우가 제게 졌을 때는 왕국을 습격하겠습니다. 그러니 온 힘을 다해 싸워주세요."

『……그럴 줄 알았지.』

슈우에게 온 힘을 다해 싸우게 만드는 게 목적이라면, 오히려 당연하다고도 할 수 있다.

적당히 싸우다가 '네. 졌습니다'라는 말로 납득할 거였다면 이런 결투는 벌이지 않았을 것이다.

〈전쟁〉, 그리고 무엇보다 왕국 그 자체의 리스크는 당연히 짊어지게 만든다.

"……저는 〈전쟁〉 자체가 슈우에게는 어울리지 않는다고 생각하지만요."

젝스는 여전히 미소를 짓고 있지만, 목소리가 약간 낮아졌다.

"인간의 행동력은 자신이 지닌 선악의 가치관으로 인해 크게 바뀝니다. 나쁜 짓이라고 생각하면 다소나마 마음에 브레이크가 걸리죠. 아무렇지도 않게 생각하면 브레이크가 걸리지 않다고도 하더군요."

『**그런 모양이던데.**』

둘 다 사람의 마음이 어떻게 움직이는지를 마치 전해들은 것처럼 말했다.

"그리고 올바른 일이라고 생각하면……, 액셀을 밟게 되죠."

인간은 올바른 일을 하려 할 때 멈출 수 없게 된다. 그 행동이 다른 사람에게 상처를 입히고 해를 끼치는 것이라 해도 자신이 옳다고 믿는다면 멈추지 않는다.

"그럴 때, 사람들은 대부분 혼자가 아닙니다. 다른 많은 사람들과 함께, 무리의 일부로서, 올바름으로 인해 폭주하죠. 주위를 보면서 '나는 올바르다. 왜냐하면 같은 뜻을 품은 사람들이 이렇게 많으니까'라고 다시 확인하면서 액셀을 밟는 겁니다."

그러한 군중의 올바름과 나아가는 길을 짓밟는 그들의 발은 무시무시하다.

"구 루닝스 영지에서 대치한 양쪽 군대. 그들은 양쪽 다 자신들이 '올바르다'라고 생각합니다."

젝스는 아득히 멀리 서쪽을 바라보며……, 미소를 없애고는 말했다.

"왕국을 황국의 침략으로부터 지키려 하는 자들은 자신이 올바르다고 믿죠.

황국을 기아 문제로부터 구해내려 하는 자들도 자신이 올바르다고 믿습니다.

양쪽 다 자신의 올바름을 주위 사람들과 서로 확인하면서 전쟁을 하러 나서는 겁니다.

아니면 '어쩔 수 없다'라며 명분에 매달리면서."

그것이 이번 〈전쟁〉이자 이곳뿐만이 아닌 전쟁의 본질이라고 젝스는 말했다.

"하지만, 분명 그들 안에 **강한** 올바름은 하나도 없을 겁니다."

『………….』

"누군가가 긍정해주지 않아도, 자신이 올바르다고 생각한 것을 계속 관철할 수 있는 것. 그런 강한 올바름을 지닌 사람은 없어요."

젝스는 그렇게 말한 다음 슈우를 돌아보고는 좀 전까지 보이던 미소와는 다른 웃음을 드리웠다.

"하지만, 제 눈앞에는——— 흔들리지 않는 사람이 있죠."

그것은 예전에 신으로 숭배받던 〈UBM〉을 마을 사람들에게 매도당하면서도 토벌하러 나섰을 때 보았던 미소와 비슷했다.

"처음 만났을 때부터 그렇게 생각했습니다. 세계를 멸망시킬지도 모르는 그녀를, 그 사실을 알면서도 계속 지켰죠. 망설이지도 않고, 자신의 선택을 의심하지 않고, 강한 올바름을 관철하면서."

젝스는 생각했다. 슈우는 다른 사람에게 '올바른가?'라고 확인하지 않더라도 자신이 '올바르다'라고 느낀 것을 밀고 나갈 수 있을 정도로 강한 사람이다.

그렇기 때문에——— 이끌린다고.

"올바름도 잘못도 가지지 않은 저……, 저이기 때문에 슈우의 강한 '올바름'이 눈부셔 보이는 겁니다."

『……그러냐.』

슈우도 젝스는 그가 말한 자들과는 다르다고 생각했다.

자신을 올바르다고 생각하지 않고, 나쁜 짓을 계속 저지르면서도 그게 잘못된 거라 생각하지 않는다.

어디까지나 '세상에서 나쁜 행동이라고 규정하기 때문'에 저지르는 것일 뿐이다.

젝스 자신의 사고에는 선도, 악도 없다. 있는 것은 오직 사회가 규정한 죄뿐이다.

젝스는 그 행동 방침에 따라 액셀도, 브레이크도 없이 나아간다.

······아니, 낙하하기만 하는 남자다.

선도 악도 상관없이 휩쓸고는 나락의 암흑으로 떨어져 가는 물방울.

죄를 저지르기만 하는 인간 형태의 현상.

이 세상에서 가장 공허한 죄의 왕.

그것이 젝스라는 남자다.

하지만 어째서 젝스라는 남자는 **그런 것**인가.

슈우는 그 이유를 알지 못했다.

"그러고 보니 [나신반]이라는 〈UBM〉 기억하십니까? 저와 슈우가 협력해서 쓰러뜨렸던 회전하는 〈UBM〉입니다."

『······기억하는데.』

"[나신반]을 숭배하던 마을 주민들은 그 이후에 곧바로 왕국 소속이 되었습니다. 지금은 완전히 평범한 마을이 되었죠."

젝스는 잡담을 하는 듯이 그런 이야기를 꺼냈다.

하지만 말하는 내용과는 달리……, 젝스의 목소리에는 약간의 짜증이 담겨 있었다.

"수호신이라는 우산이 없어진 마을은 왕국이라는 우산 아래로 들어갔습니다. 그렇게 수호신을 믿고, 아이들을 제물로 바치고 당신을 매도했는데. 그것을 '올바름'으로 삼았으면서 지금은 그 신앙과 종속을 잊으려는 듯이 살고 있죠. 자신만의 올바름을 가지지 못한, 강자에게 아양을 떠는 약자 무리입니다."

그 말은 평소의 젝스라면 하지 않을……, 매우 가시 돋힌 말이었다.

『너, 화가 난 거냐?』

"화가 났냐고요? 제가?"

젝스는 그 말을 듣고 나서야 눈치챈 듯이 자신의 입에 손을 가져다 댔다.

그리고 잠시 생각한 다음…….

"……그럴지도 모르겠군요."

슈우의 지적에 긍정했다.

"**저**는 제물 쪽이었으니까요."

『제물?』

제물. [범죄왕] 젝스 뷔펠과는 어울리지 않는 말.

하지만 젝스는 바로 그것이 원래 자신이라고 한다.

왜냐하면…….

"제가 아닌 저. 현실의 저는―――― 장기 이식용 클론이니까요."

◆

　2045년, 아니, 그로부터 20년도 전부터 클론 기술은 확립되어 있었다.

　동물의 클론뿐만이 아니라 사람의 클론 생성도 성공 사례가 있다.

　그리고 예전에는 기술적인 문제로 지적되던 클론의 수명과 신체 기능 문제도 이미 해결되었다.

　이 세계의 지구 인류는 클론 기술을 이미 손에 넣었다.

　하지만 그것은 결코 공공연히 사용되지 않는 기술이다.

　그 이유는 '윤리' 때문이다.

　사람의 클론은 기술적으로 가능하지만, 윤리적으로는 불가능하다.

　하지만 그러한 윤리관이 희박한 나라나 윤리관을 가진 사람들의 눈에 보이지 않는 세계에서는 인간 클론이 생성되는 경우도 있다는……, 그럴싸한 소문이 있다.

　그것들은 권력자나 부호가 내장 질환이나 중상을 입었을 때 건강한 장기로 교체하기 위한……, **부품 보관소** 역할을 지닌 클론.

　산 제물인 것이다.

　윤리관을 지닌 선진국에서는 픽션 같은 존재로 언급되기도 하지만……, 실제로 존재한다.

　젝스의 현실이 바로 그런 사례였다.

◆

『클론……. 네가?』

"네. 제조되고 나서 이제 20년하고도……, 몇 년이 지났습니다."

클론이라는 비밀을 젝스가 다른 누군가에게 말한 적은 지금까지 한 번도 없었다.

라스칼이나 제타조차도 모른다.

하지만, 상대가 슈우이기에……, 젝스는 숨기지 않고 말한 것이다.

"저는 어떤 명가의 아들이 태어났을 때 만들어졌습니다. 위법이지만요."

막대한 자산을 지닌 자가 다른 나라에 장기 이식용 클론을 **만들어 두는** 경우는 가끔 있다. 나이에 맞게끔 키워서 오리지널이 어떤 병을 앓았을 때 데려와 장기를 이식시키는 것이다.

"하지만 제가 장기를 제공하기도 전에 제 오리지널인 아들은 죽었습니다. 사고인지 뭔지로 즉사했다고 합니다."

『…………』

"그럼에도 불구하고 그는 **사회적으로는** 죽지 않았죠."

슈우는 곧바로 무슨 뜻인지 눈치챘다.

『……네가 **대신했기 때문**, 인가.』

젝스는 긍정했다.

"사고로 죽지 않고 살아있었던 것으로 처리하고 제가 대신하게 했죠. 장기뿐만이 아니라 존재 그 자체가 예비였던 겁니다. ……아니면 처음부터 그것까지 염두에 두고 있었던 건지도 모르겠군요. 장기 이식용 클론이라고 처음부터 사실을 밝혔는데도 최소한의 교육은 해줬으니까요."

『…………』

"물론 본인이 가지고 있던 교우 관계 같은 것들은 모르겠습니다만, 다른 사람과 만나지 않으면 문제가 없습니다. 지금은 사고의 후유증으로 요양 중이라고 되어 있죠."

세상에서 격리된 채 필요한 지식이나 교우 관계에 대해 배우고, 죽은 아들 대신 사회에 문제없이 파고들기 위한 준비를 계속하게 되었다.

일부 관계자 이외에는 지금도 죽은 본인이 살아있다고 생각한다.

그야말로 젝스(그 자신)라는 존재가 있다는 사실을 눈치채지도 못하고.

"지금 제 역할은 가문을 이어받는 것입니다. 외모와 유전자는 똑같으니까요. 유전자 쪽 아버지는 나이가 많이 들어 이제 아이를 낳지 못하고, 클론을 만들 때 인공 수정으로 아이를 만드는 건 질색이라고 합니다. 그러니 죽은 아들과 똑같은 유전자를 지닌 제가 가문을 이어받을 수밖에 없죠. 언젠가 적당한 명가에서 혼인 상대를 받아들이고 아이를 낳은 다음, 그 아이에게 가문을 물려주면 역할을 마치게 되려나요."

『젝스…….』

슈우가 품은 마음은 연민⋯⋯이 아니었다.

그런 감정을 품을 정도로 슈우는 젝스를 얕보지 않았고, 바보 취급하지도 않았다.

슈우의 마음을 굳이 말로 표현하자면⋯⋯, '납득'이었을 것이다. 대체 장기가 되기 위해 태어났고, 그 역할을 하지 못하게 되자 가문의 유지와 자손을 남기기 위한 역할을 대신하게 되었다.

그렇기 때문에 젝스는⋯⋯.

"제게는 제 인생이 없습니다. 애초에 사람 취급을 받으며 태어나지도 않았죠. ⋯⋯이 세계에 와서, 눈이라는 몸을 얻고, 저도 납득했습니다."

젝스는 자신의 오른손을 들고, ⋯⋯그것을 슬라임으로 변형시켰다.

아니, 되돌렸다.

"저는 단순한 피와 유전자 방울에 불과합니다. 그릇에 따라 형태를 바꾸는 대체품에 불과하죠."

젝스는 자신을 남자로, 여자로, 그리고 **젝스의 모습**으로 변형시키며 말을 자아냈다.

"⎯⎯그래서 저는 눈(제)인 겁니다."

〈엠브리오〉는 다소나마 〈마스터〉의 영향을 받는다.

〈마스터〉의 본질, 행동, 또는 운명 그 자체에서.

그렇다면⋯⋯, 젝스에게는 눈 말고 다른 형태가 없었던 건지도 모르겠다.

"그런 저도, 최소한 이 세계에서 제가 무엇이 될지 만큼은 스스로 주사위를 던져서 결정했습니다."

현실의 그에게도 자유로운 시간은 있었다.

새장 속이긴 했지만, 책을 읽고, 놀이를 할 정도의 자유는 주어졌다.

단, 그는 그 자유로 무엇을 해야 할지도 알 수가 없었다.

그렇기 때문일 것이다. 지금 해야 할 것이 아무것도 없기에, 다른 많은 사람들과 마찬가지로 〈Infinite Dendrogram〉의 '무한의 가능성'이라는 광고 문구에 이끌려 이곳으로 왔다.

그것이 그에게 있어서 그가 진정한 의미로 자유롭게 살아갈 수 있는 세계의 문이었다.

그리고 튜토리얼을 진행하다가 테이블 위에 주사위를 굴렸을 때, 그는 결정한 것이다.

아무것도 아닌, 대체품에 불과한 자신.

선택하려 해도, 선택할 길조차도 자신의 것이 아니었던 나날들.

그렇기 때문에 〈Infinite Dendrogram〉에서 나아갈 길을 정하는 주사위만큼은……, 스스로 던지자고.

"그것이 제 자유니까요."

그렇게 운명을 나타낸 길이 '악'이다.

대다수의 정의와는 정반대. 기계적인 악의 실행자.

하지만 젝스는 그런 거라도 상관없다.

젝스는 '악'을 선택했고, '악'으로서, 자신을 살 수 있었다.

모두가 젝스를 보고 있다.

'악'을 통해 젝스라는 존재를……, 그 자신을 인식해주고 있다.

그리고 '악'이었기에 얻을 수 있었던 것도 있다.

행동지침을 얻었다. 다른 사람과의 관계를 얻었다. 동료를 얻었다. 추억을 얻었다.

정반대이자 거울에 비친 모습 같은, 이 세상에서 가장 이끌리는 존재를 만날 수 있었다.

"슈우."

『……젝스.』

젝스는 슈우를 똑바로 바라보고는.

"저와, 마지막까지 싸워주십시오."

천천히……, 계속 말했다.

"제 모습이야말로 제 존재 방식. 그릇에 따라 존재 방식을 바꾸는 대체품. 혈육의 방울에 불과한 제 본질 그 자체."

젝스는 사람 모습 군데군데를 붉은색과 검은색 슬라임으로 변형시켰다.

"그런 저도, 이 세계에서 저로서 살았던 덕분에 깨닫기 시작한 게 있습니다. 그 본질을 이제 곧 파악할 수 있을 것 같습니다. 알아야 할 것을 알 수 있다면."

젝스는 애타게 원하는 듯한 눈빛으로 슈우를 계속 바라보았다.

"그렇기 때문에 제가 저로 살아가기 위해서는……. 저와, 저라는 존재와, 정반대인 슈우여야만 합니다."

그가 눈을 감고, 두 손으로 주먹을 쥐었다.

마음속으로 원하는 것을 붙잡으려 한다.

누군가의 대체품이 아니라, 누구에게도 좌우되지 않고 '자신'을 관철하는 슈우라는 존재 방식을.

"이해하기 위해서."

그리고, 다시 눈을 떴다.

"당신을 이해하면 이 세계뿐만이 아니라……, 저쪽에서도 자신으로서 살아갈 수 있을지도 모릅니다."

〈Infinite Dendrogram〉이 준다고 하던 자신만의 가능성.

그것은 〈엠브리오〉이자, 이 세계에서의 체험 그 자체.

그리고 젝스에게 있어서의 가능성은 자신과 정반대인 슈우를 이해한 곳 너머에만 존재한다.

적어도 젝스 자신은 그렇게 믿고 있었다.

"가짜 목숨이긴 하지만, 서로 죽여보죠. ───마지막까지."

그렇기 때문에 젝스는 싸움을, 서로 모든 것을 보여주는 듯한 사투를……, 원한 것이다.

『……너와의 악연이 생긴 지도 얼마나 지났으려나.』

슈우는 젝스가 한 말을 듣고……, 이해하고.

『4년인가, 그 이상인가. 그만큼 오래 걸렸는데 네가 내놓은 답이 그거라면, 좋아. 받아들이마.』

그렇게 말하며 제안을 받아들였다.

『하지만 말이지……, 한 가지만 말해두마.』

슈우는 말을 멈추고, ……인형옷을 벗었다. 《착의 교환》을 통

245

한 장비 변경. 한 가지 기능에 특화, 변칙 스킬형 인형옷에서 주문 생산에 의한 순수 전투 장비로 치환.

그것은 이 시점의 슈우에게 있어서 가장 전투에 적합한 장비이자……, 얼굴을 가릴 생각도 없이 싸울 생각을 100퍼센트 나타낸 형태.

그리고 슈우는…….

"―――겨우 목숨 걸고 싸운 **정도**로 나를 이해할 수 있을 거라 생각하진 마라?"

젝스에게 미소로 대답하고는 움직이기 시작했다.

그렇게 〈전쟁〉이라는 대규모 사건의 그늘에서 싸움이 시작되었다.

[파괴왕]과 [범죄왕], 왕국 최고봉의 두 사람이 벌이는 사투가.

□■[파괴왕]과 [범죄왕]

지금까지 슈우와 젝스는 몇 번이나 싸워왔다.

만난 이후로 4년 이상, 싸운 횟수는 두 사람의 양손 손가락을 모두 합쳐도 꼽을 수가 없을 정도로 많다.

그렇기 때문에 양쪽 다 서로의 전투 스타일을 거의 모두 이해하고 있다.

슈우의 전투 스타일은 협공과 거신 박격.

인간 형태에서는 상상도 되지 않을 정도로 규격에서 벗어난 STR과 내성 무효 공격. 그리고 격투 기술을 지닌 본인이 거는 근접 격투전과 슈우의 주위를 제외한 모든 영역을 커버하는 발드르의 대규모 포격.

그리고 거대하고 강대한 적에게 맞서는 거신 형태 발드르에 의한 박격전이 비장의 수다.

파괴의 힘을 다채롭게 날리는 듯한 슈우의 전투 스타일.

그리고 그에 맞서는 젝스의 전투 스타일은 **무모(無貌)**라 불린다.

◇◆

"으라아!!"

슈우가 숨을 크게 내뱉음과 동시에 발을 내딛고 젝스에게 오른쪽 주먹을 찔러넣었다.

"《셰이프시프트》──── [파괴왕]의 오른팔(레히트 아름)!"

그에 맞서 젝스 또한 즐겁게 웃으며──── 마찬가지로 오른쪽 주먹을 슈우에게 휘둘렀다.

두 사람의 주먹이 격돌했고──── 위력이 **상쇄**되었다.

마치 같은 양의 힘이 맞부딪힌 것처럼, 두 사람의 몸은 양쪽 다 흔들리지 않았다.

하지만 격돌의 충격으로 인해 주위 지면에 수많은 균열이 생겨났고, 다음 순간에 젝스의 오른쪽 주먹이 부서지려 하자…….

"발드르!"

그 한순간에 슈우가 자신의 다리 근력만으로 멀리 뒤쪽으로 물러났다.

곧바로 뒤쪽 공간에서, 빗발과도 같은 미사일──── 발드르의 《77연장 유도비상체 발사기구(스타더스트 제노사이더)》에서 발사된 소이탄두가 젝스에게 쏟아져 내렸다.

"《셰이프시프트》──── 얼음 방패(아이스 실드)."

슬라임이라 해도 모조리 태워 없앨 수 있는 고열 미사일군.

하지만 그 한복판에서 슬라임인 젝스는 타버리지 않고 살아남았다.

젝스의 왼손에는──── 얼음 방패가 장착되어 있다.

그리고 그것을 장착하고 있는 왼팔은 젝스의 원래 팔과는 달리 피부가 검은색이었다.

슈우는 그 의미를 곧바로 눈치챘다.

"《열량 흡수》 스킬을 지닌 〈엠브리오〉냐! 어디에서 **저장**한 거야!"

"카르디나 쪽에서 좀."

젝스는 불꽃 속에서 시원스럽게 말했다.

◆

젝스의 〈초급 엠브리오〉, 눈.

그 능력 특성은 변형.

다른 사람으로 변형할 수 있는 힘이며, 그것을 통해 모방할 수 있는 범위에는 상대방의 직업이나 〈마스터〉와 일심동체라 할 수 있는 〈엠브리오〉도 포함된다. 자신의 몸 일부를 〈마스터〉의 몸과 함께 다른 〈엠브리오〉로 변형시킬 수 있다는 뜻이다.

좀 전에는 자신의 팔을 슈우의 오른팔로 변형시켜서 상쇄했다.

그 뒤에 날아든 소이탄두 미사일은 《열량 흡수》의 〈엠브리오〉, 예전에 대결했던 적이 사용하던 요툰헤임이라는 방패형 〈엠브리오〉로 변형시켜 막은 것이다.

변형 대상을 저장해두고 그것을 늘리면 늘릴수록 자신의 패가 늘어난다.

그것이 젝스의 전투 스타일 '무모'다.

물론, 단점은 있다.

그의 〈엠브리오〉인 눈의 스테이터스 보정은 마이너스다.

결국 전투용 초급 직업의 영역이 못되는 [범죄왕]의 스테이터스조차 반감된 상태이며, 그 자신의 기초 스테이터스도 결코 높은 편이 아니다.

게다가 눈의 변형 스킬인 《셰이프시프트》는 몇 가지 제한 사항이 있다.

첫 번째 제한 사항은 체세포 흡수. 대상 〈마스터〉, 티안의 체세포를 섭취하지 않으면 눈은 변형 대상으로 저장할 수 없다.

두 번째 제한 사항은 실체를 지닌 자에만 해당된다는 점. 영체형 언데드 같은 형태로는 변형할 수 없고, 〈엠브리오〉로 변형할 경우에도 테리터리는 대상에서 제외된다.

세 번째 제한 사항은 정보까지는 저장되지 않는다는 점. 상대방의 스킬이 어떤 것이고, 어떻게 쓰는지. 그 정보까지는 저장만으로는 얻을 수 없고, 사용 방법도 알지 못한다. 충분히 사용하려면 젝스 자신이 상대방으로부터 알아낼 필요가 있다.

그리고 네 번째 제한 사항.

그것은 '**상대방의 절반**까지만 변형할 수 있다'는 점이다.

〈엠브리오〉라면 자신의 도달 형태의 절반, 그것도 소수점은 버린다.

다시 말해 눈이 〈초급 엠브리오〉인 지금은 제3형태까지만 완전히 변형할 수 있다.

인간도 상대방의 직업 레벨 합계가 젝스의 합계 레벨보다 절반 이하인 상대로만 한정된다.

그렇기 때문에 합계 레벨이 1000은 훨씬 넘는 일선급 〈마스터〉……, 슈우로 변신할 경우에는 젝스의 합계 레벨이 2000 이상일 필요가 있다.

젝스의 레벨이 상대방의 두 배 이상 미만일 경우에는 변형의 정확도나 스테이터스, 스킬의 위력이 수치 비율보다 현저하게 떨어진다.

그리고 여러 대상으로부터 **파츠만 따와서** 변형할 경우에는 그 대상들의 합계로 계산하게 되는데, 이쪽은 한도를 초과한 상태로는 키메라 같은 변형이 불가능하다.

변형 대상으로 저장해둘 수 있는 대상의 합계 레벨에도 한도가 있다.

저장은 젝스의 합계 레벨의 10배까지만 보존이 가능하다. 그것을 초과하게 되면 추가로 저장이 불가능하기 때문에 기존에 저장했던 것들을 정리하고 삭제할 필요가 있다.

저장해둔 것을 삭제했을 경우에는 다시 체세포를 섭취할 때까지는 변형 대상으로 삼을 수 없다.

변형과 저장.

눈의 《셰이프시프트》는 어떤 기능도 전제로서 막대한 레벨을 필요로 한다.

그렇기 때문에 만능인 키메라 같은 복사 능력은 탁상공론에 불과하고, 실현은 불가능하다.

단 그것은 젝스가───── [범죄왕(젝스)]이 아닐 경우다.

◆

"……제3형태로 그렇게 강한 열량을 흡수할 수 있나? 괜찮은 〈엠브리오〉를 들여오셨군."

"단순한 기능에 특화된 〈엠브리오〉는 하급이라 해도 출력이 꽤 강하니까요."

"기능만 다양한 우리 발드르를 놀리는 거냐, 이 기능 부자놈!"

슈우의 외침과 동시에 뒤쪽에 있던 발드르가 《양현 5연장 자재포탑(트윈 퀸튜플 캐넌)》으로 일제사격을 가했다.

젝스는 그 공격에 맞서 몸을 슬라임으로 되돌린 다음, 좀 전의 격돌로 인해 지면에 생겨난 균열 속으로 파고들었다.

"《셰이프시프트》───《부러진 칼날(게브로흔 슈베르트)》."

그 직후, 땅속에서 칼날이 뻗었다.

그것은 칼날을 늘리는 스킬을 지닌 검의 〈엠브리오〉, 네일링 을 복사한 것.

"치잇……!"

그리고 그것을 쥔 오른팔은───.

"――《소드 아발란치》."

――[검왕(킹 오브 소드) 폴테스라]의 것.

간격 안에 들어온 모든 것을 베어 끊는 검의 눈사태.

그것은 땅을 가르고, 간격 끄트머리에 포착한 슈우의 다리 일부를 도려냈다.

"윽!"

정강이 힘줄이 잘려서 다리 동작에 문제가 생길 뻔했지만, 다리 쪽에 장착한 장비가 서포터 역할을 하며 동작을 보조해주었다.

슈우가 지금 장착하고 있는 장비는 다양한 환경이나 컨디션에서 힘을 발휘하는 것을 주목적으로 설계된 장비다. 슈우는 젝스와의 싸움에 앞서 다양한 예상을 해왔고, 불의의 공격으로 인해 자신이 중상을 입을 것 또한 예상했기 때문이다.

"어느 틈에 폴테스라를 저장해둔 거냐!"

"그가 떠나기 전에, 몰래요."

땅속에서 튀어나온 젝스의 오른팔은 이미 폴테스라의 팔이 아니었다.

그 오른팔은 마치 노인과도 같은 모습으로 바뀌어 있었다.

슈우는 그 오른팔을 알지 못했지만, 팔 끄트머리에 생겨난 불꽃은 본 적이 있었다.

"이 자식……!"

그것은 그 [대현자]도 사용했던 강대한 마법이었기 때문이다.

"———《항성(픽스드 스타)》."

———그것은 티안 중에서도 손꼽히는 마법사, [염왕(킹 오브 블레이즈)] 퓨엘 라즈번의 오의.

최고 클래스의 화속성 마법이자, 단독 화력 중에서는 최고봉의 일격이다.

날아든 불덩이가 명중한다면 슈우를 흔적도 없이 녹여버릴 것이다.

"으라아!!"

슈우는 소리를 지르며 자신의 발치를 차올렸다.

그의 막대한 힘으로 인해 암반이 통째로 솟구쳤고, 슈우를 향해 날아온 불덩이와 격돌했다.

그럼에도 불구하고 불덩이는 암반을 녹이며 돌진했지만, 그것을 돌파하기도 전에 암반에 발드르의 미사일이 꽂혔다. 암반이 산산조각나며 터졌고, 암반을 녹이며 열기가 크게 줄어든 불덩이 또한 폭발 속에서 사라져갔다.

그 폭발 속에서 슈우와 젝스는 이미 움직이고 있었다.

젝스는 몸을 어떤 〈마스터〉——— 줄리엣으로 바꾸고 등에 흐레스벨그의 날개를 단 채 공중으로 올라갔다.

슈우는 전투 장비 스킬 중 하나, 《공중 도약》으로 쫓아갔다.

(……내가 모르는 것들만 저장해서 써대고 있군!)

전환하며 사용하고 있긴 하지만, 처음에 변신했던 슈우까지 포함해서 초급 직업이 적어도 세 명.

얼음 방패의 소유자도 초급 직업이라면 네 명이다.

지금까지 저장해둔 것만으로도 5000레벨 정도의 용량을 잡아먹는다.

그렇다, 문제는 오히려 저장 용량이다. 동시에 사용하는 레벨 제한보다는 얼마나 많이 저장해둘 수 있는지에 따른 레벨 제한 쪽이 젝스의 스타일에는 더 중요하다.

하지만 이렇게까지 자신의 패를 드러냈는데도 젝스는 아직 패를 숨기고 있는 듯한 낌새가 있었다.

(이 녀석, 지금……, 레벨이 몇이지?)

적어도 자신의 두 배 이상이라는 건 확실하다.

예전에 들었던 시점에서 **2000은 넘었으니까.**

그 이상한 레벨은 전부 [범죄왕]이라는 초급 직업 덕분이었다.

◆

[범죄왕]이란 범죄를 반복적으로 저지름으로써 해금되는 초급 직업이다.

살해한 인원 수에 영향을 받는 [살인희(머더 프린세스)]보다 더 노골적으로 범죄자여야만 얻을 수 있는 직업이다.

그런 [범죄왕]의 오의이자 유일한 스킬이 바로 《범죄사(월드 레코드)》.

여러 효과가 포함된 스킬이며, 그중에는 스킬 레벨에 따른 스테이터스 보정도 있긴 하지만 그것은 그렇게 강력하지도 않고, 주된 능력도 아니다.

《범죄사》의 주된 효과는……, 범죄 행위에 따른 경험치의 획득이다.

다른 생물의 토벌이나 직업 퀘스트 달성으로 인한 리소스 획득이 아니라 범죄 행위의 실행에 따라 경험치를 얻는다.

중대 범죄일수록――― '이 세계의 주민들이 중대한 죄라고 생각할수록', 대량의 경험치가 흘러들어 온다.

어디에서 리소스를 얻는 것인지, 무슨 기준으로 중대 범죄라는 판정이 내려지는지도 포함해서 수수께끼가 많은 스킬이다. 일설로는 범죄로 인해 다른 사람들이 기피하게 되는 것. 다시 말해 방출된 악감정을 리소스로 변환시킨다고도 한다.

그리고 [범죄왕]의 스킬은 이것밖에 없다.

레벨이 올라가기만 하는 스킬이 있을 뿐이다.

레벨의 상승에 따라 스테이터스도 올라가긴 하지만, 전투 계열 초급 직업만큼 크게 올라가지는 않는다.

마찬가지로 막대한 레벨을 지닌 [용제] 같은 직업과 비교하면 하늘과 땅 차이다.

레벨의 수치만 올라가는 허영의 초급 직업.

마치 '범죄자란 원래 그런 것이다'라고 신이 정해둔 것 같은, 그런 직업이다.

그렇기 때문에 [범죄왕]이 된 자들은……, 언제나 금방 죽어 갔다.

어느 정도 스테이터스가 높다 하더라도 전투 계열 초급 직업을 당해낼 수는 없으니까.

단, 젝스 뷔펠만은 사정이 달랐다.

그는 아마도……, 역대 [범죄왕]들 중에서 가장 많은 죄를 저질렀을 것이다.

그 누구보다 《범죄사》를 통해 많은 경험치를 얻어왔다.

그렇기 때문에 젝스의 합계 레벨은——— 현재 시점에서 2890.

즉, 그는 레벨이 1445인 상대까지는 자유롭게 변신할 수 있다.

그리고 모두 합쳐 레벨이 28900인 상대까지는 변형 대상으로 저장해둘 수 있다.

대상에서 제외될 정도로 레벨이 높은 [수왕], [지신(디 어스)], [용제] 같은 자들을 제외하면 젝스는 누구나 대신할 수 있다.

그것이야말로 아는 사람들이 무모라 부르는 그의 전투 스타일의 정체인 것이다.

◆

(……다음엔 어떤 수를 쓰려는 거지?)

지금까지 젝스는 슈우가 모르는 대상을 부분 변형으로 써왔다. 하지만 그것에는 단점이 있다.

키메라 같은 변형은 다양한 능력을 발휘할 수 있는 반면, 스테이터스 균형이 안 좋다.

그렇다, 부분 변형은 변형 부위마다 스테이터스가 다른 것이다.

그렇기 때문에 지금까지처럼 일격을 날리고 교체하는 것만으로는 지장이 없지만, 계속 싸우다 보면 언젠가는 균형을 잃게 된다.

슈우가 그 사실을 알고 있다는 것을 젝스 또한 알고 있다.

(초급 직업이 되어서 레벨을 올린 나로 변신할 수 있는 시점에서 젝스의 레벨은 내가 아는 것보다 올라간 상태야. 하지만 아무리 레벨이 막대하게 높다 해도 초급 직업의 복합 변신은 못하는 정도겠지. 아까부터 팔을 계속 바꿔대는 건 그 때문이고.)

슈우는 젝스를 쫓아가며 냉정하게 분석했다.

(부분 변형을 언제까지 계속 사용할 수 있을지는 모르겠지만, 그게 통하지 않는다는 사실을 깨닫는다면 언젠가 전신 변형을 사용하겠지.)

젝스가 어떤 인물로 온몸을 변형시켰을 경우, 〈엠브리오〉의 도달 형태를 제외하면 스테이터스가 완전히 동일해진다.

그런 상태로 슬라임 특유의 물리 공격 무효나 분체 공격, 나머지 레벨만큼의 변형을 통한 스킬 사용 같은 꼼수도 쓸 것이다.

만약 슈우로 변한다면 젝스가 변한 슈우는 동일한 스테이터스에 내성, 그리고 제3형태까지의 발드르를 사용할 수 있게 되어 스펙상으로는 우위를 점하게 된다.

하지만 그것은 악수라는 사실을 양쪽 다 알고 있다.

완전한 자기 자신의 몸을 상대하는 것 정도는 슈우도 두려워하지 않는다.

같은 성능의 몸을 쓰면 자기가 훨씬 더 잘 다룬다는 사실을 알고 있다. 슬라임이기에 갖는 장점도 [파괴왕]의 《파괴권한》을 지닌 슈우라면 대부분 무효화할 수 있다.

그리고 젝스에게는 장비로 인한 스테이터스 상승이 적용되지 않는다. 변형한 젝스의 옷이나 장비는 본인이 의태한 물건이거나 그 자신의 장비이며, 슈우의 장비와는 성능이 다르다.

좀 전에 주먹이 맞부딪혔을 때도 장비로 인한 스테이터스 상승 분량만큼 슈우의 주먹 공격 위력이 더 강했다. 젝스 쪽도 《범죄사》로 인한 강화가 있기에 일격에 완전히 부서지지는 않았지만……, 그래도 차이는 분명히 있다.

그리고 제3형태까지 복사된 수준의 발드르는 강자와의 싸움에 적합하지 못하다.

슈우 또한 온 힘을 다해 싸울 때 쓰는 건 제1형태와 제7형태뿐이다.

제2형태는 순수한 공격력 부족.

제3형태는 고정된 토치카라 기동력이 부족하다.

제4부터 제6형태는 제7형태보다 재빠르게 움직일 수는 있지만, 화력으로 따지면 제7형태의 열화판이다.

그렇기 때문에 슈우도 강적과 전투할 때는 제7형태와 비장의 수로 쓸 수 있는 제1형태만을 사용한다.

그리고 제1형태는 이런 상황에 적합하지 않다.

슈우로 변한다는 선택지는 없다.

그렇다면 누구로 변신하려는 것일까.

누구의 힘과 슬라임의 특성을 조합해서 사용하려는 것일까.

[검왕] 폴테스라일까.

[염왕] 퓨엘 라즈번일까.

아니면 아직 보지 못한 초급 직업, 〈초급〉일까.

그 답은——— 지금.

"《셰이프시프트》———."

이 순간, 젝스는 온몸을———.

"———[파괴왕(슈우)]."

———악수라 생각했던 슈우로 변형시켰다.

"!"

없을 거라 생각했던 선택지.

같은 캐릭터를 사용해 벌이는 전투에서 젝스가 이길 가능성은 낮다.

자유자재로 움직이지 못하는 공중으로 끌어들여서 발드르의 제1형태인 《스트렝스 캐논》을 날릴 생각일까.

하지만 변형을 바꾼다 하더라도 그 자체의 디메리트는 사라지지 않는다.

한 번 사용한 다음에 버리면, 젝스는 이제 《스트렝스 캐논》을 쓸 수 없다.

그리고 발판이 없는 공중이라 하더라도 지금 슈우는 《공중 도약》을 통해 어느 정도 기동성을 갖춘 상태다.

자신과 같은 AGI로 움직이는 상대의 원거리 공격을 피하는 것 정도는 손쉽다.

그렇기 때문에 슈우도 그건 아닐 거라 생각했다.

그 사실을 자각하고 있기에.

젝스 또한 그 정도는 이해하고 있다는 사실을 깨닫고 있기에.

"＿＿＿＿＿＿."

슈우는 온 힘을 다해 젝스의 다음 수를 경계했다.

"후후……."

그리고 슈우의 모습이 된 젝스는 슈우의 얼굴로 웃었고.

"《나는 만 가지 모습에 해당한다(눈)》———."

자신(눈)의 필살 스킬을 선언하고———.

"———흑혈전신(슈발츠 발드르)."

———그 몸을 칠흑의 거신으로 변형시켰다.

◆

〈마스터〉와 티안, 그리고 몬스터까지 포함한 최상위 존재에 모두 해당되는 이야기지만, 자신의 모든 능력을 드러내는 자는 별로 없다.

패를 함부로 드러내는 자는 자기 과시욕이 적에 대한 경계를 뛰어넘는 극히 일부뿐이다.

〈초급〉 이상의 실력자라면 진정한 비장의 수는 드러내지 않는다.

특히 죽음이 입막음으로 작용하지 않는 〈마스터〉 상대로는 더욱 숨기게 된다.

'마법 최강'인 [지신]을 예로 들자면, 만들어낸 4대 마법 중에서 다른 사람에게 드러낸 건 두 가지뿐이고, 애초에 대마법이 다섯 종류 이상일 가능성도 있다.

'물리 최강'인 [수왕]도 최대 최강의 전투 형태인 필살 스킬과 초급 무구의 **합체기**는 누구에게도 보여준 적이 없다.

그리고 '최강'과 맞먹는 [파괴왕] 슈우 스탈링과 [범죄왕] 젝스 뷔펠 또한 '최강'들과 마찬가지로 비장의 수를 지니고 있다.

지금까지 두 사람의 손가락을 모두 합쳐도 꼽을 수 없을 만큼 많이 싸워온 슈우와 젝스.

하지만 젝스가 슈우에게 자신의 필살 스킬을 사용한 것은……, 이때가 처음이었다.

◆

슈우는 공중에서 **자신의 비장의 수**와 대치하고 있었다.

"……뭐, 그런 타입이겠지. 네놈의 필살 스킬은."

지금 젝스의 모습은 필살 스킬을 사용한 발드르와 매우 비슷했다.

하지만 그 거신은……, 이집트 신화로 전해져 내려오는 원초의 검은 물(눈)과도 같이 칠흑으로 물든 상태였다.

"블랙 발드르라고 해야 하나? 슈발츠 발드르는 어감이 이상하잖아. 뭐든지 독일어로 한다고 좋은 게 아니야."

슈우는 '아, 발드르는 원래 북유럽 신화에서 유래된 거니까 슈발츠라고 해도 되나?'라고 마음속으로 생각하며――― 뒤쪽으로 뛰어올랐다.

《공중 도약》 스킬. 자신의 STR을 전부 발휘하며 검은 거신으로부터 거리를 벌린 것이다.

그걸 따르듯――― 검은 거신이 벌린 가슴 부분에서 수많은 미사일이 발사되었다.

"공중으로 날아오른 건 나와 발드르를 떼어놓기 위해서였냐!"

젝스는 슈우와 온 힘을 다해, 마지막까지 싸우려는 목적을 지니고 있다.

거기에는 이기기 위해 온 힘을 다하는 것도 포함된다.

지금, 슈우와 발드르 사이에는 거리가 있다.

원거리에서 지원 포격을 날리는 데는 문제가 없지만, 필살 스킬은 사용할 수 없는 상태다.

그리고 오리지널과 마찬가지로 막대한 스테이터스를 지니고 있을 검은 거신과 맞서기 위해서는 슈우도 필살 스킬을 사용해야만 한다.

좀 전까지는 쓰지 못했다. 썼다간 젝스가 내부로 파고들 우려가 있으니까.

실제로 예전에 협력해서 싸웠던 〈UBM〉은 그런 수법으로 죽었다.

하지만 지금은 한시라도 빨리 써야만 한다.

두 사람이 공중에 있는 동안에는 그나마 괜찮다. 비행 능력이 없는 거신은 공중에서 스테이터스를 발휘할 수 없기 때문. 슈우에게 미사일을 날린 이유이기도 하다.

하지만 한번 착지하고 나면……, 거신의 스테이터스를 발휘하는 젝스에게 단숨에 살해당할 것이다.

"평소에는 비용만 엄청나게 많이 드는 주제에 적이 되니까 장난 아니군."

『어처구니가 없군요.』

그런 이야기를 발드르와 나눈 슈우도, 젝스가 이런 수단을 쓸 가능성을 전혀 고려하지 못한 것은 아니었다.

하지만 미리 예상하고 있었다고 하면 거짓말이 된다.

눈의 본질이 다른 자로 변형하는 것인 이상, 필살 스킬도 당연히 그런 종류일 것이다.

그리고 일반적인 스킬보다 강력하다면, '필살 스킬 사용시에

는 〈초급 엠브리오〉로도 변신할 수 있다'는 가능성도 생각하고
는 있었다.

하지만 한 가지 예상하지 못한 것이 있다.

"필살 스킬의 비용을 떼먹고 있잖아."

지금 젝스는 필살 스킬 사용 형태의 발드르로 변신했다.

하지만 원래 필살 스킬 《무쌍의 전신(발드르)》을 사용할 때는
내부에서 생성한 에너지 셀을 소모한다. 그 에너지 셀을 생성하
기 위해선 발드르가 비전투 상태로 일정 시간 기다려야만 하는
조건이 있다.

그렇기 때문에 만약 〈초급 엠브리오〉를 복사할 수 있다 하더
라도 조건부 필살 스킬인 《무쌍의 전신》은 사용하지 못할 거라
짐작하고 있었다.

하지만 젝스는 그런 전제를 무시하고 《무쌍의 전신》을 사용하
고 있다.

게다가 생산과 비축이 필요한 미사일도 즉석에서 날리고 있다.

(……다른 형태로 비용을 지불하고 있는 건가?)

오리지널과 같은 에너지 셀이 아니라, 눈의 필살 스킬에 걸맞
은 다른 종류의 비용을 지불하고 있는 것인가.

그러지 않는다면 실현이 불가능할 거라는 판단이 들었다.

(MP나 SP는 막대한 양이 필요할 테니 아마 아닐 거야. 발드
르의 에너지 셀처럼 일정 시간마다 저장되거나 생산되는 비용?
아니, 발드르는 시간뿐만이 아니라 소재도 필요하지. 눈은 발드
르와는 달리 아이템 가공 능력을 기본적으로는 가지지 못했을

거야.)

어떠한 형태의 막대한 비용.

그로 인해 '변형한 상대가 발휘할 수 있는 힘을 최대한 끌어내는' 스킬.

또는 '자신이 알고 있는 한에서 끌어내는' 스킬인가?

하지만 젝스와 슈우의 관계를 감안하면 후자든 전자든 마찬가지다.

(비용이 뭐지? 강력한 효과에 걸맞은 비용. ……특전 무구?)

황국의 결투왕인 [마장군] 로건 고드하르트가 특전 무구를 제물로 바쳐 신화급 악마를 소환한다는 사실은 슈우도 알고 있다.

젝스라면 바칠 특전 무구도 잔뜩 가지고 있을 것이다.

하지만 필살 스킬을 사용하기 직전에 젝스가 어떤 물품을 바친 듯한 낌새는 보이지 않았다.

(그렇다면 시간 제한인가? 예를 들어 한 달에 한 번밖에 쓰지 못하는 식으로?)

그렇게 장기간의 쿨타임이 필요한 필살 스킬도 존재한다.

카르디나 최강 클랜 〈세피로트〉의 클랜 오너의 필살 스킬이 그렇고, 황국의 [대교수] Mr. 프랭클린의 필살 스킬 또한 그런 부류다.

그런 타입은 오랫동안 자신의 내부에 조금씩 리소스를 모아두었다가 필살 스킬로 해방시키는 기능이 있다.

(비슷한 것 같긴 한데, 위화감이 들어. 눈은 리소스를 저장해두는 타입이 아니야. 오히려 눈이 사용해 왔던 것은……, ……!)

그때, 슈우의 머릿속에 떠오른 것은 두 가지.

한 가지는 눈의 《셰이프시프트》가 지닌 기능. 합계 레벨에 따른 변형 능력.

다른 한 가지는 그가 암여우라고 부르는 어떤 〈마스터〉……, 후소 츠쿠요.

그녀의 직업, [여교황]의 최종 오의――― 《성자의 귀환(울파리 아 엘트람)》.

"……알겠어."

무언가를 확신한 슈우가 중얼거렸다.

슈우는 날아드는 미사일의 궤도를 예측하고 파고들면서도 검은 발드르를 노려보았다.

"―――**레벨을 바쳤구나**, 젝스."

◆

〈초급 엠브리오〉, [시원만변 눈]의 필살 스킬――― 《나는 만 가지 모습에 해당한다》.

그것은 스킬 이름 그대로……, 모습과 맞바꾸어 자신을 바치는 스킬이다. 저장해둔 변형 대상 중에서 하나를 지정하여 30분 동안 그 모든 힘을 사용할 수 있다.

〈초급 엠브리오〉거나 스킬 행사에 특수한 아이템이 필요할지라도 사용할 수 있게 된다.

단, 한 번 사용할 때마다……, **레벨 500을 잃게 된다.**

티안이라면 평생을 투자해도 얻을 수 있을까 의심스러운 레벨.

비용의 규모로 따지면 자폭이나 마찬가지인 최종 오의에 필적한다.

《범죄사》로 레벨을 올릴 수 있는 젝스라고 해도 이런 비용은 결코 무시할 수 없다.

지금 시점에서 젝스의 레벨은 2390으로 줄어든 상태다. 필살 스킬 또한 적용되는 레벨 제한은 《셰이프시프트》와 같기 때문에, 다음에 사용하면 슈우로 변신할 수조차 없다.

애초에 이 스킬을 너무 많이 사용하면 젝스는……, **그 누구도, 무엇도 될 수 없게 된다.**

그 자신인 눈의 존재의의 소멸.

양날의 검이라고밖에 할 수 없는 스킬이다.

지금까지 슈우에게 한 번도 사용하지 않았을 만도 하다.

그럼에도 불구하고 지금, 젝스는 사용한 것이다.

◆

"…………."

〈전쟁〉을 틈타 싸움을 걸었지만, 그전까지도 계속 준비해왔을 것이다.

싸우기 위해 대상을 저장해두고, 대가로 바칠 레벨을 올린 것이다.

자신의 모든 것을 걸고 슈우와 마지막까지 싸우기 위해서.

서로가 모든 힘을 다한 싸움에서 승리한 뒤, 이해하기 위해서.

"……알겠어."

그리고 그런 힘까지 사용한 젝스를 보고, 슈우는…….

"나도 비장의 수를 쓰도록 하지."

슈우에게는 이번 싸움에 두 가지 목적이 있었다.

첫 번째는 젝스를 쓰러뜨리고 그가 왕국에 범죄를 저지르지 못하게 막는 것.

두 번째는 이 싸움이 끝나면 왕국과 황국이 벌이는 〈전쟁〉에 곧바로 참여해서 전력이 되는 것.

메시지를 보내서 자신을 기대하지 말라고는 했다.

〈전쟁〉에는 십중팔구 참가하지 못할 거라 생각하긴 했다.

그럼에도 불구하고, 아직 포기하지는 않았었다.

젝스를 쓰러뜨리고, 곧바로 〈전쟁〉에 참여해서 왕국의 위기를 구해낼 가능성은 전혀 없지는 않았다.

가능성이 전혀 없지 않다면, 소수점 저편에라도 그게 있다면……, 잡아내기 위해 움직이는 것이 슈우……, 무쿠도리 슈이치라는 남자였기 때문이다.

하지만 그는 제2의 목적을……, 지금 이 순간 내버렸다.

그것은 포기가 아니었다.

모든 것을 걸고 맞서려 하는 젝스……, 호적수이자, 강적이
자, 친구이자, 거울에 비친 자신 같은 상대에 대해……, 여념이
나 여력을 고려하는 것을 멈춘 것이다.

똑같이 모든 것을 걸고 이 상대와 싸우는 것이야말로……, 지
금 자신이 해야 할 일이라고 각오했기 때문이다.

"나도 모든 것을 써주마. 하지만 아까 했던 말을 다시 해주지."

공중을 낙하하는 듯이 뛰어가면서, 슈우가 검은 거신을 손가
락으로 가리켰다.

"――――겨우 목숨 걸고 싸운 정도로―――― 나를 이해할 수 있
을 거라 생각하진 마라."

――――너도 목적을 이루지 못할 것을 각오해라. 그런 의미를
담아……, 그는 다시 선언했다.

『――――.』

공중에서 검은 거신이 울부짖었다.

그 몸 안에는 오리지널 발드르와 마찬가지로 슈우의 모습을
한 젝스가 있을 것이다.

하지만 그 검은 거신 또한 모든 것이 젝스다. 변신한 내부의
모습은 총 부피의 극히 일부고, 검은 거신의 포효는 기관음이
울린 소리가 아니라……, 젝스 자신의 울부짖음이다.

하늘을 뒤흔드는 소리와 함께 검은 거신은 가슴에서, 두 손가

락에서, 다리에서, 온몸의 슬릿에서 수많은 무장을 행사했다.

무차별적인 대규모 유린. 마치 파괴의 신과도 같은 검은 거신이 이미 황폐해져 버린 협곡을 더욱 큰 파괴로 물들였다.

쏟아져 내리는 포탄과 폭염의 폭풍 속에서 슈우는 발드르 쪽으로 향했고, 발드르 또한 슈우 쪽으로 향했다.

양쪽 다 모든 공격을 피할 수는 없었기에 피해를 입고, 장비와 장갑이 부서지는 가운데, 피와 에너지를 흩뿌리면서.

이윽고 검은 거신이 땅에 내려선 것과 동시에 슈우는 발드르 위에 내려섰고.

검은 거신이 음속을 능가하는 속도로 땅을 박찬 것과 동시에 슈우는 발드르에 탑승했고.

검은 거신이 필살의 주먹을 휘두른 순간, 발드르는 몸을 거신으로 변형시켜서———.

———다시 두 사람의 주먹이 격돌했다.

아래쪽에서 직선으로 날아든 거신의 주먹이 호를 그리며 검은 거신의 주먹을 맞받아쳤다.

그 충격은 두 사람이 사람 모습이었을 때와는 비교도 되지 않았기에.

한 번의 여파로 인해 두 거신 주위에 벽처럼 존재하던 협곡이 날아가 버렸다.

『ㅠ………….』

그럼에도 불구하고 거신들은 전혀 흔들리지도 않은 채 서 있었다.

똑같은 모습……, 거울에 비친 듯한 두 거신이 서로를 마주 보았다.

강철색과 검은색, 두 가지로 물든 채.

자신을 굽히지 않고, 그저 자기 자신으로 계속 존재해온 강철색.

자신을 얻기 위해, 수많은 색을 얻은 혼돈의 검은색.

그 색은 마치 두 사람의 존재 방식 그 자체인 듯했다.

더 이상 그들에게 말은 필요 없었다.

강철의 거신이 땅을 박차고 뛰어올랐다.

기술의 이름은 '비틀린 꽃'.

휘두른 오른쪽 손바닥이 그려낸 나선의 회전은 자신의 힘을 상대방에게 비틀어 넣기 위한 것.

그에 맞서 검은 거신도 자신의 오른쪽 팔을 휘둘렀다.

그리고─── 그 오른손이 초고속으로 회전하기 시작했다.

『윽!』

강철 거신이 쓴 것과는 다른, 무술로 인한 나선이 아닌 물리적인 회전. 마치 나선충각(드릴)과도 같이 손목 아래쪽이 돌아간 것이다.

그리고 회전하는 두 오른손이 접촉했다. 강철 거신의 오른손

은 검은 거신의 오른손을 분쇄했지만, 거신의 힘과 맞물린 회전으로 인해 강철 거신의 오른손에서도 손가락 두 개가 부서지고 떨어져 나갔다.

(……그 특전 무구인가?)

그 회전이 어떤 이유로 생겨난 것인지, 슈우는 곧바로 눈치챘다.

슈우만 가지고 있는 장비가 있는 것처럼, 젝스만 가지고 있는 장비도 있다.

예전에 함께 싸워서 쓰러뜨렸고, 특전 무구는 젝스가 가지고 있던 회전의 〈UBM〉.

그 특전 무구가 지닌 스킬의 일부일 거라 짐작했다.

(손목 아래쪽을 억지로 회전시켜서 내 비틀린 꽃을 모방한 건가? 몸을 회전시키는 스킬……, 그것뿐이라면 그것의 특전 무구치고는 약하지. 아직 뭔가 더 있다고 봐야겠어.)

고찰하는 사이, 검은 거신의 부서진 손목 아래쪽이 다시 돋아났다.

(……몸이 슬라임인 건 변함 없으니 이 정도는 해낼 만하지.)

검은 거신은 강철 거신과 같은 힘을 지니면서도 슬라임이기 때문에 물리적인 파손을 모두 무시할 수 있다. 물리 파괴가 가능해지는 《파괴권한》을 지닌 슈우의 타격도 파괴한 부위의 재구축까지는 막을 수 없다.

하지만 슬라임도 대미지로 인한 젝스의 총 부피……, HP의 감소까지는 무효화할 수 없다. 확실하게 깎아내고 있긴 하다.

(젝스도 어느 정도는 컨디션을 유지하면서 싸울 수 있지만, 원래 부피가 변형 대상 이하로 떨어졌을 때 어딘가에 한계가 생길 거다. 해야 할 일은 어차피 똑같아.)

이대로 계속 검은 거신에게 공격을 가해 젝스의 HP를 깎아내서 격파한다.

그것 말고는 방법이 없지만…….

(……서로 깎아내는 진흙탕 싸움은 이쪽이 불리하지.)

기계인 강철 거신과는 달리 정체가 슬라임인 검은 거신은 마음만 먹으면 HP 회복 수단이 있다. 지구전에서는 승산이 별로 없다는 사실을 슈우도 이해했다.

선택해야 할 것은 단기 결전.

그렇기 때문에 자신의 비장의 수를 쓴다.

각오는 이미 되어 있으니까.

"……?!"

하지만 슈우가 그것을 실행하기 직전, 강철의 거신은 발을 헛디뎠다.

마치 다리 후리기라도 당한 것처럼, 축으로 삼고 있던 오른쪽 다리가 지면에서 떨어져 균형을 잃고 쓰러진 것이다.

"이건……!"

보아하니 오른쪽 다리에 좀 전에 흩뿌려졌던 검은 거신의 파편……, 눈의 분체가 달라붙어 있었다.

하지만 소량의 분체만으로 강철의 거신을 넘어뜨릴 정도의 힘은 발휘할 수 없다.

그러기 위해서는 다른 요인이 필요하고.

"특전 무구의 주목적은 이거냐!"

슈우는 그 요인을 이미 짐작하고 있었다.

고대전설급 무구, [나신대 스핀들].

예전에 맞서 싸웠던 회전의 〈UBM〉이 지니고 있던 힘을 '젝스의 몸을 회전시키는 것'에 집중시킨 특전 무구다.

하지만 그 효과는 단순한 회전이 아니다. 물리적인 축은 필요 없고, 공중이라 하더라도 임의의 방향으로 회전시킬 수 있다.

그리고 더 나아가서는 자전뿐만이 아니라 공간의 한 점을 중심으로 삼아 **공전**시킬 수도 있다.

생전에 사용하던 《공간 회전》에서 기인한 회전 능력은 손목 아래쪽을 회전시키는 것뿐만이 아니라 흩어진 젝스의 분체 하나하나에 적용된다.

분체를 부착시킨 **상대방까지 통째로** 공전시키는 것도 가능하다는 뜻이다.

회전시키는 부피에 따라 효과가 달라지기 때문에 부착시킨 분체만으로는 돌리기 힘들지만……, 그래도 상대방의 동작을 무너뜨리고 쓰러뜨리는 데는 충분하다.

분체가 부착되어 있는 한, 정상적인 동작은 불가능해진다.

이것 또한 무술 실력으로는 슈우에게 뒤처지는 젝스가 같은 몸을 사용해 슈우를 넘어서기 위한 전술 중 하나.

『———.』

자세가 무너진 강철 거신을 향해 검은 거신이 철퇴와도 같은 주먹을 휘둘렀다.

곧바로 슈우는 그 공격을 막기 위해 오른손을 들어 올리려 했지만, 오른손에 부착되어 있던 분체의 공전으로 인해 방어가 엇나갔고, 검은 거신의 주먹이 가슴 쪽에 제대로 맞았다.

『큭……!』

일격에 슈우가 있는 콕핏까지 충격이 전달되었다. 내부의 계기판에 불꽃이 튀는 데다 프레임이 삐걱대는 소리가 청각과 시각으로 느껴졌다.

곧바로 두 번째 공격도 날아들었고, 흉부 장갑이 파괴되었다.

"발드르!"

그 한 마디만으로도 그의 〈엠브리오〉는 주인의 의도를 파악했다.

―――그 직후, 강철 거신의 가슴이 폭발했다.

일그러지고 부서진 장갑판 내부에서 발사구도 열리지 않은 채 《77연장 유도비상체 발사기구》가 작동하여, 자신의 내부 기구 및 흉부 장갑과 함께……, 검은 거신을 폭발에 휘말려 들게 했다.

『……!』

탄두의 종류는 여전히 소이탄.

젝스도 어느 정도는 장비로 커버하고 있긴 하지만, 슬라임으로서의 약점 중 하나인 고열에 검은 거신의 표면이 녹아내리려

했다. 검은 거신이 곧바로 그곳에서 도약하여 물러섰다.

하지만 대미지로 따지면 강철 거신이 훨씬 더 심각하다. 흉부 장갑은 완전히 부서졌다. 대미지는 다른 부위까지 번져나갔고 소이탄의 열기는 기체 표면을 뒤덮어버리고 있다.

하지만 오히려 슈우는 이것을 노렸다.

온몸을 휘감은 고열로 인해 온몸에 달라붙어 있던 분체가 전부 불타고, 녹아내렸다.

자신까지 상처 입히는 선택으로 움직임을 제한하던 요인을 제거한 것이다.

하지만 그 대가는 컸다.

『———토탈 대미지, 40퍼센트 초과. 모든 장갑 파손. 흉부 내부 구조 대미지 심각. 흉부의《77연장 유도비상체 발사기구》및 모든 장갑 슬릿의《광학참식 근접방어망(블러디 레이저스톰)》사용 불가.』

"그렇겠지."

거신의 힘이 두 번이나 가슴 쪽에 직격한 데다 장갑 내부에서 자폭이나 마찬가지인 미사일을 발사했다. 오히려 절반이나 부서지지 않고 남은 것이 기적이다.

하지만 이제 진흙탕 싸움을 벌이며 지구전으로 끌고 갈 경우 승산이 전혀 없게 되었다. 설령 상대방에게 회복 능력이 없다 해도 이런 상황에서 맞서 싸우면 질 것이다.

"뭐, 어차피 할 일은 똑같으니까."

하지만 애초에 진흙탕 싸움이든 지구전이든 할 생각은 없었다.

젝스가 비장의 필살 스킬을 사용하고, 특전 무구를 사용하고, 모든 패를 드러냈다.

"그렇다면 나도 비장의 수를 드러내도록 하지."

지금 젝스는 슈우가 지닌 직업의 힘도, 〈엠브리오〉의 힘도 지니고 있다.

하지만 슈우의 모든 것을 얻은 것은 아니다. 젝스는 사람이나 〈엠브리오〉로 변할 수는 있지만 물건(아이템)으로 변할 수는 없다.

그것은 눈의 능력 제한이며 아마도 젝스 자신의 본질로부터 생겨난 것.

사람이나 〈엠브리오〉가 될 수 있다는 사실과 비교하면 자그마한 불가능.

하지만 그렇기 때문에 슈우에게는 중요하다. 컨디션과 보유 스킬, 양쪽 모두 오리지널을 능가한 젝스를 넘어설 수 있는 유일한 가능성이 거기 있다.

"발드르, [γ(감마)]를 깨워라."

『라져. [임종기관 글로리아 γ], 가동 개시.』

그것은 부서진 흉부 장갑의 틈새, 심장 위치에 보이는 것.

강철 거신의 다른 내부와는 유래가 다르다는 것을 나타내는 듯, 왠지 생물적인 기관.

그것이 바로 [파괴왕] 슈우 스탈링에게 있어서……, 말 그대로 '최후의' 비장의 수.

―――마룡이 남긴 저주 그 자체.

가슴속에 봉인되어 있던 그것이 지금, 강철의 거신으로부터 에너지를 받아 땅을 울리는 듯한 울음소리를 내기 시작했다.

깨어난 저주는 대가를 원했다.

슈우가 이것을 '최후의' 비장의 수로 사용하는 것은 그 대가 때문이다.

"…………."

그럼에도 불구하고 슈우는 이미 각오를 다지고 있다.

나중에 〈전쟁〉에 참가할 생각도, 그럴 여력이나 여념도, 이미 그에게는 없다.

이 싸움에, 젝스와의 싸움에 모든 것을 다한다.

그렇기 때문에 그는 선언했다.

최강의 마룡이 남긴 초급 무구(슈페리얼 암즈), [임종기관 글로리아 γ]가 지닌 힘의 이름을.

"―――《기사괴세(글로리아)》."

『코드, 확인.』

그가 선언하고, 발드르가 응답한 그 순간.

강철 거신의 온몸은.

『전신함(발드르)――― 최종신멸형태(라그나로크 폼).』

―――황혼과도 같은 붉은 빛과 황금빛으로 물들었다.

□발드르에 대하여

발드르란 북유럽 신화에 등장하는 빛의 신이며, 세계 최대의 거선인 흐링호르니의 소유자이기도 했다.

그러한 모티브는 슈우의 〈엠브리오〉인 발드르에도 나타났다.

제1형태가 광탄을 사출한다는 것.

제5부터 제7형태까지가 모두 선박이라는 것.

어쩌면 처음부터 그 종착점을 목표로 삼고 진화를 거듭한 듯한 느낌.

그것은 〈마스터〉인 슈우의 본질을 발드르 자신이 태어나기 전부터 이해하고 있었기……, 이해하게 되어 있었기 때문일지도 모르겠다.

하지만 발드르라는 모티브에는 두 가지 더, 특징적인 측면이 있다.

첫 번째는 악신 로키의 간계로 인해 동생인 눈먼 신 호드에게 살해당했다는 것.

두 번째는 빛의 신인 그의 죽음으로 인한 빛의 상실을 계기로 북유럽 신화의 종언인 신들의 황혼……, 라그나로크가 시작되었다는 것.

끝의 시작. 대파괴의 전조.

그것이야말로 북유럽 신화에서의 발드르라는 신의 위치다.

하지만 〈엠브리오〉로서의 발드르에게 그런 측면은 없었다.

그렇다. **없었다.**

지금은——— 있다.

예전에 대결했던 최대 최강의 마룡, [삼극룡 글로리아].

그것을 토벌함으로써 얻은 것이 바로 [임종기관 글로리아 γ]이다.

발드르 내부에 탑재된 제2 엔진.

그것은 평소엔 가동되지 않고 그저 중량만 잡아먹으면서 존재한다.

가동시켰을 때 모든 것이 끝나기 때문에 평소에는 가동시키지 않는다.

그리고 한번 가동시키면 그 모습은 열량의 붉은빛과……, 마룡의 황금빛으로 물들게 된다.

그렇게 되면……, 모든 것이 끝난다.

맞서 싸우는 적도.

그리고…….

□■황혼과 혼돈

붉은빛과 황금빛으로 물든 거신……, 황혼의 거신이 땅에 섰다.

젝스는 그 모습을 만들어낸 것이 무엇인지 알지 못한다.

〈엠브리오〉의 스킬일까, 직업의 오의일까, 아니면 특전 무구일까.

어찌 됐든, 그것은 젝스가 알지 못하는 슈우.

젝스가 모든 것을 걸고 끌어낸 슈우의 비장의 수.

그야말로 온 힘을 다해 젝스를 쓰러뜨리기 위해 모든 것을 동원한 슈우다.

하지만 그것만으로는 부족하다.

『아직…….』

끌어낸 것만으로는 부족하다.

온 힘을 다하는 슈우와 싸우고, 그를 이해하고, 그가 그인 이유를 얻어야만 한다.

그럴 수 있다. 그래야만 한다. 젝스는 그렇게 생각하며 이 싸움을 시작했으니까.

『아직……!』

아직, 끝낼 수 없다.

아직, 젝스는 아무것도 얻지 못했으니까.

『———.』

황혼의 거신이 움직인다.

그 움직임은 원래 같은 속도였을 검은 거신보다 훨씬 빨랐다.

스테이터스 상승형 변신 스킬의 일종이라는 것은 분명하다. 특전 무구라면 복사할 수 없고, 직업이나 〈엠브리오〉라 하더라도 젝스는 발동 조건을 모른다.

그렇기 때문에 이대로 맞부딪힌다.

상대의 스테이터스가 상승했지만 젝스에게는 슬라임으로서의 형상 복원 특성이 있다. 어느 정도 상처를 입는다 하더라도 정보를 알아낼 수 있다면 싸게 먹히는 것이다.

상대방의 공격을, 맞음으로써 이해한다. 그것 또한 젝스의 스타일의 일종이다.

그렇기 때문에 다음 행동과 결과는 필연적이었다.

황혼의 거신이 날린 주먹에 검은 거신도 뒤늦게나마 주먹을 맞대는 형태로 맞섰고.

———오른팔이 흔적도 없이 사라졌다.

『……?!』

젝스조차도 경악을 금치 못했다.

스스로도 신기할 만큼 생생한 감정이 검은 거신의 온몸을 뒤흔들었다.

그 정도로 예상하지 못했던 결과.

상쇄하기는커녕, 교차한 오른팔이 모조리 원자 수준까지 부서졌다.

[파괴왕]이 《파괴권한》을 사용한 결과, 인 것만은 아니다.

너무나도 큰 공격력 차이가 그 결과를 만들어냈다.

어느 정도의 속도 상승 따위는 덤에 불과하다.

황혼의 거신의 진수는 누구도 따라잡을 수 없는 **공격력**.

검은 거신, 지금의 젝스는 필살 스킬을 사용한 발드르와 같은 스테이터스……, 아니, 그 이상의 힘을 지니고 있을 것이다.

하지만 황혼의 거신이 지닌 힘에는……, 그걸로도 승부가 되지 않는다.

『슈우, 당신은……!』

슈우의 힘을 얻기 위해 젝스는 레벨 500이라는 대가를 치렀다.

그렇다면 그것조차 능가하는 지금의 슈우는……, 무엇을 지불한 것일까.

"———비틀린 꽃."

돌아온 말은 대답이 아니었고, 황혼의 거신이 추가타로써 오른쪽 손바닥을 휘둘렀다.

검은 거신이 재빨리 막으려고 올려버린 왼팔 팔꿈치 아래가 날아가 버렸다. 그 너머에 있던 머리 쪽까지, 도려내진 듯 원자분쇄되었다.

『……!』

머리를 잃은 공격도 원래 검은 거신에게는 치명상이 아니다.

TYPE : 보디인 눈에게 급소라는 개념은 존재하지 않는다.

총 부피에 여유가 있는 한, 머리나 심장에 대미지를 입는다 해도 찰과상에 불과하다.

하지만 황혼의 거신이 가한 두 번의 공격은 그 부피를 크게 깎아냈다.

『슈우의 비장의 수는……, 이 정도로.』

절대적인 물리 공격력을 지닌 황혼의 거신. [파괴왕]의 《파괴권한》과 합쳐져서 그 팔다리는 휘두르기만 해도 상대방의 모든 것을 이 세상에서 없애버리는 최강의 무기다.

적어도 원래 발드르를 복사한 검은 거신의 방어력으로는 막을 수조차 없다.

신화급 금속을 넘어서는 금속이라면 막을 수 있을까?

'무적'이라 불리는 〈초급〉이라면 막을 수 있을까?

양쪽 다 알 수가 없지만, 적어도…….

(제(눈)가 저장해둔 것 중에서는 이걸 막을 방법은 없죠…….)

애초에 물리 방어 쪽으로는 차원이 다른 힘을 지닌 슬라임의 몸. 약점인 에너지 공격에 대해서도 《열량 흡수》를 지닌 요툰헤임 같은 것들을 갖추고 있다.

하지만 그런 상황에서도……, 황혼의 거신이 지닌 공격력은 어떻게 해볼 방법조차 없다.

기량면에서 앞서는 슈우가 속도조차 앞선다면 피할 수도 없다.

방금도 약간 어긋나게만 하는 게 한계였기에 끄트머리 부분의 부피(HP)가 깎여나갔다.

([스핀들]도 무의미하고요.)

닿기만 해도 원자 분해되어 소멸한다. 좀 전처럼 부서진 몸을 분체로 삼아 달라붙게 할 수도 없다.

젝스의 내성도, 고안해낸 전술도, 지금 슈우는 모두 힘으로 꿰뚫고 있다.

(……리스크가 전혀 없지는 않겠지만요.)

황혼의 거신이 휘두르는 팔다리가 반동으로 부서지지 않는 것을 보면, STR이 아니라 공격력의 최종 발휘 수치를 올려주는 스킬.

하지만 그런 상황에서도 기체 표면에는 계속 금이 가고 있다.

지금 황혼의 거신은 너무 강해진 공격력을 공간에 뿜어내고 있어서, 그 여파만으로도 기체가 손상되는 상황이다.

그것은 스킬을 사용한 디메리트가 아니라 단순한 현상.

하지만 어찌 됐든 장기전을 벌일 수는 없을 것이다.

(단기결전형 초급 무구…….)

초급 무구 자체는 젝스도 보유하고 있다.

그리고 특전 무구의 상성을 고려하면 젝스가 우위를 점한다.

레벨 500을 바친 필살 스킬이 30분밖에 지속되지 않는 것도, 지금도 여전히 총 부피가 계속 깎여나가고 있는 상황도 상관없다. 젝스가 지닌 초급 무구, [재탄기관 글로리아 δ(델타)]는 단기결전을 벌이려는 상대에게는 확실하게 이길 수 있다.

정확하게 말하자면 **최종적으로는 이길 수 있다.** 그런 초급 무구다.

쓰러뜨린다, 쓰러진다의 영역에 있는 승부를 전제부터 뒤엎어 버린다. 〈Infinite Dendrogram〉의 사양 그 자체에 대한 대반역이자 지금 맹위를 떨치고 있는 [γ]에도 결코 뒤처지지 않는 초급 무구다.

하지만 **지금의 젝스**에게는 '사용할 수 없는 무구'이고, 소유자까지 감안해서 생각하면 '사상 최고로 의미가 없는 초급 무구'에 불과하다.

(……라스칼 씨는 그것까지 고려해서 기다리라고 했던 걸까요.)

젝스가 [글로리아 δ]를 사용할 수 있는 때가 될 때까지 기다리면, 〈IF〉의 목적을 달성한다면, 젝스는 누구와 싸우더라도 승리할 수 있게 된다.

(하지만…….)

그러나, 애초에…….

『슈우와 벌이는 투쟁의 승패는……, **내**게는 중요치 않지.』

싸움의 승패 따위는 젝스에게 있어서 중요하지 않다.

그러니 슈우와 싸워서 이길 수 있는 시기까지 기다리는 것에는 의미가 없다.

그에게 있어서 정말로 중요한 것은…….

『그를, 나와는 전혀 다른 그를, 이해할 수 있을지……, 그것뿐이라고!』

온 힘을 다해서 싸우는 그와, 말 그대로 모든 것을 드러내며 싸우는——— 혼의 충돌.

원하는 것은 그 결과뿐.

그리고 그 결과를 얻을 수 있는 것은 분명히……, 양쪽 다 마지막까지 싸웠을 때일 거라 젝스는 생각했다.

『그러니까……!』

아직 그는 답을 얻지 못했다.

그러니까……, 끝낼 수 있을 리가 없다.

『아직, 이 시간을 끝내지는 않겠어……! 끝낼 수는 없다고……!』

그리고 검은 거신이 초조함과 혼이 담긴 절규를 내지르며…….

『——《스플릿 스피릿》——!!』

———자신(눈)이 지닌 최후의 패(스킬)를 드러냈다.

그 순간—— 검은 거신은 **여섯 대**로 분열했다.

혼돈이라고밖에 할 수 없는 그 모습은 초급 진화를 통해 눈이 획득한 최종 스킬과도 같은 것.

슬라임의 특성 중 하나인 분열을 발전시킨 스킬, 《스플릿 스피릿》.

변형한 뒤의 힘을 유지하며 최대 여섯 명으로 분열한다. 각각 다른 대상으로 변형할 수는 없고, HP는 원래 잔량이 분열한 숫자만큼 분할된다.

그리고 디메리트로서……, 스킬 종료 이후에 최대 HP가 감소한다.

스킬을 사용한 뒤에 분신은 남지 않고, 최대 HP가 분할된 상태로 고정되기에 데스 페널티에서 회복되기 전까지는 돌아오지 않는다.

총 부피를 생명(HP)으로 삼는 눈에게 있어서, 죽어서 '감옥'에 가면 반영구적인 형벌을 받게 될 [범죄왕]에게 있어서 그 리스크는 상상도 되지 않을 만큼 큰 것이다.

그럼에도 불구하고 젝스는 사용했다.

레벨을 바친 것처럼, 생명을 바친다.

──이 시간을 계속 이어나가기 위해서.

ㅠㅠㅠ──슈우──.ㄴㄴㄴ

혼돈……, 검은 거신 여섯 대가 소리치며 황혼의 거신에게 달려들었다.

달리고, 뛰어오르고, 파고들고, 기어들면서, 결코 한 번의 공격 궤도로는 해치울 수 없는 연계를……, 모든 것이 본인이기 때문에 가능한 움직임으로 육박했다.

《스플릿 스피릿》을 이제 와서 사용한 것은 디메리트 때문이 아니다.

이 스킬이 가장 큰 효과를 발휘하는 것은 필살 스킬을 통해 압도적인 강자로 변형했을 때.

즉, 황혼의 거신을 둘러싸고 있는 것은 강철의 거신 여섯 대나 마찬가지다.

"──하앗."

황혼의 거신은 정면에서 돌격해온 첫 번째 기체(아인스)에게 왼쪽 정권을 휘둘렀다. 일격에 그 가슴 부분……, 가슴을 중심으로 한 상반신 전체가 소멸됐다.

HP가 6분의 1로 줄어들어 분신을 늘린 여섯 대는 황혼의 거신이 날린 일격에 박살 나버리는 상태다.

반대로 말하자면── **여섯 번까지는** 받아낼 수 있다는 뜻이다.

『―――슈우!』

도약해서 위쪽에서 날아든 두 번째 기체(츠바이)는 뭉개버리겠다는 듯이 두 손을 한데 모아 내리쳤다.

그러자 황혼의 거신은 오른쪽 다리를 차올렸다.

속도가 더 빠른 발차기는 마치 철퇴와도 같은 두 팔을 팔꿈치 너머로 날려버렸다.

그리고 차올린 발을 가속시키며 강하―――― 발뒤꿈치 찍기로 두 번째 기체를 양단, 소멸시켰다.

그동안 나머지 네 대의 공격이 황혼의 거신에게 작렬했다.

온몸의 장갑이 추가로 부서졌고……, 황혼의 거신의 왼팔이 떨어져 나갔다.

그 모습을 보고 네 대는 '역시나'라고 생각했다. 《최종신멸형태》는 공격력만큼 속도가 올라가지 않았다. 그와 마찬가지로 방어력도 공격력만큼은 상승하지 않았을 것이다.

오히려 공격할 때마다 그 반동으로 인해 대미지를 입고 있으니 더욱 약해졌을 가능성도 있다.

맞히면 대미지가 들어간다.

그렇다면…….

『―――슈우.』

세 번째 기체(드라이)가 황혼의 거신 앞에 섰다.

마치 곰과도 같이, 왕과도 같이, 두 팔을 크게 벌린 채, '힘 대결이라도 해볼까'라는 말을 하는 것 같았다.

황혼의 거신, 슈우는 그 도발에 넘어갔다.

어찌 됐든 한 대씩 쳐서 쓰러뜨리고 날려버릴 수밖에 없었기 때문이다.

광역 섬멸 화력에는 《최종신멸형태》의 강화가 적용되지 않기 때문에, 강철의 거신 이상의 힘을 지닌 분신을 상대하려면 팔다리로 박살 내버리는 것밖에 방법이 없었다.

황혼의 거신은 땅을 박차고 세 번째 기체에게 달려들었다. 속도와 기술이 뒤처지는 세 번째 기체는 저항할 방법이 없었고, 벌린 두 팔로 상대와 몸싸움을 벌일 여유도 없었다.

황혼의 거신은 오른쪽 주먹을 날려 첫 번째 기체와 마찬가지로 세 번째 기체의 상반신을 날려버렸다.

그 순간, 몸통을 잃은 세 번째 기체가――― **세 번째 기체가 벌린 두 팔이 눈 부신 빛을 뿜어냈다.**

"……윽."

그 빛을……, 망막을 그을리고 시력을 빼앗는 병기를, 슈우는 알고 있다.

"[F탄두]인가!"

발드르가 날리는 탄두 중 하나이며 빛으로 시야를 앗아가는 용도의 미사일이다.

예전에 [글로리아]와 싸웠을 때도 사용한 적이 있다.

"치잇……!"

검은 거신이 똑같은 힘을 지니고 있다면 스테이터스뿐만이 아니라 이러한 특수 탄두 또한 당연히 사용할 수 있을 거라는 사실은 알고 있었지만, 두 팔에서 빛을 뿜어낼 거라고는 예상하지 못했다.

원래는 가슴 쪽에서 발사하는 미사일이고, 그 가슴은 첫 번째 공격으로 인해 소멸되었다.

하지만 곧바로 이해했다.

강철의 거신(발드르)를 모방했다고는 해도, 그 정체는 눈.

그렇다면 흉부에 탑재되어 있던 [F탄두]를 액화된 몸속을 통해 양쪽 팔까지 옮기는 재주도 부릴 수 있을 것이다.

그 전술은 효과를 발휘했고, 슈우의 시야를 일시적으로 빼앗았다. 발드르가 그을린 시각 센서를 전환하기도 전에 충격이 황혼의 거신을 뒤흔들었다.

『슈우우!』

그것은 네 번째 기체(피어).

시각을 잃은 틈에 두 팔과 두 다리로 황혼의 거신에게 달라붙었다.

황혼의 거신은 거의 균형을 잃었지만, 그 상태로는 네 번째 기체도 제대로 공격을 가할 수가 없다.

그에 비해 지근거리라 하더라도 황혼의 거신이 지닌 공격력은 6분의 1이 된 분신 따위는 쉽사리 격파할 수 있다.

주먹을 맞혀서 분쇄할 뿐.

"······!"

하지만 슈우의 그 판단은 한순간에 뒤엎어졌다. ———**물리적
으로**.

시각 센서가 회복되지 않은 상태에서 콕핏에 있던 슈우는 천
지가 뒤집히는 듯한 느낌을 맛보았다.

그리고 그 이유는, 말 그대로다.

천지가 뒤집혔기 때문이다.

"이, 건······!"

네 번째 기체와 그것이 달라붙은 황혼의 거신은 양쪽 다 공중
에서 온몸이 회전된 상태였다.

그렇게 만든 존재를 슈우는 이미 알고 있다.

"또 그 특전 무구냐······!"

[나신대 스핀들], 젝스의 몸을 회전시키는 특전 무구. 일반적
인 분체 정도의 크기로는 자세를 약간 무너뜨리는 정도이고, 황
혼의 거신 상대로는 부착시키는 것도 힘들다.

하지만 지금은 그렇지 않다. 황혼의 거신과 완전히 동일한 크
기인 네 번째 기체가 달라붙어서 밀착된 상태.

이 상태라면 양쪽 다 공중에서 고속으로 회전시켜 움직임을
완전히 막는 것조차 가능하다.

막대한 스테이터스도 땅에 발을 딛고 있어야 활용할 수 있다.

검은 거신이 나타난 직후에 오간 공방과는 완전히 정반대인
전개였다.

하지만 다른 점이 두 가지 있다.

한 가지는 고속 회전 상태이기 때문에 주먹을 정확하게 내려치지 못한다는 점. 자칫하다가는 네 번째 기체가 아니라 자신을 공격해서 그 지나치게 강한 공격력에 대미지를 입을지도 모른다.

다른 한 가지는——— 아직 다섯 번째 기체(퓐프)와 여섯 번째 기체(젝스)가 남아있다는 것이다.

고속 회전 상태에서 회복하기 시작한 센서가 두 기체의 모습을 포착했다.

몸이 까만 거신은 양쪽 다 **같은 자세**를 취하고 있었다.

"……!"

슈우는 그 자세를 당연히 알고 있었다.

"《파계의 철퇴(월드 브레이커)》인가!"

[파괴왕]의 최종 오의, 《파계의 철퇴》. 절대적인 공격력과 전개한 《파괴권한》으로 인한 공간 파괴를 합친 필살의 일격.

공간을 부수고 끊음으로써 자신과 함께 모든 것을 파괴한다.

그것을 공중에서 구속된 황혼의 거신에게 두 대가 동시에 날리려는 자세.

직격당하면 황혼의 거신이라 하더라도 확실하게 파괴당한다.

"…………."

젝스가 그것으로 승부를 내려는 속셈이라는 것을 슈우도 이해했다.

지금이 최종 국면.

하지만 지금의 슈우에게는 네 번째 기체로부터 벗어날 방법이 없다.

공중에 뜬 상태라 스테이터스를 발휘하지 못하고, 내장 화기는 모두 파손되었다.

"움직이지도 못하고, 땅에 발도 디디지 못하는 상태, 인가."

하지만, 그럼에도 불구하고……

"――――**하늘에는 손이 닿지.**"

슈우가 그렇게 말한 것과 동시에 황혼의 거신이 오른쪽 주먹을 쥐었다.

네 번째 기체를 노리려는 것이 아니다.

다섯 번째, 여섯 번째 기체를 요격하려는 것도 아니다.

그저 그곳에 있는 공간을 공격할 뿐.

그것만으로도……, 황혼의 거신에게는 충분하다.

『――――슈우――――.』

공중에서 구속당한 황혼의 거신을 향해 다섯 번째와 여섯 번째 기체가 달려가기 시작했고.

"――――《파계의 철퇴》."

그보다 먼저, 황혼의 거신이 오른쪽 주먹으로 공중을 후려쳤다.

그 순간―― 모든 것이 끝났다.

황혼의 거신이 지닌 공격력으로 날린 최종 오의.

극대화된 공간 파괴의 충격이……, 그곳에 있던 모든 것을 집어삼켰다.

◇◆

〈노베스트 협곡〉은 죽은 땅이었다.

예전에 〈초급〉과 〈SUBM〉이 벌인 사투 탓에 지형이 바뀌고, 교역로가 상실되고, 《절사결계》로 인해 생명조차 사라졌다.

하지만, 그럼에도 불구하고 〈협곡〉이긴 했을 것이다.

하지만 지금 〈노베스트 협곡〉은 그렇지 않다.

───모든 것이 사라졌다.

사발처럼 반구 형태로 헤집어진 지형은 원래 협곡이었다는 사실을 상상도 할 수 없게 변했다.

이번에야말로 이 지역은 과거의 흔적조차 남기지 않고 끝난 것이다.

그럼에도 불구하고, 이 땅의 모든 것이 끝났는데도.

"……마지막 하나, 로군."

『네…….』

아직 서 있는 자들이 있었다.

한 명은, [파괴왕] 슈우 스탈링.

황혼의 거신은 떨어져 나간 왼팔에 이어 《파계의 철퇴》를 날린 오른팔이 소멸된 상태였다.

온몸의 장갑도 거의 남지 않았고, 부서져 가는 양쪽 다리로 겨우 서 있다.

사상 최대의 위력으로 날린 최종 오의를 견딜 수 있었던 것은 공격력과 더불어 약간이나마 올랐던 방어력의 효과일까. 아니면 '쓰면 죽는다'라는 의미를 지닌 최종 오의이긴 하지만 사용자에게는 최소한 힘 조절을 해주었기 때문일까.

다른 한 명은, [범죄왕] 젝스 뷔펠.

검은 거신은 이제 여섯 번째 기체만 남아있을 뿐이다.

그것조차도 《파계의 철퇴》가 작렬하기 직전에 다섯 번째 기체가 방패 역할을 해주지 않았다면 소멸했을 것이다. **폭심지**에 더 가깝게 있었던 네 번째 기체는 굳이 말할 필요도 없다.

유일하게 남은 여섯 번째 기체도……, 알맹이는 거의 없는 상태로, 겨우 형태만 유지하고 있었다.

여섯 대로 분열한 《스플릿 스피릿》에 부피(HP)가 줄어들더라도 형태와 크기를 유지할 수 있다는 부가효과가 없었다면 이미 그 모습을 유지하지도 못할 정도였다.

양쪽 모두, 상대의 공격을 한 번이라도 더 맞으면 죽을 것이다.

"그래서, 이해는 했나?"

『………….』

무엇을, 이라고 물어볼 필요도 없다. 이제 곧 끝나게 될 이 싸움, 사투 속에서……, 젝스가 슈우를 이해했는가, 그런 질문이다.

답은…….

『……아뇨.』

아니다.

『알 것 같으면서도, 알 수가 없군요. 이해할 수가 없어요. 이해할 수 있을 줄 알았는데, 어째서…….』

"그래, 그야 그렇겠지. 알 수 있을 리가 없어."

이해하지 못하는 이유를 모르겠다는 젝스에게 슈우가 말했다.

『어째서?』

"어째서고 자시고…….."

그리고 슈우는 한숨을 쉰 다음.

"───나는 싸우**기만** 하는 사람도 아니고, 너와도 목숨 걸고 싸우**기만** 한 관계가 아니기 때문이지."

『………….』

슈우는 다양한 사건에 휘말리는 사람이다.

싸움을 통해 많은 것들을 해결해온 사람이다.

하지만 그의 일상 전부가 싸움이었던 것은 아니다.

이 〈Infinite Dendrogram〉에서 그는 그로서 살아왔다.

인형옷을 입고, 아이들에게 과자를 나누어주었다.

가끔은 요리를 해서 성 안에 있는 친구에게 가져다주기도 했다.

친구나 지인의 초대를 받아 놀러 가기도 했다.

싸움만이 이 세계에서 살아가는 방식은 아니었다.

싸우지 않는 일상 또한 그를 구성하는 요소.

그 일상 중에는 젝스와 지낸 시간도 있다.

"그렇다면 목숨을 걸고 싸우**기만** 해서 내 전부를 이해할 수 있을 리가 없잖아."

『.......................』

그럴지도 모른다.

오히려 젝스가 떠안고 있던 '모든 힘을 다하고 혼을 맞부딪힘으로써 이해할 수 있다'는 생각이 논리적으로 잘못된 것이었다고 할 수 있다.

『……어째서.』

"'어째서 나는 눈치채지 못했나'라는 의미인가."

젝스가 망연자실하며 흘린 말을 슈우가 이어받았다.

『어째서죠?』

"너에겐 지구든 이쪽이든, 목숨을 주고받는 게 다른 사람과 관계를 맺는 기본이었기 때문이지."

좀 전에 스스로 밝혔던 장기 이식용 클론이라는 출생.

오리지널에게 목숨을 주기 위해서만 만들어진 목숨.

오리지널이 죽은 뒤에는 유전자를, 목숨을 이어가기만 하는 현실.

그리고 이곳에서도 자신이 살아갈 방식을 정하는 자유의 주사

위가 선택한 것은 악당의 길.

필연적으로 항상 목숨을 주고받게 된다.

"너는 목숨을 빼앗고 빼앗기는 게 전제인 방식으로만 살아왔어. 그러니 기본적인 사고방식이 엇나간 거라고."

『⋯⋯⋯⋯하하.』

그 웃음은 두 가지 느낌을 담고 있었다.

한 가지는 자신이 방법을 잘못 선택했다는 것에 대해 낙담하는 헛웃음.

다른 한 가지는 **기쁨**이었다.

(슈우는⋯⋯, 저를, 잘 알고 있군요⋯⋯.)

스스로도 알지 못했던 자신의 존재 방식.

그런 나라도 누군가가 이해해주었다는 것이⋯⋯, 기뻤다.

눈물이, 흘러내릴 정도로.

(저는 아직 슈우를 이해할 수 없습니다. 하지만, 그럼에도 불구하고⋯⋯, 분명 저를 알 방법은 슈우와의 관계 너머에 있겠죠. 그리고 무엇보다⋯⋯.)

이 방법이 잘못되었다는 사실을 알게 되긴 했지만, 젝스는 자신의 존재 방식을 굽히지 않는다.

슈우를 이해하는 것을 포기할 생각은 없고, 자신이 선택한 '악'을 멈출 생각도 없다.

여기서 자신을 굽히면 이번에야말로 이해 따위 하지 못하게 될 테니까.

누구에게도 굽히지 않는 남자를 이해하고 싶으니까.

"뭐, 앞으로는 범죄 말고 다른 것도 해보도록 하라고. 예를 들어 요리 같은 거 말이지."

『범죄를 멈추라고는 하지 않는군요.』

"말로 하든 주먹을 쓰든, 너는 그걸 굽히지 않을 거잖아?"

『……후후.』

정말 잘 이해하고 있군요. 젝스는 그렇게 생각하며 웃었다.

『그럼…….』

"그래."

그리고 슈우와 젝스……, 황혼의 거신과 검은 거신은 서로 마주 보았고…….

『결판을, 내도록 하시죠.』

"그래. 이걸로 끝이다."

서로 마주 본 채 정면으로 뛰어가기 시작했다.

이제 전술 같은 것은 없다.

밀고 당기는 흥정 같은 것도 없다.

무너질 것 같은 몸으로, 바람이 불면 날아가 버릴 것 같은 목숨으로 돌진하며 먼저 상대방을 공격할 뿐.

굳이 말하자면 팔다리가 모두 붙어있는 검은 거신이 유리했을 것이다.

황혼의 거신이 우위를 점하고 있는 속도도 양쪽 다리가 부서지기 직전인 지금 상태로는 발휘할 수 있을 리가 없다.

『─────슈우우우우우우우!!』

그리고 검은 거신이 그 주먹을 휘두르자.

"――――젝스ㅇㅇㅇㅇㅇㅇㅇㅇㅇ!!"
황혼의 거신이 부서져 가는 오른쪽 다리를 차올렸다.

그리고, 아침 해가 떠오르는 하늘에……, 마지막 충격음이 메아리쳤다.

두 사람의 공격은――― 양쪽 다 명중했다.
검은 거신의 주먹은……, 황혼의 거신의 머리를 찢으며 날려버렸고.
황혼의 거신의 다리는……, 검은 거신의 몸통을 비스듬하게 두 동강낸 상태였다.
양쪽 다, 사람이었다면 치명적인 일격.
하지만…….
『…………슈우.』
"뭐지?"
검은 거신의 두 동강 난 단면으로부터 금이 조금씩 온몸으로 퍼져갔다.
검은 거신은 온몸이 부서진 채 빛의 먼지로 변하기 시작했다.
『다시, 만나죠.』
"……그래."
사라져가는 그 모습을, 슈우는 발드르에서 나와 직접 눈으로 보았다.

『그리고……, 다시 싸우시죠.』

"……정신을 못 차렸군."

『네.』

"……뭐, 좋다고. 하지만 이번처럼 협박 같은 결투장은 보내지 마라. ……예전에 험프티 녀석에게도 이런 말을 했던 것 같은데."

『후후……, 그렇군요. 다음에는 다른 형태로……, 복수전을 하겠습니다.』

"아니, 이번에는 무승부다."

『……?』

검은 거신에게 마지막으로 남은 머리가 자력으로 고개를 기울인 건지, 아니면 부서져서 움직인 것인지, 어찌 됐든 의아해하는 듯 기울었고.

그와 동시에 황혼의 거신의 온몸이 빛을 잃고 회색으로 물들어……, 모래처럼 무너져내리기 시작했다.

"이쪽도, 이미 제한 시간이 다 되었다."

슈우의 몸도 빛의 먼지로 변하기 시작했다.

그 모습을 본 젝스는 역시 반동이 강한 힘이었다는 사실을 이해했다.

『……그래도 이 결과는 제 패배입니다.』

"고집이 세군."

『후후.』

자그마한 물방울이 되어 없어지기 직전이었던 젝스는 슈우가 한 말을 듣고 웃으면서…….

『분명, 그것도……, '나'니까요…….』

──흔적도 없이 사라졌다.

왕국 최악의 범죄자.

〈IF〉의 클랜 오너.

[범죄왕] 젝스 뷔펠은……, 그렇게 '감옥'에 수감되었다.

"너라면 나 같은 거울에 비춰보지 않더라도……, 언젠가 스스로 자신을 찾아낼 수 있을 거다."

사라진 강적, 친구, 거울에 비친 자신의 모습을 본 슈우는 그렇게 중얼거렸다.

"자, ……이제 어떻게 되려나."

슈우 또한 온몸이 빛의 먼지로 변해가는 와중에 하늘을 올려다보았다.

"돌아올 때까지 왕국이 남아 있으면 좋겠는데. 최악의 경우에는 테레지아의 이것저것 때문에 전부 망쳐버리려나? ……뭐, 그건 도마우스가 어떻게든 하겠지."

그 말은 마치 한동안 자신이 사라지게 된다는 듯한 느낌이었다.

"……**한 달 뒤의** 세계는 신만이 알고 있다는 건가? 웃기지도 않는군."

그런 말을 남기고 그와 그의 〈엠브리오〉 또한……, 젝스와 눈처럼 사라졌다.

□발드르에 대하여

북유럽 신화에 다른 한 가지 일화가 있다.

로키의 간계로 인해 죽은 발드르는 '만약에 모든 세상의 존재가 그를 위해 울어준다면 살아날 수 있다'라는 소생의 기회를 얻게 되었다.

하지만 그 소생 또한 로키의 간계로 인해 실패했다.

그렇게 발드르는 되살아나지 못한 채……, 오랜 세월이 지나게 된다. 발드르가 되살아난 것은 라그나로크로 인해 세계가 멸망하고 새로운 세계가 시작된 이후라고 한다.

그런 일화에서 따온 것은 아니겠지만……, 초급 무구 [임종기관]의 스킬, 《기사괴세》에는 두 가지 디메리트가 있다.

첫 번째는 발동 후 5분 뒤에 받게 되는 확정 데스 페널티.

기관을 탑재한 발드르뿐만이 아니라 슈우 자신도 확실하게 데스 페널티를 받게 된다.

하지만 이쪽 디메리트는 그나마 **가벼운 편**이다.

다른 디메리트는 훨씬 무겁다.

그것은——— 데스 페널티가 **10배로 증가**한다는 것.

지구 시간으로 24시간이 지나면 되살아나는 아바타.

하지만 이 디메리트로 인해 슈우는 부활하기까지 **240시간**이 걸린다.

⟨Infinite Dendrogram⟩ 시간으로 따지면 30일, 약 1개월이다.

그런 스킬을 ⟨전쟁⟩이 벌어지는 동안에 사용한다는 것이 무슨 의미인지, 슈우도 당연히 알고 있었다.

그렇기 때문에 젝스와의 전투 이외의 모든 것을 버린다는 각오가 필요했다.

[파괴왕] 젝스 스탈링의 아바타가 되살아나 다시 ⟨Infinite Dendrogram⟩ 땅에 내려선 것은 이 세계 시간으로 1개월 뒤.

⟨제1차 기강전쟁⟩이라 불리는 싸움은……, 모두 끝난 뒤였다.

왕과 근위기사단장을 비롯한……, 많은 희생과 함께.

◇ ◆

그렇게 이 싸움의 모든 것이 끝났다.

슈우는 젝스를 쓰러뜨렸고, 젝스는 슈우에게 쓰러졌다.

하지만 젝스를 쓰러뜨린 슈우는 〈전쟁〉에 참가하지 못했고, 아무것도 하지 못했다.

원하던 대로 혼을 맞부딪힌 젝스도 슈우를 전부 다 이해하지는 못했다.

젝스는 자신의 패배라고 했고, 슈우는 무승부라고 했다.

답은 분명히 두 사람이 말했던 대로일 것이다.

그렇게 〈제1차 기강전쟁〉과 그 이면에서 일어난 승자 없는 싸움은 끝났다.

하지만 다시 시작된다.

두 싸움 모두.

□[파괴왕] 슈우 스탈링

어디선가 새가 지저귀는 소리가 들려서 눈을 떴다.

뿌연 시야 속에서……, 자신이 자고 있었다는 것을 눈치챘다.

"……잤나."

예전에 있었던 일들을 떠올리다가 의식을 잃었던 모양이다.

그래서 그런지 정말 그리운 꿈을 꿨던 것 같다.

그 녀석하고……, 마지막으로 만났을 때의 꿈이다.

"에취……."

멍하던 의식이 각성하자 몸에 감각이 돌아와 약간 쌀쌀하다는
게 느껴졌다.

기데온은 밤에도 따뜻하긴 하지만, 인형옷조차 입지 않았던
게 실수였다.

"생각은 방에 돌아가서 해도 됐을 텐데……."

END(내구력)이 네 자릿수 이상이기에 하룻밤 정도 밖에 있었
다고 병에 걸릴 정도로 허약하지는 않지만, 그래도 몸이 차갑게
식은 상태였다.

《순간 장착》으로 항상 입고 다니는 인형옷을 입었다.

그러던 동안에 하늘도 밝아지기 시작해, 해가 떠오르려 하고
있었다.

『응?』

문득 투기장을 내려다보니 무대 출입구에서 레이지와 루크가
나타났다.

그것도 온몸에 장비를 완전히 갖춘 상태다. 오늘 〈토너먼트〉
에 참가하기 위해 마지막 조정을 하려고 이른 아침부터 투기장
설비를 사용하려는 모양이었다.

루크는 스파링 파트너일 것이다. 지금 시점에서도 루크는《유
니언 잭》을 사용하면 스테이터스와 스킬 숫자가 일선급이다. 융
합 상대도 근력과 내구력이 높은 마릴린, 비상과 원거리 공격이
가능한 오드리, 물리 무효 및 고속 공격 능력을 갖춘 리즈, 이렇
게 세 종류를 선택할 수 있다. 〈토너먼트〉에 참가해서 싸우게
될 강자들의 가상 적으로는 충분하다.

『……흐음.』

두 사람은 투기장 결계 안에서 모의전을 시작했다. 결계 기능
을 사용해서 빨리감기를 한 전투지만, 용마인인 루크와 그에 맞
서는 레이지의 모습이 잘 보였다.

루크가 용마인을 선택한 것은 차례대로 할 거라 첫 번째로 선
택했을 뿐인가?

아니면 이길 생각으로 싸우는 거라 고정 대미지와 불꽃을 다
루는 레이지에게 맞서려면 리즈의 강마인으로는 상성이 안 좋
을 거라 판단했기 때문인가?

스테이터스 차이는 확실하지만, 그래도 레이지는 아슬아슬한
곳까지 파고들고 있다.

처음에는 상태이상 대책으로 《역전》을 사용하며 수비에 집중하고, 대미지 카운터가 쌓이면 《추적자(체이서)》의 대상을 AGI로 정하고 반격에 나선다.

쌍검으로 루크의 창에 맞서고 있긴 하지만, 단순한 스테이터스로는 용마인이 된 루크에게 대미지를 입힐 수가 없다.

공격 수단은 [장염수갑]과 《복수(벤전스)》뿐.

아니, 그때 레이지가 아이템 박스에서 그 도끼를 《순간 장비》했다.

『장비 안 할 거라고 해놓고. 뭐, 결계 안에서 시험 삼아 써보려는 건가?』

〈토너먼트〉에서 사용하기 전에 지금 시험해 볼 생각인가? 장비했지만 아직 이상은 보이지 않는다. 돌진해온 루크의 창에 맞서 방패 대신 사용하며 방어도 하고 있다.

하지만 내 예상이 맞다면…….

『아.』

그 순간, 굉음이 울렸다.

결계를 통과할 정도로 큰 폭발음이 들린 것과 동시에 도끼가 공중에서 빙글빙글 회전하고 있었다.

그것을 들고 있었던 저 녀석의 오른팔은……, **산산조각 나 날아가 버렸다.**

도끼로 방어를 하다가 공격에 나서려고 했을 것이다.

하지만 내려치지조차 못하고, 들어 올리기만 했는데도 오른팔이 박살 났다.

『……뭐, 저주받은 무기라는 건 원래 그런 법이니까.』

사용할 때 리스크가 있는 게 당연하다. 그중에서도 저 도끼는 내가 지금까지 봐왔던 것 중에 가장 위험하다.

크게 나누어 보면 내 [글로리아 γ]도 저주받은 장비지만, 그것보다 위험할 것 같다.

……적어도 〈토너먼트〉 때까지는 써먹을 수 없다.

"".............""

오른팔이 파열되자 둘 다 놀란 것 같았지만……, 그럼에도 불구하고 루크는 추가타를 날려 목을 쳐냈다.

자비심이 없다. ……내가 단련시키긴 했지만 말이지.

그렇게 1세트가 끝나자 결계도 해제되었다. 결계 안에서는 HP가 0이 되면 시합이 끝난다.

[사병(데스 솔저)]의 《라스트 커맨드》가 발동되지도 않는다.

발동된다 하더라도 목이 날아가면 몸을 움직일 수 없지만 말이지.

……루크는 그것까지 감안해서 목을 친 건가?

"……졌~다~아~!"

"아하하. 방금 그건 사고나 마찬가지죠."

레이지는 오른팔도 돌아와서 멀쩡한 상태가 되었다.

……저 도끼는 결계 안에서 상처를 입더라도 낫지 않을 것 같았는데, 그건 아니군.

"……이거, 한동안 봉인해야겠네."

『으음. 저주를 좀 더 풀 때까지는 너무 위험해서 레이의 한 손을 맡길 수가 없겠구나.』

레이지는 그 도끼를 조심조심 아이템 박스에 넣은 다음.

"……좋았어! 한 번 더 해보자."

마음을 다잡고 금방 2세트를 시작했다.

모의전이라 해도 보통은 팔이 날아가면 조금이나마 겁을 먹기 마련이다.

지금까지도 피가 공이나 다른 랭커들과 모의전을 벌여왔던 모양이다. 그 결과인가?

『…………아닌가.』

레이지가 이쪽으로 오고 나서 시간이 얼마나 지났을까.

현실에서도 한 달 이상이 지났으니 저 녀석도 루키의 범주에서는 벗어난 것 같다.

수많은 강적과 마주치고, 뛰어넘고, 패배한 뒤에도 꺾이지 않고, 지금까지 계속해오고 있다.

그럴 때마다 저 녀석은 경험을 쌓고 강해졌다.

레벨이 올랐고, 기술도 향상되었다.

그럼에도 불구하고 마음은……, 분명 예전부터 변하지 않았을 것이다.

예전부터 저 녀석은 마음이 강했다.

약한 자신을 떠안으면서, 상처를 입으면서, 그럼에도 불구하고 강한 게 저 녀석이었다.

젝스는 내가 '강한 올바름'을 가지고 있다고 했다.

하지만 내가 보기에는……, '강한 마음'은 저 녀석의 것이다.

그것은 여기에서도 변하지 않았고.

마음뿐만이 아니라, 〈엠브리오(네메시스)〉라는 힘도 얻었다.

『……그래도, 아직이지.』

그래도……, **아직 이르다.** 지금은 아직 그때가 아니다.

『……젝스 녀석도 이런 마음이었으려나?』

내가 상급 직업에 머물러 있었을 때, 그 녀석도 비슷한 생각이
들었을까.

『………….』

그 녀석이 원하던 싸움이 그때였다면, 내가 원하는 것은 언제
이루어지는 걸까.

그런 생각을 하며 나는 두 사람이 벌이는 모의전을 계속 바라
보았다.

◆ ◆ ◆

■'감옥'

그날 아침, '감옥'은 매우 조용했다.

[역병왕] 캔디 카네이지가 '감옥' 안 도시에 흩뿌린 세균으로
인해 거의 모든 〈마스터〉가 죽음을 맞이했기 때문이다.

그리고 예외적으로 살아남은 자들도 가베라가 처치했다.

이 도시에 살아있는 것은 〈IF〉에 소속된 자들뿐이다.

그리고 지금, 그들의 주거지이기도 한 카페 〈다이스〉에는 젝스만 있었다.

다른 두 사람의 모습은 보이지 않았고, 황옥인인 아프릴도 아이템 박스에 넣어두었기에 정말로 혼자였다.

"…………."

젝스는 가게 안에 있는 의자 위에서 눈을 감은 채……, 자고 있었다.

어젯밤에는 혼자서 카페를 정리했다.

'감옥'에서 나가기로 결정한 이상, 이제 이곳으로 돌아올 일은 없다.

그렇기 때문에 나름대로 추억이 있던 가게를 정리한 것이다. 테이블도, 의자도, 젝스가 지금 쓰고 있는 것을 제외하면 전부 아이템 박스에 넣어두었다.

떠난 자리도 아름답게라는 말처럼, 식기와 가구도 아이템 박스에 넣어두었다.

유일하게 벽에 걸려있는 시계만 남겨두고.

"……아침, 인가요."

벽시계가 여섯 시를 가리키고 아침 햇빛이 스며드는 것과 동시에 젝스가 눈을 떴다.

'감옥' 안에는 해가 뜨고 지며, 날씨도 바뀐다.

마치 SF의 이민선처럼 인공적으로 제어되는 환경을 갖추고 있다.

레드킹뿐만이 아니라 다른 관리 AI의 힘도 빌렸을 것이다.

하지만 젝스가 지금부터 하려는 일에 레드킹 이외의 관리 AI는 관여하지 않는다.

그들이 보기에는 그것 또한 자유이기 때문이다. '할 수 있다면 해봐'라고도 했다.

"……그리운 꿈을 꾸었네요."

그것은 이곳 '감옥'에 떨어지기 직전의 기억.

마지막으로 슈우를 만났을 때……, 싸웠을 때의 추억이다.

그 꿈의 여운을 느끼고 젝스는 자기도 모르게 미소를 지었다.

그 싸움을 통해 젝스는 '자신'을 얻을 수 있을 거라 생각했다.

자신과는 전혀 다른 슈우와 모든 것을……, 혼을 맞부딪히면 그 누구도 아닌 자신에게도 '자신'이 생겨나는 게 아닐까, 그렇게 생각했다.

하지만 그런 게 아니라고……, 슈우가 직접 그렇게 타일렀다.

실제로 젝스는 '자신'을 얻은 감각 같은 것을 느끼지 못했다. 느낀다 하더라도 분명 알아챌 수 없을 것이다.

그에게 있어서 그 자신은 바뀌지 않는다.

하지만, 조금이나마 바뀐 것…… 바꿀 수 있었던 것도 있다.

그 싸움 이후로 자신이 정한 방침——— '악' 이외에도 눈을 돌렸다.

슈우가 말했던 것처럼 지금까지 하지 않았던 것을 하기 시작했다.

그 결과가 이곳, 카페다.

커피를 끓이는 법을 배우고, 유리 세공에 손을 대고, 가게를 열었다. 모범수답게 레드킹이 기획한 이벤트에도 참가했다. 책을 읽고 감상문을 써본 적도 있다.

아이러니하게도 '감옥'에서의 나날이 젝스에게 있어서는 가장 정상적으로 살았던 시간일 것이다.

현실까지 포함해서.

시간을 보내고, 아는 사람과 이야기를 나누고, 동료들과 함께 지내고, 가끔 일어나는 소동도 해결한다.

그것은 마치……, 슈우처럼 살아가는 방식이었을지도 모른다.

'자신'이라는 것은 그렇게 살아가는 동안에 조금씩 생겨나는 것.

어쩌면……, 이렇게 계속 지내다 보면 젝스는 언젠가 눈치채지 못하는 사이에 '자신'을 얻었을지도 모른다.

하지만 이곳에서의 나날은……, 이제 곧 끝을 맞이한다.

"자……."

젝스는 여전히 벽에 걸려있는 시계를 보았다.

"이제 여섯 시간도 안 되어서 이곳과도 작별하겠군요."

여섯 시를 조금 넘은 시각을 보고 젝스는 의자에서 일어나 가게 밖으로 걸어 나왔다.

바깥으로 나와서 가볍게 뛰어오르는 그의 등에……, 날개가 돋아났다.

그것은 수감되기 전부터 저장해 두었던 줄리엣의 흐레스벨그의 날개.

'감옥'에서 몇 번 교체하면서도 슈우와 마찬가지로 남겨두었던 것들 중 하나.

"…………."

젝스는 곧바로 검은 날개를 퍼덕이며 '감옥' 하늘로 올라갔다.

한없이 날아갈 수 있을 것만 같은 푸르른 하늘.

하지만 젝스는 알고 있다. 이 하늘에는 고도 1000메텔 정도에 벽이 있다.

결국은 우리이자 **바구니**에 불과하다는 사실도 알고 있다.

형기를 마칠 때까지 아무도 나갈 수 없는, 나간 적도 없는 탈옥 불가능한 우리.

예전에 '새장의 화신'이라 불리던 〈엠브리오〉가 만들어낸 아 공간의 바구니.

그 작은 세계를 내려다보며 젝스가 중얼거렸다.

"작긴 하지만, 모든 게 갖춰져 있었죠."

큰 죄를 저지른 〈마스터〉를 격리하는 기능, 그것이 '감옥'이다.

죄를 저지른 〈마스터〉와의 싸움을 통해 죄가 없는 〈마스터〉들을 육성하기 위해서.

그리고 '감옥'에 수감되지 않으려 하는, 죄를 저지른 〈마스터〉들을 육성하기 위해서.

양쪽 모두의 분투와 성장을 촉진시키기 위한 구조.

그렇기에 패배해서 격리되는 곳인 여기에도 모든 것이 갖춰져 있다.

도시가 있다. 던전이 있다. 희귀한 아이템도 있다.

잡 크리스탈도 각 나라별로 갖춰져 있다.

티안은 없지만, 〈마스터〉는 있다.

동료도 만들 수 있을 것이다. 또는 죄수들끼리 투쟁도 벌일 것이다.

그렇기 때문에 성장도 있을 것이다.

'감옥'에 떨어뜨리기 위한 성장.

'감옥'에 떨어지지 않기 위한 성장.

그리고 '감옥'에 떨어진 이후의 성장.

이곳 또한 〈초급 엠브리오〉를 100개 갖추기 위한 시스템 중 하나.

실제로 이 '감옥'에서 〈초급〉에 도달한 〈마스터〉가 두 명 있다.

이곳은 격리시키기 위한 '우리'이며, 격리시킨 뒤에 성장시키기 위한 '새장'이기도 하다.

죄수들은 레드킹에게 있어서 병아리———〈무한〉 미만의 〈엠브리오〉에 불과하다.

자유롭게 내버려 두는 것도 결코 나갈 수 없을 거라는 확신이 있기 때문이다.

"…………."

그런 '새장' 꼭대기에서.

젝스는 아무도 없는 도시로 변한 '감옥'을 조용히 내려다보다가…….

"……오늘로, 작별이군요."

여전히 수백 년 이상의 형기가 남았음에도 그렇게 중얼거렸다.

그가 정식으로 나갈 수 있게 되는 날은 훨씬 나중이다.

그렇기 때문에 그가 말한 다른 수단은……, 사도이자 죄.

"레드킹."

젝스는 천장이 있는 하늘을……, 그 너머에서 자신까지 포함한 모든 것을 내려다보고 있을 상대를 올려다보고.

"―――오늘, 탈옥하(나가)겠습니다."

―――탈옥을 선언했다.

그는 어째서 날개를 펴고 날아오른 것인가.

그것은 자신이 있던 작은 세계의 모습을, 두 번 다시 돌아올 생각이 없는 곳을 마지막으로 눈에 새겨두기 위해서.

그리고 '새장' 안에 있던 병아리로서 자유를 찾아 '나가겠다'는 말을 전하기 위해서.

이미 날개는 얻었다.

'새장'은 필요 없다. 병아리가 그렇게 말했다.

기데온에서 〈토너먼트〉가 개최되는 첫날.

'감옥'에서, 불가능이라 일컬어지는 대죄(탈옥)에 대한 도전이 시작된다.

고양이 "음……, 음……."

우 "후기 시간이군. 우, 신우다."

여우 "여우, 후소 츠쿠요여~. 참고로 이번에는 곰양하고 젝스는 쉰다는디."

우 "본편 때문에 피곤한 건가? ……그런데 체셔는 왜 끙끙대고 있는 거지?"

고양이 "아. 고양이, 체셔입니다~. 아니~, 고민이 좀 있어서~……."

우 "고민이라니, 그게 뭔데?"

고양이 "이번 권 후기 때문에 문제가 좀 있어서……."

우 "문제?"

고양이 "…………이번에는 7페이지나 생겼는데 후기에서 이야기할 소재가 없거든. 소재가 바닥났어."

우 "후기 소재가 바닥났다는 게 무슨 뜻인데."

고양이 "그런 관계로 이번 후기도 여담!"

고양이 "두 분께서 이번 권 내용에 맞는 미공개 정보를 말씀해 주시겠습니다! 우선 신우부터!"

우 "왜 그렇게 억지로 떠넘기는 거냐……. 어쩔 수 없군."

고양이 (쉽사리 받아들이는 걸 보니 신우는 참 착하네…….)

우 "레이 일행이 '투기장'을 손에 넣었으니, 왕국과 다른 나라의 투기장 사정 이야기라도 해볼까."

여우 "나라마다 그리 다르당가? 그란바로아는 투기장이 없다고 하드만은."

우 "그래, 그건 17권에 나왔었지. 그러니 다른 나라 이야기다."

우 "우선, 왕국의 투기장 환경은 평범한 게 아니다. 왕국에서 시작하면 잘 모를 수도 있겠지만."

여우 "그려?"

우 "다른 나라와 비교하면 숫자가 많지. 다른 나라의 투기장을 전부 합쳐도 기데온이 더 많을 정도다."

우 "내가 소속된 황하도 국내의 세 도시에 하나씩 있을 뿐이고."

여우 "기데온에는 크고 작은 것을 합치믄 열세 개나 있으니께."

우 "그리고 황하에서는 그 세 곳도 이벤트 행사나 랭크전 예약을 우선시하니까."

우 "모의전이나 비밀 특훈을 위해 투기장을 쓸 수 있는 기회가 왕국보다 훨씬 적다."

우 "왕국처럼 마음 편히 빌릴 수가 없으니 불가시 모드로 시험할 기회도 별로 없지."

우 "그렇기 때문에 비밀 특훈을 하려면 산속에서 데스 페널티를 받을 리스크까지 감안해야만 한다."

우 "물론 결계가 없으니 MP나 SP, 아이템도 소비된다."

여우 "그거참 힘들것어."

우 "황하의 토지 자체는 수행에 적합한 지역이 많지만 말이지."

우 "황하의 〈초급〉 중 한 명, 우제 같은 경우에는 계속 산에 틀어박혀 있고."

우 "뭐, 그런 관계로 투기장을 언제든지 쓸 수 있는 기데온은 나도 마음에 든다."

우 "그리고 이번에 투기장 그 자체를 본거지로 삼은 레이 일행은 꽤 부럽군."

고양이 "투기장을 본거지로 삼는다는 건 전대미문이니까~."

우 "참고로 그란바로아를 제외한 다른 나라도 거의 황하와 마찬가지지만."

우 "천지는 보통 데스 페널티나 사망을 전제로 한 야외 시합을 벌이며 단련하고 있다."

여우 "그건 보통도 아니고, 머리가 이상한 것 같은디."

우 "아니, 왜 기데온에만 그렇게 많은 건데, 운영 쪽 고양이."

고양이 "그걸 우리한테 따져봤자……."

고양이 "원시성검이나 직업하고 마찬가지로 우리가 손을 대기 전부터 있었던 거라서 몰라."

우 "……너희는 사실 운영을 꽤 조잡하게 하는구나."

고양이 "할 말이 없네……. 그래도 지역마다 차이가 있는 건 이유가 있어."

우 "?"

고양이 "우리가 개입한 뒤에도 망가지지 않고 남은 게 지금의 투기장 배치라는 뜻이야."

고양이 "그리고 투기장이 여러 곳 인접해 있던 지역 중에서 우연히 기데온만 원래 형태를 유지하고 있었던 거지~."

우 "……뭘 어떻게 했는지 신경 쓰이긴 하지만, 캐묻지는 않도록 하지."

고양이 "그렇게 해줘~."

여우 "그라믄 다음은 내 차례여. 내는 '본거지' 이야기라도 좀 해보까."

여우 "일단, 클랜 본거지는 '뭘' 본거지로 삼아도 상관없어야."

여우 "땅을 파가꼬 지은 움막이든, 호화 저택이든간에, 본거지는 본거지여. 배를 본거지로 삼고 있는 곳도 있제."

여우 "규모가 큰 클랜일수록 제대로 된 본거지를 차리는 경우가 많고."

우 "나는 클랜에 들어가지 않았는데, 본거지는 뭔가 의미가 있나?"

여우 "본거지라고 해야 하나, 건물에 보정이 붙은 경우가 있제."

여우 "예를 들자믄 말인디, MP나 SP가 자동 회복되는 속도가 늘어나고 말이여."

여우 "그 밖에도 생산직용으로 생산 스킬의 성공 확률하고 퀄리티를 올려주는 효과 같은 것도 있는디."

여우 "〈월세회〉 같은 경우에는 회복 마법 스킬의 MP 소비허고 쿨타임을 줄여주는 게 있어야."

여우 "갑자기 환자가 잔뜩 와부러도 안심이여~."

우 "그 말만 듣고 보니 종교가 아니라 병원 같군."

여우 "덴드로의 종교 시설은 성직자 계통의 회복 스킬을 전제로 하고 있으니께, 반쯤은 의료 시설이제."

우 "아, 그렇게 되나."

여우 "실제로다가 15권 때는 풀가동한 모양이니께. 내는 자리를 비웠지만 말이여."

우 "너희들은 왕국에 있어서 방심할 수 없는 상대이면서 없으면 곤란한 존재구나……."

고양이 (그러니까 더더욱 악질인 거겠지~.)

고양이 "자, 이걸로 페이지는 충분하네요. 여담도 다 나왔으니 작가의 코멘트 타임!"

우 (진짜로 페이지를 때우려는 목적이었나…….)

독자 여러분, 구입해주셔서 감사합니다. 작가인 카이도 사콘입니다.

오래 기다리셨을 18권, 즐겨주셨을까요.

18권은 원래 3월에 발매될 예정이었습니다만, 퀄리티를 올리기 위해 발매를 한 달 연기하게 되었습니다. 기다리게 해드려 죄송합니다.

하지만 그 덕분에 문장을 다듬을 수 있었고, 무엇보다 타이키 씨의 멋진 일러스트를 보여드릴 수 있게 되었습니다. 특히 볼만한 부분은 컬러 페이지의 클랜 멤버 집합 일러스트, 그리고 드디어 모습을 드러낸 발드르입니다.

여담이지만, 발드르의 디자인 자체는 애니메이션 방영 때 설정되어 있었습니다.

애니메이션은 5권까지 내용이기에 전함 형태로만 나왔지만, 디자인은 로봇 형태가 먼저 되었습니다. 변형한 뒤를 기준으로 삼아 변형 이전인 전함을 그려낸 것입니다.

발드르뿐만 아니라 애니메이션 스탭분들께서 디자인 설정을 해 주신 캐릭터나 아이템도 꽤 있어서 정말 감사하게 생각하고 있습니다.

그리고 이번에는 2년이라는 세월을 거쳐 로봇 형태의 발드르를 여러분께 보여드릴 수 있게 되었습니다.

'이번 권에서 발드르를 삽화로!'라는 건 작가의 요청 사항이었습니다만, 독자 여러분께서 '발드르가 이렇게 멋있었나'라고 생각해 주신다면 기쁠 것 같습니다.

그리고 18권에서는 레이의 일상과 보상, 그리고 슈우와 젝스의 과거를 묘사했습니다.

본 작품은 등장인물의 대비를 자주 묘사하곤 합니다만, 두 사람의 관계는 그런 것들 중에서도 결정판이라고 할 수 있습니다.

자신이 바람직하다고 생각하는 선택을 하는 슈우와 세계가 바람직하지 못하다고 정한 흐름에 빠진 젝스.

자신이라는 심지가 흔들리지 않는 슈우와 자신이라는 핵이 없었던 젝스.

이 두 사람의 싸움과 그것뿐만이 아니었던 이야기가 여러분의 마음에 닿았다면 좋을 것 같습니다.

그리고 스토리는 다음 권으로 이어집니다.

새로운 장비를 얻은 레이가 도전하는 새로운 싸움, 〈토너먼트〉.

장비를 갖춘 젝스가 시도하는 바깥 세계로의 탈옥.

두 가지 도전 끝에 기다리고 있던 것이란……

앞으로도 인피니트 덴드로그램을 잘 부탁드립니다.

카이도 사콘

고양이 『19권은 아마도 2022년 8월 발매입니다!』

여우 "코멘트 끝에 맞춰가꼬 발매 공지를 해부네."

우 "그런데 이 녀석……, 작은 목소리로 '아마도'라고 했다."

고양이 "♪~……(휘파람)."

여우 "아. 알것어. 이번 권 발매가 연기되부렀으니께 겁먹은 거여."

고양이 "뜨끔."

우 "아~, 그런 거였나."

여우 "체셔가 재빨리 공지해분 것도 애매모호한 공지 느낌을 낼라고 그런 거것제."

우 "정말 노골적이군……"

고양이 "……아, 아마 예정대로 나올 테니 다음 권도 잘 부탁드립니다~!"

역자 후기

안녕하세요, 천선필입니다.

이번 『인피니트 덴드로그램』 18권, 재미있게 읽으셨는지 모르 겠습니다.

저번 권 후기에도 잠깐 말씀드렸다시피, 이번에는 레이의 클 랜 〈데스 피리어드〉 이야기와 〈토너먼트〉 준비 이야기가 전반 부, [파괴왕] VS. [범죄왕] 이야기가 후반부로 전개되었습니다.

이렇게 나누어놓고 보니 완전히 동떨어진 2단 구성인 것 같긴 하지만, 넘어가는 과정 자체는 새롭게 장만한 클랜 홈에서 슈우 가 회상하는 장면이니 꽤 자연스러웠던 것 같네요.

온라인 게임이 패키지 게임과 가장 크게 다른 부분은 역시 '게 임 안에 다른 플레이어(사람)이 있다'라는 점이라고 생각합니다. 한때 게임 회사를 다니면서 게임을 만들어본 입장에서는 그 부 분이 가장 크게 작용했던 것 같네요. 밸런스만 놓고 보더라도 플레이어가 상대하는 적이 컴퓨터만 존재하는 패키지 게임 같 은 경우, 밸런스에 그렇게까지 세밀한 조정을 가할 필요는 없는 게 사실입니다. 오히려 스토리 전개상 임팩트를 주기 위해 초반 인데도 플레이어가 상대할 수 없을 정도로 강한 적을 넣어 강제 로 패배시키는 이벤트를 넣는다든지, 중요 NPC가 동료가 되는 상황에서 그 캐릭터가 세계관상으로 강력한 힘을 지니고 있다는 설정을 살리기 위해 기존 동료들과는 차별화된 능력을 지니고 있다는 식으로 일부러 밸런스를 맞추지 않기도 하죠.

하지만 온라인 게임은 여러 사람이 함께 플레이하는 게임이고, 그 특성상 거의 반드시라고 해도 될 정도로 '경쟁'이라는 요소를 넣을 수밖에 없기에 밸런스에 더욱 신경을 많이 써야 합니다. 온라인 게임 커뮤니티에서 항상 많은 비중을 차지하는 게시물이 밸런스 관련 토론이나 논쟁인 것도 이러한 의견을 뒷받침해주는 것 같습니다. 그래서 보통 레벨 시스템이 있는 MMORPG 장르도 레벨 제한이 있고, 그 제약 안에서 무한정 강해질 수 없게끔(일정한 틀 안에서 경쟁을 할 수 있게끔) 밸런스를 맞추곤 합니다. 게임을 플레이하는 시간에 비례해서 무한정 강해진다면 후발 주자가 도저히 따라잡을 수 없게 되니까요.

작중 등장인물 중 일부가 덴드로를 단순한 게임이 아니라고 주장하는 이유는 뛰어난 현실감, 진짜 사람처럼 생각하고 행동하는 NPC 같은 요소들뿐만이 아니라 이러한 밸런스 면에서 조정이 불완전하다는 이유 때문이기도 한 것 같습니다. 비록 하급 직업 6개, 상급 직업 2개, 이렇게 만렙이 500으로 제한되어 있긴 하지만, 초급 직업의 경우 레벨 제한이 없으니까요. 그야말로 무한정 강해질 수 있는 콘텐츠(초급 직업)가 있고, 일부에게만 개방되어 있다는 점이 더욱 그런 의심을 하게 만들 겁니다. 모두에게 레벨 제한이 없다면 그나마 고인물 게임이라는 악평으로만 끝날 문제겠지만, 초급 직업을 가진 사람에게만 레벨 제한이 없다는 게 치명적이죠. 그리고 그렇게 강해진 사람들은 〈UBM〉 토벌 등을 통해 특전 무구를 얻고 더욱 강해질 겁니다. 이렇게 밸런스가 맞지 않는다는 점이 오히려 게임이 아니라는 의심을 하게 만들고 있으니 아이러니하다는 생각이 들기도 하네요. 관리 AI들의 목적이 원활한 운영이 아닌 〈초급 엠브리오〉의 육성이라는 내용이 대놓고 나오기도 하고 말이죠.

그런 의미에서 〈토너먼트〉라는 이벤트가 어떻게 전개될지, 젝스와 (가슴이 없는) 가베라, 캔디가 탈옥에 성공할지 궁금해지네요. 19권 환몽경의 왕, 기대하셔도 좋을 것 같습니다.

이런 생각을 하면서 이번 『인피니트 덴드로그램』 18권을 번역하였습니다. 매번 그랬듯이 감사의 말씀 드리고 후기를 마치려 합니다.

항상 신경을 많이 써주시는 담당 편집자분, 그리고 책을 내는 데 도움을 많이 주신 소미미디어 관계자 여러분, 그리고 가족 여러분. 감사합니다.

그 누구보다 감사드리고 싶은 분은 독자 여러분입니다. 제가 이렇게 무사히 번역을 마치고 후기를 쓸 수 있는 것도 독자 여러분 덕분이라 생각합니다. 진심으로 감사드립니다.

다시 찾아뵙게 될 때까지 행복한 하루 보내시길 바랍니다.
감사합니다.

천선필

Infinite Dendrogram 18
© Sakon Kaidou
Originally published in Japan in 2022 by HOBBY JAPAN Co., Ltd.

인피니트 덴드로그램 18 King of Crime

2024년 6월 15일 1판 1쇄 발행

저 자	카이도 사콘
일 러 스 트	타이키
옮 긴 이	천선필
발 행 인	유재옥
담 당 편 집	박치우
부 사 장	이왕호
이 사	조병권
출판본부장	박광운
편 집 1 팀	최서영
편 집 2 팀	정영길 조찬희 박치우 정지원
편 집 3 팀	오준영 이소의 권진영
디자인랩팀	김보라 박민솔
디지털사업팀	박상섭 김지연 윤희진
라이츠사업팀	김정미 맹미영 이윤서
영업마케팅팀	최원석 박수진 이다은
물 류 팀	허석용 백철기
경영지원팀	최정연
인쇄제작처	㈜코리아피엔피
발 행 처	㈜소미미디어
등 록	제2015-000008호
주 소	서울시 마포구 토정로222, 502호 (신수동, 한국출판콘텐츠센터)
판매 및 마케팅	(070) 8822-2301

ISBN 979-11-384-8347-6
ISBN 979-11-5710-725-4 (세트)